Theresa Romain

Theresa Romain est une auteure de romances historiques et membre du Romance Writers of America. Elle est finaliste du prestigieux RITA Award 2016. Après *Celle qui te rendra heureux* et *Un été si particulier*, *Les secrets d'une provocatrice* est son troisième livre publié aux Éditions J'ai lu. Elle vit aujourd'hui avec sa famille dans le Midwest.

Les secrets d'une provocatrice

Du même auteur
aux Éditions J'ai lu

Celle qui te rendra heureux
N° 11407

Un été si particulier
N° 11468

Theresa

ROMAIN

Les secrets d'une provocatrice

Traduit de l'anglais (États-Unis)
par Agnès Girard

J'AI LU

J'AI LU
POUR elle

Si vous souhaitez être informée en avant-première
de nos parutions et tout savoir sur vos auteures préférées,
retrouvez-nous ici :

www.jailupourelle.com

Abonnez-vous à notre newsletter
et rejoignez-nous sur Facebook !

Titre original
SECRETS OF A SCANDALOUS HEIRESS

Éditeur original
Sourcebooks Casablanca, an imprint of Sourcebooks, Inc.

1

Mars 1817

Dans une salle de bal bondée, la plupart des gens cherchent un visage familier. Augusta Meredith, elle, priait pour n'y trouver que des inconnus.

Depuis presque une semaine, ses prières avaient été exaucées. En ces derniers jours de l'hiver, la bonne société gardait ses distances avec Bath. Les plus belles années de la station balnéaire étaient derrière elle, et l'élite du beau monde l'évitait, lui préférant les délices bucoliques de la chasse ou les plaisirs sophistiqués de Londres.

Non qu'Augusta ait un jour appartenu à la bonne société. Mais, à la manière d'un insecte cognant à une vitre éternellement fermée, elle avait papillonné suffisamment longtemps le long de ses frontières pour qu'on finisse par l'y reconnaître.

Jusque-là, néanmoins, la foule qui faisait les belles heures de la grande salle de bal de Bath ne lui avait proposé que des inconnus – négociants, pique-assiettes et autres parasites. Des membres d'une classe sociale inférieure ; exactement le type de gens qu'Augusta connaissait par cœur.

Exactement ce qu'elle était elle-même. À Bath, elle n'avait pas besoin de se faire passer pour ce qu'elle n'était pas.

Jamais elle n'avait vu de salle de bal aussi grande à Londres. L'affluence, en revanche, était identique. Ce soir, la salle de Bath était bondée, animée par le mouvement lent de l'onde humaine qui s'y distrayait. Il y avait cependant une différence de taille : ici, Augusta occupait le centre, pas la périphérie.

— Madame Flowers ! Très chère !

La voix flotta par-dessus le vacarme, sous les hauts plafonds de la salle, et Augusta se retourna.

— Madame Flowers !

Cette fois, l'homme qui avait hurlé son nom agitait les bras.

Augusta lui répondit d'un gracieux mouvement d'éventail, qu'elle ouvrit aussitôt après pour cacher son sourire.

À vrai dire, peut-être feignait-elle ici aussi d'être une autre.

L'importun était assez trapu, et jeune, probablement plus qu'elle et ses vingt-cinq ans. Chaque fois qu'il avait adressé la parole à Augusta, il était éméché. Comme elle ne parvenait pas à se souvenir de son nom, elle l'avait surnommé le Hoquet. Il se fraya un chemin dans sa direction, progressant lentement à travers la foule. La salle aux murs clairs soulignés de moulures sophistiquées était très longue, mais pleine à craquer. Des bribes de conversations montaient jusqu'à la voûte en berceau pour redescendre en pluie le long de la galerie cernée d'une balustrade en fer forgé, à l'autre bout du hall.

Bath était une ville où les plaisirs étaient soigneusement organisés, depuis les heures strictes que l'on passait aux thermes, à prendre les eaux, jusqu'à l'endroit où se tenaient les réjouissances nocturnes. Tout y était orchestré de manière à réunir des inconnus dans l'harmonie. Et c'était dans cette harmonie quelque peu superficielle qu'Augusta s'évadait.

Le Hoquet l'avait presque rejointe. À n'en pas douter, son intention était de l'entraîner parmi les couples qui tournoyaient au centre de la salle. Lorsqu'il la tiendrait dans ses bras, il lorgnerait sans vergogne sur son décolleté, et quand la musique s'arrêterait, il essaierait peut-être de la convaincre de le raccompagner chez lui.

Tout cela était conforme au plan qu'elle avait mis sur pied en s'inscrivant sous un faux nom dans le registre social de Bath, le livre d'or de la Pump Room, aux thermes, où se retrouvait toute la bonne société. En notant « Mme John Flowers » et non « Mlle Augusta Meredith », elle était passée de célibataire à veuve, se débarrassant ainsi du carcan dans lequel l'enfermait sa situation d'héritière d'une fortune faite dans le commerce.

Mais elle n'avait aucunement l'intention de mener ce plan à bien en compagnie du Hoquet. Augusta Meredith n'aurait guère pu prétendre à mieux, mais Mme Flowers, elle, le pouvait.

Le Hoquet avait été ralenti dans son approche, retenu par des amis qui l'avaient inclus dans leur conversation. Soudain, une autre voix parvint à l'oreille d'Augusta.

— Madame Flowers, quelle chance de vous rencontrer ici, à Bath. Savez-vous que vous ressemblez terriblement à une jeune femme de ma connaissance ?

Une voix masculine. Une voix masculine qui lui était familière.

Bigre. Sa chance venait de tourner.

Toujours cachée derrière son éventail, Augusta se tourna en direction de la voix, dont elle avait aussitôt reconnu l'accent moqueur. Effectivement, Josiah Everett se tenait devant elle, vêtu simplement, beau, l'air malicieux. C'était la pire rencontre qu'elle pût faire : quelqu'un qui la connaissait trop bien pour se laisser tromper par son subterfuge, mais pas assez pour y participer.

— Monsieur Everett, dit-elle en se forçant à sourire. Quelle bonne surprise ! Je vous aurais cru à Londres pour affaires, à cette époque de l'année.

Comme Augusta, Everett vivait à la marge de la bonne société, mais grâce aux frontières permissives du beau monde, il avait pu s'y faire quelques amis. Bien que de famille respectable, il avait peu de moyens et travaillait pour gagner sa vie. C'était l'homme d'affaires du baron Sutcliffe.

Augusta tenait ces informations des ragots qu'elle glanait chaque fois qu'Everett faisait une apparition en société. Elle ne savait pas grand-chose d'autre sur lui.

— J'ai failli vous croire sincèrement heureuse de me voir, répondit Everett en s'inclinant pour la saluer. Vous avez raison, je suis en général à Londres à cette époque de l'année. Mais aujourd'hui, une affaire particulière nécessite ma présence à Bath. Heureux hasard, n'est-ce pas ?

Était-ce de l'amusement qu'elle lisait dans ses yeux noirs ? Probablement. Mais, après tout, il semblait toujours amusé.

— Et vous, madame Flowers ? Votre nom m'indique que vous vous êtes mariée dans un passé récent. Permettez-moi de vous présenter tous mes vœux de bonheur.

— Non, je ne suis pas mariée pour le moment, monsieur Everett.

Ce qui était vrai. Elle agita son éventail – un élégant objet d'ivoire, de dentelle et de soie peinte – devant sa poitrine. Un peu plus tôt dans la soirée, un certain M. Rowe lui avait indiqué qu'un tel geste était de la plus grande élégance.

Comme si une femme à la chevelure poil de carotte et aux origines roturières avait pu paraître élégante ! Mais l'élégance avait ses limites, et Augusta s'était habituée à séduire les hommes avec sa silhouette à la place.

Everett refusa pourtant de se laisser charmer et croisa les bras sur sa redingote noire.

— Diantre. Dois-je vous présenter mes sincères condoléances, alors ? M. Flowers a-t-il quitté ce monde ?

Augusta referma son éventail dans un claquement.

— Avez-vous quelque chose à me demander, monsieur ?

— Je voulais juste une confirmation, répondit Everett, l'air narquois. Mes condoléances, donc. Je vous soupçonnais bien d'être *veuve*, ajouta-t-il en insistant sur ce dernier mot, dans la mesure où la moitié des messieurs ici présents chantent vos louanges.

Elle haussa les sourcils.

— La moitié seulement ? Comme c'est triste. Ma popularité diminue.

Le sourire d'Everett s'élargit.

— Je ne suis pas ici depuis très longtemps. Ils sont peut-être plus nombreux que ça.

— Que disent ces messieurs de moi ?

Il leva les yeux en direction d'un des cinq lustres énormes et dorés qui éclairaient autant qu'ils chauffaient la salle de bal. Dehors, la nuit était tombée à la manière d'un lourd rideau de velours sombre.

— Il me semble avoir entendu dire que votre poitrine pourrait rivaliser avec l'avant-scène du Théâtre Royal de Londres. Ce qui me paraît un peu exagéré pour une poitrine, tout de même.

C'était pourtant le point fort d'Augusta. Son bustier largement décolleté était bordé de fils d'or et de dentelle, ce qui seyait particulièrement à une jeune femme aux courbes avantageuses.

— Je n'aurais peut-être pas dû vous dire ce que j'avais entendu, dit Everett en la regardant d'un air de défi. Mais après tout, si vous êtes veuve, ces quelques propos un peu scabreux ne devraient pas vous effrayer.

— Madame Flowers !

Le Hoquet avait enfin atteint son but et se tenait devant elle, le souffle court, l'haleine alcoolisée.

— Ma chère madame Flowers…

— Tiens, monsieur…

Elle masqua son incertitude sous un petit gloussement.

— … quelle joie de vous voir !

— Vous devez danser avec moi, madame Flowers. Un quadrille se prépare !

Le jeune homme se pencha vers elle, accompagné d'effluves de sueur et de sherry bon marché qui lui firent l'effet d'une claque. Lorsqu'il lui souffla en pleine face, faisant voleter les boucles qui encadraient son visage, elle se raidit.

Évitant le regard d'Everett, elle minauda.

— Je suis navrée, mon cher, mais je viens d'accepter une danse avec monsieur.

D'un geste las et précieux, elle agita son éventail en direction d'Everett, espérant qu'il aurait suffisamment de manières pour ne pas la contredire.

Et, en effet, Everett répondit aussitôt.

— Vraiment désolé, mon cher monsieur. Peut-être vous accordera-t-elle une danse un peu plus tard… Madame Flowers, ajouta-t-il en lui tendant une main gantée de gris, allons-nous prendre place ?

Avec un petit geste d'adieu, Augusta planta là le Hoquet et suivit Everett dans la foule.

— Merci d'avoir couvert mon petit mensonge.

— Un parmi tant d'autres.

— Mais vous n'êtes pas obligé de danser avec moi, ajouta-t-elle en haussant un peu le ton. Je peux invoquer une invitation urgente à dîner. Ou la nécessité de prendre du repos.

— Je dois absolument danser avec vous, si c'est là le genre d'homme qui vous poursuit en répandant des rumeurs sur votre gorge, dit-il en lançant un regard sombre en direction du Hoquet. Votre « cher monsieur » pue comme s'il ne s'était pas lavé depuis une semaine. Vous a-t-il déjà importunée ?

— Non. Personne ne m'importune.

Everett la regarda de côté et serra la mâchoire.

C'était une mâchoire assez belle, nette et puissante. Il avait la peau mate, les cheveux noirs et légèrement bouclés, comme si du sang méditerranéen coulait dans ses veines. Dans ses gants gris, ses mains la tenaient fermement, et c'était agréable.

Quel dommage que de si beaux traits fussent ceux d'un homme aussi agaçant, doté d'un humour aussi insupportable !

Même si, en cet instant, son habituel air moqueur avait laissé la place à une expression plus solennelle.

— Bien sûr, si vous tenez à perdre votre temps avec des hommes qui vous comparent à un théâtre, c'est votre affaire.

— C'est *vous* qui avez fait cette comparaison.

Elle tenta de retirer sa main, mais un vieil homme à la moustache grise broussailleuse les heurta. Everett attira Augusta contre lui pour l'empêcher de tomber. Ce simple contact la fit sursauter. Contre Everett, elle sentit une légère odeur épicée. Bois de santal ?

Une nouvelle fois, il la regarda de côté.

— Bon, d'accord. Vous pourriez trouver meilleure compagnie que la mienne, je ne le nie pas. Mais moi, je me lave tous les jours, ce qui n'est pas rien, tout de même.

— Ce n'est pas rien, en effet, répéta-t-elle.

Elle profita de l'instant où la foule la poussait une nouvelle fois contre lui pour inspirer profondément. *Oui, c'est bien ça.* Bois de santal. Un parfum évoquant des contrées lointaines, aussi rare que viril. Cette huile dorée devait être importée d'un pays chaud et exotique comme l'Inde ou Hawa et, de ce fait, était très coûteuse.

Héritière d'une fortune faite dans les cosmétiques, Augusta s'y connaissait en parfums autant que la plupart des femmes s'y connaissaient en mode. Le bois de santal était un choix de parfum inhabituel pour un Anglais, a fortiori pour un Anglais aux moyens limités.

Elle venait d'apprendre quelque chose de nouveau à propos de Josiah Everett : c'était un homme capable de la surprendre. Au moins une fois.

Peut-être la surprendrait-il encore, si elle se montrait assez convaincante. Se hissant sur la pointe des pieds, elle lui murmura à l'oreille :

— Comment puis-je vous persuader de garder mon secret ?

Rencontrer Augusta Meredith n'était pas la première surprise à laquelle était confronté Josiah depuis qu'il était arrivé à Bath, trois jours plus tôt. Mais c'était à coup sûr la plus agréable.

Découvrir qu'on l'appelait « madame Flowers » en avait été une autre, et moins plaisante, celle-ci. L'espace d'un horrible instant, il avait cru qu'elle s'était mariée.

Mais non. Apparemment, son nom était aussi fictif que son statut de veuve et devait faire partie d'un plan qu'elle avait mis au point. Un plan auquel devaient aussi participer son souffle chaud dans son oreille, son murmure un peu rauque et son parfum aux essences florales, si délicat et sucré qu'il en avait le goût dans la bouche.

Comment puis-je vous persuader de garder mon secret ?

Il n'aurait pas dû avoir à en être convaincu. Il aurait juste dû faire ce qu'une dame attendait de lui. Mais, il le savait, les secrets avaient un prix. C'était, après tout, la raison première de sa présence à Bath.

Aussi se retint-il de répondre quelque chose de trop définitif, au moins le temps de découvrir le genre de projet que la jeune femme avait en tête.

— En cet instant, ma chère madame Flowers, vous n'avez besoin de rien d'autre que de danser avec moi.

Il l'entraîna vers un groupe qui se préparait à danser le quadrille. Un peu partout dans la salle de bal, les invités prenaient place, quatre par quatre.

Josh espérait juste qu'il se souviendrait des pas du quadrille. Il n'en avait pas dansé depuis son adolescence, quand il faisait le quatrième en face des servantes et d'autres domestiques pour aider son cousin, lord Sutcliffe, à apprendre les figures qu'il aurait besoin de connaître pour faire son entrée dans le monde.

Combien d'années Joss avait-il passées à aider Sutcliffe ? Il n'avait que trente et un ans, mais il lui semblait y avoir consacré toute sa vie. Aujourd'hui, néanmoins, le baron avait besoin d'un autre genre d'aide de sa part : les conseils en matière d'argent et de femmes avaient remplacé les pas de danse.

Mais tout cela serait bientôt terminé, et la servitude de Joss prendrait fin… s'il parvenait à convaincre quelques personnes de se confier à lui. Jusque-là, la soi-disant Mme Flowers était la seule à lui avoir adressé un peu plus qu'un regard curieux ou méprisant. Mais, si son sourire avait été poli, ses yeux n'avaient pas été loin de lancer des éclairs.

Il avait espéré que la bonne société de Bath, toujours accueillante envers les voyageurs, lui permettrait d'être plus efficace en affaires qu'à Londres. Mais non, ici aussi, les regards glissaient sur lui. Peut-être était-ce à cause de son teint mat ou de la simplicité de ses vêtements. Joss n'avait tout bonnement pas l'allure d'un homme qui a quelque chose à offrir.

Au moins faisait-il un meilleur partenaire de danse que cet abruti puant.

Il baissa les yeux sur Mlle Meredith, à sa droite. Impatiente, elle ne tenait pas en place. Des perles d'ambre ornaient sa crinière de boucles rousses, et sa poitrine – qui n'aurait peut-être pas soutenu la comparaison avec l'avant-scène du Théâtre Royal, mais possédait des atouts certains – soulevait régulièrement, avec une force fascinante, la soie pourpre de sa robe. Peut-être allait-elle user de son charme… pneumatique pour le troubler jusqu'à ce qu'il accepte de garder son secret.

Il était tout disposé à la laisser essayer, en tout cas.

— Donnons-nous les mains, ma chère veuve.

Avec un regard noir qui devint rapidement angélique, elle se laissa entraîner en direction d'un petit groupe de danseurs.

— Vos mimiques m'intriguent, madame Flowers, murmura-t-il en glissant sur le parquet ciré, enchaînant les pas apparemment sans se tromper. C'est vous qui m'avez invité à danser, après tout. N'êtes-vous donc pas satisfaite de participer à ce quadrille ?

Les yeux noisette de la jeune femme s'agrandirent brusquement, mais un mouvement collectif l'empêcha de répliquer : les quatre cavalières firent un pas en avant, formant une croix avec leurs mains jointes. Leurs pas et leurs figures terminés, ce fut au tour des hommes de faire la même chose. Les trois compagnons de Joss affichaient un regard concentré qui lui était familier. L'un d'entre eux comptait même les pas en silence.

Il y avait là tout Bath en miniature : un petit groupe d'inconnus polis forcés de supporter une proximité non désirée, chacun souhaitant ne pas offenser l'autre, sans être sûr de ce qui les réunissait vraiment. Et tous étaient sur leur trente et un, aussi apprêtés que la salle de bal était décorée, dans l'espoir de s'impressionner les uns les autres.

Joss, lui, n'avait jamais connu la bonne société que de l'extérieur, y jetant un coup d'œil depuis le coin de la salle de bal ou depuis un balcon haut perché. Ce soir, le sentiment qu'il éprouvait à se fondre dans cette foule, à s'y mêler, était à la fois nouveau et pas complètement déplaisant.

Avant que le quadrille ne les sépare de nouveau, Mlle Meredith réussit à lui dire à l'oreille :

— Je reconnais que je préfère danser avec vous plutôt que d'être pelotée par un ivrogne.

— Vous me flattez. Et puisque je ne suis pas ivre, m'accorderez-vous la permission de vous peloter ?

Pas chassé, glissé, petit saut, et ainsi de suite. Cette danse ne se prêtait pas à la conversation. Et Joss préférait de loin porter ses bottes plutôt que les souliers brillants ridicules exigés par le maître des cérémonies à Bath pour toutes les soirées habillées.

Lorsqu'ils se recroisèrent enfin, Mlle Meredith lui adressa un sourire réellement adorable.

— Vous pouvez toujours essayer et voir ce qu'il adviendra. Tenez-vous à tous vos doigts ?

— J'y tiens, en effet, veuve Flowers. Aussi ne poserai-je pas la main sur vous en dehors de cette danse. Vous méritez que l'on vous traite avec égards, étant donné que vous avez épousé et enterré un mari depuis notre dernière rencontre – à quand remonte-t-elle, au fait ?

— À l'été dernier, répondit-elle en se renfrognant. Juste avant la soirée du duc de Wyverne.

— Vous avez sûrement raison, dit-il d'un ton léger, comme s'il ne parvenait pas à se souvenir de la date exacte.

Mais il se rappelait parfaitement qu'elle n'avait pas assisté à la soirée du duc, dans le Lancashire. Il s'était demandé ce soir-là quel contraste aurait offert sa chevelure flamboyante avec la froideur de la lumière septentrionale.

Un violon s'écarta de l'ensemble ; un hautbois le remit dans le rang avec délicatesse. Joss avança vers la croix avec les autres cavaliers, et ils reprirent la ronde, au cours de laquelle ses pieds étaient censés effectuer des figures complexes tandis que lui et Mlle Meredith se tenaient par les mains. Il préféra ne lui tenir que le bout des doigts, avançant et reculant juste assez pour ne pas se cogner aux autres danseurs.

— Comme je le disais, je vous présente toutes mes condoléances pour votre récente perte, insista-t-il, sans merci. Cet interlude festif est sans nul doute une façon pour vous d'oublier votre deuil le temps d'une soirée. Quelle femme courageuse vous faites ! Mais c'est peut-être un peu tôt, si vous me...

— Très bien, c'est un mensonge, d'accord ? murmura-t-elle. Maintenant, cessez de parler. Vous savez que je ne suis pas veuve.

Sa soudaine franchise le laissa sans voix, de même que l'expression qui durcit brièvement ses traits délicats.

Pendant quelques instants, ils se contentèrent de glisser sans grâce, main dans la main et corps tout proches. Le rebondi diaphane de sa poitrine avantageuse, les reflets provocateurs de ses cheveux sous la lumière des lustres lui firent regretter qu'elle ne soit pas vraiment veuve.

Mais c'était une demoiselle. Une demoiselle malhonnête. Et deux générations de scandales familiaux avaient enseigné à Joss que si la malhonnêteté était parfois autorisée, flirter avec des demoiselles ne l'était pas.

— Je sais, oui, dit-il sur le ton du regret. Et j'aurais adoré vous mentir sur ma propre identité. Je n'y ai tout simplement pas pensé.

— Si vous y aviez pensé, nous aurions été sur un pied d'égalité, vous et moi. Mais, en l'occurrence, ma réputation est entre vos mains.

— Madame Flowers, chaque fois qu'une femme danse avec un homme, elle met sa réputation entre les mains de son cavalier. Voilà pourquoi c'est un honneur pour un homme qu'une dame accepte de danser avec lui.

— Mais c'est moi qui vous ai invité à danser, dit-elle. Ou plutôt, pour être précise, je vous ai informé que vous alliez danser avec moi.

— Alors, je suppose que *ma* réputation est entre *vos* mains.

Elle le regarda avec surprise, puis la danse les sépara. S'ensuivit une interminable série de tours, de pas chassés, de croisements et de retours, jusqu'à ce que, enfin, l'orchestre assène l'accord final. Tandis que Mlle Meredith applaudissait avec les autres danseurs, Joss la prit par le coude et l'entraîna vers un côté de la salle.

La foule y était un peu moins dense. Joss riva un regard noir sur un jeune dandy, qui se leva de son banc et s'éloigna. Joss fit asseoir sa partenaire.

— Dites-moi, madame Flowers, demanda-t-il en se penchant vers elle, comment avez-vous fait pour endosser cette nouvelle identité ?

Son éventail pendait à son poignet. Elle s'en saisit, se mit à jouer avec puis l'ouvrit, révélant un jeune personnage bouclé à l'allure grecque, drapé de tissu blanc, avec de toutes petites ailes et les joues gonflées.

— Zéphyr, expliqua-t-elle en remarquant le regard de Joss. Le dieu des vents venus de l'occident. Une image tout à fait appropriée pour un éventail, ne trouvez-vous pas ?

Elle l'agita dans sa direction, et une agréable bouffée d'air frais caressa son visage. Mais Joss, ignorant cette tentative de diversion, haussa les sourcils. L'éventail se referma dans un claquement.

— Très bien, dit-elle. Je suis à Bath en compagnie de la comtesse Tallant. Vous avez fait sa connaissance, je crois.

— Certainement.

La jeune comtesse aux cheveux auburn et son mari aimant étaient un couple populaire et doté d'un solide sens de l'humour.

— Lady Tallant est... de santé fragile. Elle est ici pour prendre les eaux et n'a pas vraiment prévu de faire d'apparition en société. Donc, à notre arrivée, j'ai été chargée de visiter la grande salle de bal, d'y inscrire nos noms dans le livre d'or et de rencontrer le maître des cérémonies. J'en ai profité pour... ne plus être moi.

— Vous êtes toujours vous, lui rappela Joss. Vous vous faites juste appeler différemment. Pourquoi Mme Flowers, au fait ?

Elle toussota.

— Au moment de me présenter, j'ai vu un bouquet dans un vase, dans un coin de la pièce, et voilà.

— Imaginez, si le maître des cérémonies vous avait reçue dans une autre salle, Bath admirerait les charmes de Mme Statue Romaine, à l'heure qu'il est.

Elle voulut le fusiller du regard, mais sans succès. Un petit rire accompagna même le sourire qu'elle ne parvint pas à retenir. Un rire un peu rauque, entendu, tout à fait différent du gloussement un peu sot qu'elle avait eu à l'intention du gros ivrogne qui avait tenté de l'enlever pour une danse. Cette fois, c'était le rire d'une femme qui appréciait la compagnie d'un homme.

Il fallut que ce rire cesse, que le sourire disparaisse, pour que Joss se rende compte qu'il la fixait d'un air étonné.

— Donc, vous garderez mon secret ? demanda-t-elle d'une voix un peu cassante.

— Tout dépend de la raison de ce secret.

Même si l'expression blasée qu'il se forçait à afficher finissait par lui tirer les traits, il continua :

— Pourquoi vous faites-vous passer pour veuve, mademoiselle Meredith ? Êtes-vous en danger ?

L'espace d'un instant, son visage se décomposa. Puis elle redressa les épaules.

— Pas du tout, dit-elle en levant les yeux vers lui, avant d'afficher un sourire presque aussi lumineux que l'ambre de ses yeux. C'est très simple, monsieur Everett. J'ai besoin d'un amant.

2

J'ai besoin d'un amant.

Augusta ne s'était jamais autorisée à prononcer ces mots. Non, jusque-là, elle avait gardé cette idée soigneusement enfermée dans son esprit. Le mot « besoin » semblait trop fort, impliquant que son plan était mû par la nécessité plus que par le désir.

Mais maintenant que ce mot avait franchi ses lèvres, il était clair que c'était celui qui convenait.

Et sa déclaration eut de l'effet : M. Everett en resta littéralement bouche bée.

Il ne tarda pas à se ressaisir, néanmoins.

— Pourquoi ?

Augusta resta bien droite.

— Si vous ignorez les raisons qui poussent un être humain à prendre un amant ou une maîtresse, je suis sûre que vous pouvez payer quelqu'un afin qu'il vous les expose.

Il croisa les bras.

— Vous êtes plutôt avenant, ajouta-t-elle d'un ton plus doux. Il se pourrait même que vous trouviez quelqu'un qui accepte de le faire gracieusement.

Un petit sourire se dessina sur les lèvres de Joss.

— Ce n'est pas ce que je voulais dire. Pourquoi maintenant ? Et pourquoi en avez-vous besoin ?

demanda-t-il en baissant les yeux sur son décolleté. Y a-t-il urgence médicale ?

— Ce n'est pas ce que vous imaginez, répondit Augusta.

Elle pouvait refuser de s'expliquer, rejoindre le Hoquet et ses semblables, et espérer qu'Everett tiendrait sa langue.

Mais il n'avait aucune raison de le faire, n'est-ce pas ? À moins qu'on ne les y encourage, les hommes ne se comportaient jamais comme ils l'auraient dû. Et quand Everett raconterait ce qu'il savait, le scandale éclaterait. Lady Tallant, l'hôtesse d'Augusta, si malade fût-elle, serait bannie de Bath lorsque la véritable identité de son invitée serait révélée.

Lady Tallant méritait mieux. Tout comme Mme Flowers, dans l'esprit d'Augusta.

— Allons dans un endroit plus tranquille, finit-elle par proposer. Et j'essaierai de vous expliquer.

— Vous m'honorez.

— N'en soyez pas si sûr. Vous rappellerais-je que votre fragile réputation est entre mes mains ?

Quand son sourire s'élargit, elle sentit son cœur s'emballer soudainement et détourna le regard. Elle n'aurait pas dû être surprise d'avoir été démasquée, après tout. Et elle n'était pas complètement désolée de l'avoir été par lui.

Le bout de ses doigts posés sur l'avant-bras d'Everett, le cœur battant, elle accompagna son cavalier à travers la cohue. Ils quittèrent la salle de bal et débouchèrent sur le salon octogonal, polygone jaune beurre dont les côtés étaient soit percés de portes, soit ornés de cheminées, le tout surmonté par un autre de ces énormes lustres en cristal. Quelques chaises en bois sombre flanquaient les portes, et ils s'y installèrent.

M. Everett parla en premier.

— Bien. Dites-m'en un peu plus à propos de cette demande pour le moins inhabituelle, ma chère veuve d'opérette.

Augusta regarda les gens passer. Certains riaient, d'autres flirtaient, d'autres encore tentaient de cacher leurs larmes. Il y en avait aussi qui s'ennuyaient, buvaient du punch, se rafraîchissaient le visage en agitant leur éventail. Personne ne lui prêtait la moindre attention, ni à M. Everett.

Elle avait toujours le sentiment qu'une fenêtre la séparait de tout ce qui l'entourait et qu'elle, insecte dérisoire, était collée à la vitre. Si elle ne parvenait pas à la franchir, était-il indispensable de continuer à battre des ailes ?

Oui, probablement. Forcément. Un jour viendrait bien où elle briserait la vitre et... ferait partie de ce monde.

À coup sûr, avoir un amant lui faciliterait la tâche. Cette future relation aiderait à faire oublier celle, passée, qui lui avait valu mépris et opprobre. Ce serait là le moyen de ne plus être seule. Et cette relation, elle en resterait maîtresse.

Le souffle un peu court, elle fixa le parquet.

— Avoir un amant représenterait une victoire pour moi.

— Une victoire sur qui ?

La voix d'Everett était posée, calme.

— Mais cela ne me regarde pas, je suppose, ajouta-t-il.

Que pouvait-il arriver de pire si elle le lui disait ? Il raconterait peut-être que Mme Flowers n'existait pas. Mais le résultat serait le même si elle se taisait. S'il révélait son secret, elle serait définitivement perdue de réputation.

Et elle ressentait le besoin de lui en dire un peu plus. De libérer quelques mots de plus de leur prison – une prison qui l'avait vue se renfermer sur elle-même, et dont les chaînes et les serrures étaient autant de sombres et dangereuses pensées. Elle avait la solitude en horreur.

— Ce serait une victoire sur moi-même.

— Alors, c'est une victoire qui mérite d'être recherchée. Mais vous pourriez vous marier et obtenir le même résultat… disons, charnel.

Elle le regarda.

— Mme Flowers n'est pas ce qu'on appellerait un bon parti. Pour autant que Bath le sache, elle n'est pas bien née et ne possède aucune fortune. Elle n'a rien pour elle, sinon sa noble amie.

— Bien sûr. Voilà pourquoi les hommes flirtent avec vous et vous complimentent. Parce que vous êtes une amie de lady Tallant.

— Ils flirtent avec Mme Flowers, lui rappela Augusta. En tant que veuve, elle est plus libre que moi.

— Elle est vous. Vous, tout simplement, sous le vernis de quelques mensonges, dit-il en soutenant le regard d'Augusta de ses yeux sombres. Vous croyez donc n'être pas digne de vous marier ?

— Voilà une question bien impertinente.

Il ne baissa pas les yeux.

— Et votre réponse n'en est pas une.

Quel homme agaçant !

— Je ne pense pas au mariage. Je ne souhaite pas me marier.

— Une héritière aussi charmante qu'Augusta Meredith ? Vous pourriez certainement trouver un homme au sang bleu, un grand propriétaire aux poches vides. Il serait ravi de vous prendre pour épouse.

— Moi ? Ou mon argent ?

Il eut un sourire entendu.

— Dans la bonne société, il n'y a guère de différence entre les deux.

— Certes. Mais il y en a une pour moi.

Augusta se frotta le haut des bras, juste au-dessus de ses longs gants. Elle avait soudain un peu froid dans cette pièce pourtant bondée elle aussi.

— Je ne laisserai personne avoir ce type de pouvoir sur moi. Autrefois, j'ai fait confiance à un homme, et il m'a abandonnée. Cette fois, c'est moi qui choisirai. Tout ce que je demande, c'est un amant. Je le prendrai, puis le quitterai quand j'estimerai le moment venu.

Les hommes se moquaient d'être traités de la sorte. Colin Hawford avait prouvé à Augusta que le sexe n'avait rien à voir avec l'amour et que le romantisme n'était qu'un voile destiné à masquer l'égoïsme.

Au début, Hawford lui avait semblé intelligent et fort, et s'était aisément fait une place dans sa vie. Puis il s'était épanoui, non pas comme une fleur aux pétales délicats, mais comme un chardon, capable de piquer jusqu'au sang au moment où elle s'y attendait le moins. Impossible à chasser de sa mémoire, même deux ans après.

Elle avait toujours su que sa fortune attirerait les hommes. Mais, dans sa naïveté, elle n'avait pas compris qu'ils partiraient à la conquête de son corps et de son cœur afin d'obtenir sa main. Et son argent.

— En me mariant, je me perdrais, dit-elle à M. Everett. Je ne peux pas prendre ce risque.

L'espace d'un instant, elle se sentit perdue de nouveau. Contractant ses pieds dans ses escarpins, elle les appuya sur le sol. *Garde l'équilibre, Augusta*. Elle s'était montrée idiote, mais elle était plus sage aujourd'hui. Et protégée par un faux nom.

Si M. Everett tenait sa langue.

À côté d'elle, il resta silencieux et immobile un long moment.

— Il me semble que vous cherchez encore à vous perdre, madame Flowers, dit-il enfin.

— Pas du tout. Ce faux nom est un bouclier, qui m'aidera à obtenir ce que je recherche.

Il ne répondit pas : « Si vous le dites », mais son expression parla pour lui.

— Très bien. Je regrette qu'un homme indigne de votre confiance ait croisé votre chemin autrefois. Mais vous semblez aujourd'hui avoir les moyens de votre victoire.

Il se leva.

— Je vais donc vous laisser à vos projets, madame Flowers, puisqu'il me faut poursuivre les miens. Puissiez-vous trouver l'amant que vous cherchez.

Sans réfléchir, Augusta lui agrippa le bras.

— Vous feriez l'affaire, monsieur Everett.

Il se figea, fixant la main gantée d'Augusta sur sa manche.

— Je ferais l'affaire ?

Se laissant retomber sur la chaise qu'il venait de quitter, il ajouta :

— Vous voulez dire en tant qu'amant, je présume ?

— Oui.

Il redressa la tête et la toisa.

— Parce que vous m'avez sous la main ? Ou parce que je ne mérite absolument pas qu'on m'épouse ?

Le ton d'Everett lui fit retirer sa main. À son tour, elle redressa la tête.

— Parce que... vous vous lavez régulièrement et que vous êtes plutôt bien de votre personne, comme je vous l'ai déjà dit.

— Je vais peut-être défaillir.

— Et puis, vous savez ce que je veux. Et pourquoi.

Diable, elle avait la gorge sèche. Elle se força à soutenir le regard d'Everett.

— Ce n'était pas facile à dire, mais je suis heureuse de l'avoir fait.

Les yeux noirs de Josiah Everett plongèrent dans les siens, si clairs, si désarmants et si jeunes à la fois. Il y eut un instant de tension entre eux, puis il se détendit, s'installa plus confortablement sur sa chaise. Une nouvelle fois, des effluves de bois de santal flottèrent jusqu'aux narines d'Augusta.

— C'est un honneur que vous me faites, dit-il – et il semblait sincère, pour une fois. Mais je ne peux accéder à votre requête.

— Même si je... j'en ai vraiment envie ? balbutia-t-elle.

Everett eut un rire contraint.

— Pire. Même si moi, j'en ai vraiment envie.

— Mais si nous avons tous deux...

— Ce n'est pas une question d'envie, mais de décence, dit-il en posant la base de sa paume sur sa tempe. Mon propre milieu m'a enseigné dans la douleur l'importance de la moralité chez un homme. Dans la mesure où je sais que vous êtes une demoiselle et non une veuve, je ne peux prendre part à votre perte.

Mais je suis déjà perdue. Et pas seulement au sens où la bonne société pouvait l'entendre. Non, sa perte venait de l'intérieur, des pensées débridées dans lesquelles elle se noyait si souvent.

— Il ne s'agirait pas de perte, puisque c'est moi qui serais à l'origine de cette aventure, dit-elle d'une voix sourde.

— Je vous prie de m'excuser, j'ai mal choisi mes mots. Je ne peux prendre part à votre « victoire », puisque c'est ainsi que vous l'appelez. Dans la mesure où je possède assez peu de choses en dehors de ma prétention à être un homme honorable, je vous en supplie, ne me demandez pas d'y renoncer. Il est possible que je ne sois pas capable de refuser une seconde fois.

— Je comprends.

Elle noua ses mains sur ses genoux, si fort que ses phalanges blanchirent. Des centaines de gens gravitaient tout autour d'elle, mais elle n'avait personne à qui se raccrocher, en dehors d'elle-même.

Une main gantée de gris tapota son avant-bras une fois, deux fois, puis y resta.

— Ah, ma pauvre veuve d'opérette… Je ne suis pas si sûr que vous compreniez vraiment. Voyez-vous, je suis l'homme le plus abominablement fier qui soit.

À l'endroit où la main d'Everett était en contact avec son bras, elle sentit une douce chaleur se répandre. Elle baissa sur cette main un regard inquiet, comme si elle redoutait de la voir s'en aller.

Elle resta en place, et Everett répéta :

— Abominablement fier. Pour vous dire, lorsque je suis arrivé à Bath il y a quelques jours, j'ai négligé d'aller me faire connaître auprès du maître des cérémonies, comme c'est l'usage.

Son regard était si espiègle, si complice... Augusta n'y était pas préparée. Elle n'avait presque plus froid, son corps tout entier s'était réchauffé. Sous la main d'Everett, dans son propre gant, la peau de son avant-bras fut parcourue d'un agréable frisson. Sans savoir comment, elle parvint à répondre de manière sensée.

— Tant d'étrangers se retrouvent dans cette ville que le maître des cérémonies se doit de s'assurer de leur réputation.

— C'est logique, en effet. Mais je n'avais pas envie qu'un inconnu se fasse une opinion de ma personne dans le seul but de la communiquer à d'autres gens qui me sont tout aussi inconnus. Ainsi suis-je récompensé de ma fierté : je ne peux avancer dans mes affaires si personne ne m'adresse la parole.

Sa main quitta le bras de Meredith. Il la passa sur son visage.

— J'ai payé une demi-guinée pour avoir le privilège de traverser une salle de bal bondée dans une solitude relative. Si j'excepte votre compagnie, ma chère veuve d'opérette. Mais vous me connaissiez déjà, c'est un peu différent.

Augusta croisa les bras, tentant de conserver la chaleur qu'Everett y avait répandue.

— Monsieur Everett, vous devez cesser de m'appeler « ma chère veuve d'opérette ». Cette moquerie est trop flagrante pour que je l'ignore.

— Faut-il que je m'adresse à vous en disant « mademoiselle Meredith », alors ?

— Non. Si quelqu'un vous entendait, mon secret n'en serait plus un. Vous ne pouvez pas m'appeler ainsi non plus.

— Alors, comment dois-je vous appeler ?

— Augusta, je suppose.

Devant le haussement de sourcils d'Everett, elle ajouta :

— C'est le seul nom qui me reste.

— Pas de second prénom qui soit moins impressionnant et vieux jeu ?

Comme elle secouait la tête, un sourire flottant sur ses lèvres, il conclut :

— Ce sera donc Augusta. Merci.

— Puis-je vous appeler Josiah en retour ? Nous pourrions dire que nous sommes des cousins éloignés, si vous voulez, pour que personne ne se pose de questions.

— Seigneur, non !

Elle avait dû paraître vexée, car il expliqua :

— Je veux dire, non, vous ne pouvez pas m'appeler Josiah. Ce nom ne me va pas. Beaucoup trop sérieux. Appelez-moi Joss.

— Joss, dit-elle.

Il approuva d'un signe de tête, et elle l'imita. Pouvoir l'appeler ainsi lui faisait du bien, comme si la fenêtre qui la séparait du reste du monde s'était enfin entrouverte.

— Et nous ne pouvons être cousins, ajouta-t-il. J'en ai déjà un, et un cousin comme Sutcliffe, c'est déjà presque trop.

Tiens, étrange. Elle avait trouvé lord Sutcliffe extrêmement agréable lorsqu'elle l'avait rencontré, une fois, à Londres.

— Nous pourrions être de vieux amis, alors ?

— J'en ai trop peu, surtout à Bath. Tout le monde devinerait que c'est faux.

Augusta réfléchit.

— Pendant que nous dansions, vous avez plaisanté en disant que votre réputation était entre mes mains. Et si c'était le cas ?

— C'est le cas. Je vous l'ai dit.

Elle leva les yeux au ciel.

— Vous plaisantez, mais moi, je suis sérieuse. Vous dites avoir des affaires à régler. C'est vague, mais je vous assure que je m'y connais en affaires. Étant ici en tant qu'invitée de lady Tallant – et m'étant présentée au maître des cérémonies –, je suis en mesure d'attirer l'attention de la moitié des hommes présents à Bath.

— La moitié seulement ? Comme c'est triste. Votre popularité est en déclin.

Il se faisait l'écho de ce qu'elle avait dit un peu plus tôt, et elle fut tentée de lui tirer la langue.

— Vous oubliez, ma chère... hum... Augusta, que je suis abominablement fier. Je n'aime pas être redevable à qui que ce soit.

— Oh, mais vous ne le seriez pas, s'empressa-t-elle d'expliquer. Ce serait en échange du silence concernant mon vrai nom. Ce n'est pas du tout un service que je vous propose. Juste un marché.

Il la regarda du coin de l'œil.

— Continuez.

— Je pourrais vous aider dans vos affaires, et vous pourriez m'aider à trouver un amant.

Elle sembla chercher ses mots un instant, puis reprit :

— Les hommes ne mentiront pas à Mme Flowers s'ils parlent affaires avec elle, car ils partiront du principe qu'elle n'y comprend rien. Et les hommes ne mentiront pas à M. Everett quand ils diront ce qu'ils pensent vraiment des femmes. S'il s'en trouve certains, parmi ceux que nous rencontrerons, qui se révèlent malhonnêtes ou rustres, nous pourrons nous en informer réciproquement.

— Vous me faites confiance pour vous jeter dans le lit d'un homme que vous connaîtrez à peine ?

— Vous vous méprenez. Je vous demande simplement de me transmettre toute information pertinente que vous pourrez glaner. Si quelqu'un décide de jeter ma petite personne dans un lit, ce sera moi, et moi seule.

Il cligna des yeux.

— S'il m'avait fallu deviner, parmi toutes les réponses possibles, quelle serait la vôtre, ce n'est pas celle-ci que j'aurais choisie.

— Ah. Je vous surprends donc ?

— Ma chère veuve d'opérette… je veux dire, Augusta, après des années passées au service de lord Sutcliffe, il m'en faut beaucoup pour être surpris. Mais oui, vous me surprenez, dit-il en haussant les sourcils.

— Et vous me surprenez aussi, Joss. Non, ne dites pas que je vous fais là un grand honneur, parce que je ne suis pas sûre que ce soit le cas. Mais je vous trouve hors du commun, c'est un fait.

— Sur ce point, vous avez raison.

Penchant la tête en arrière, il considéra l'immense lustre en cristal, au centre du plafond.

— Je me demande combien de ces cristaux et de ces chandelles équivalent à mon salaire annuel.

— Je… euh…

Une réponse semblait nécessaire, mais Augusta ne savait que dire. Elle n'avait pas l'habitude de penser en termes de salaire ou de « combien de ». Avec une fortune comme la sienne, les montants, quels qu'ils soient, n'avaient plus vraiment de sens. On achetait et on possédait, tout simplement.

— Très bien, Augusta. Je vais vous parler de mes affaires.

Il gardait les yeux rivés sur le lustre et ses scintillements infinis.

— Quelqu'un, à Bath, possède des informations qu'il ne devrait pas avoir. Et pour ces informations, il exige d'être payé.

Elle comprit aussitôt.

— Vous faites l'objet d'un chantage.

— Moi non, mais mon employeur, oui. Je ne peux en dévoiler la raison précisément, comme vous devez le comprendre.

Augusta brûlait de curiosité, mais elle parvint à parler d'une voix calme.

— Bien sûr.

— Mon employeur ne dispose pas de fonds suffisants pour payer le maître chanteur. Pour réunir l'argent, je dois vendre les intérêts qu'il possède dans une mine du nord du Somersetshire. Les fonderies de Bath ont besoin de charbon, donc il espère que je vais trouver un acheteur ici. Et je fais en secret le rêve d'identifier le maître chanteur, je ne sais comment, et de rendre inutile un tel paiement.

— J'ignorais que les hommes d'affaires s'occupaient de choses de ce genre.

— En général, ils ne s'en occupent pas. Je pense être le seul à le faire. Peut-être parce que je suis un peu de la famille. Ou peut-être parce que lord Sutcliffe n'est pas un employeur comme les autres. Je vous rassure, je fournis également les services habituels en matière de correspondance et de tenue d'agenda.

Joss se leva et tendit la main à Augusta.

— Je ne révélerai pas votre secret, vous savez, que vous décidiez de m'aider ou pas. Ce que vous faites à Bath ne regarde que vous.

— Je…

Elle s'interrompit, ne le croyant pas complètement, et ne sachant comment le lui dire. Placer sa confiance en un beau jeune homme ne lui avait guère réussi par le passé.

— Vous ne savez que répondre ? Peut-être pourriez-vous dire : « Merci, Joss. C'est tellement gentil de votre part. »

Elle marmonna un juron.

— Dieu du ciel, fit-il. Cela ne sonnait pas du tout comme : « Merci, Joss. C'est tellement… »

— Arrêtez, dit-elle en se levant pour lui faire face. Joss. Monsieur Everett. À Bath, Mme Flowers ne peut utiliser ni l'argent ni les connaissances de Mlle Meredith. Dites-moi au moins ce que vous savez. Je ne peux pas vous faire confiance sans contrepartie aucune.

— Vous ne me pensez pas capable de tenir ma langue ? Ce n'est pas grave. On m'a cru capable de tellement pire…

Il souriait, mais il n'y avait pas une once d'humour dans son expression.

Une expression qu'elle connaissait bien. C'était celle d'un esprit qui tente d'ignorer les nœuds de ses propres pensées, celle d'un être qui cherche à cacher ce qu'il a en tête.

Assurément, elle pouvait faire affaire avec un homme affichant une telle expression. Elle pouvait avoir confiance en lui autant – ou aussi peu – qu'en elle-même.

— Marché conclu, donc ? demanda-t-elle en serrant les bras autour d'elle, car elle avait froid de nouveau. Joss.

— Je suppose, oui. Marché conclu.

3

La salle de bal ainsi que toutes les salles adjacentes fermaient tôt, à 23 heures. Malgré cela, Augusta ne s'attendait pas que la maison louée sur Queen Square abrite encore une quelconque activité. Tant à Londres qu'à Bath, les médecins de lady Tallant, l'hôtesse et amie d'Augusta, lui avaient recommandé beaucoup de repos.

Mais lady Tallant suivait rarement les conseils qu'on lui donnait.

Aussi Augusta eut-elle la surprise, après avoir demandé aux domestiques de fermer la maison pour la nuit et être montée à l'étage sur la pointe des pieds – zut, elle avait oublié que la troisième marche grinçait –, de trouver dans sa chambre la jeune comtesse allongée sur une méridienne, feignant de lire.

— Lady Tallant. Emily.

Elle s'arrêta sur le seuil, puis jeta un regard circulaire sur la pièce pour s'assurer qu'elle se trouvait dans la bonne chambre. Oui, c'était bien la sienne : papier peint brun foncé imprimé de treilles fleuries, et tapis tout aussi fleuri dans des tons également sombres. La chambre d'Emily était dans des tons de bleu.

— Tu devrais être couchée, il ne fallait pas m'attendre. À moins que je ne t'aie réveillée en rentrant ?

— Bien sûr que non, tu ne m'as pas réveillée.

Sans même un regard pour son livre, la comtesse le ferma et le laissa tomber sur le tapis avec un bruit sourd.

— À Londres, c'est pour ainsi dire le milieu de l'après-midi. Je devrais être en train de boire le thé en réfléchissant à la robe que je porterai au dîner.

Augusta ne répondit pas, se contentant de hausser les sourcils, petit truc dont elle avait tout récemment vu Joss Everett se servir avec grande efficacité.

— Tu essaies de m'intimider, mais cela ne marche pas, je regrette.

Emily s'affaissa un peu sur la méridienne et resserra l'étoffe de sa robe couleur pêche autour d'elle. Le halo de la lampe jetait des reflets cuivrés dans ses cheveux bruns et masquait son teint trop pâle, mais rien ne parvenait à dissimuler les cercles sombres qui soulignaient ses yeux.

— Je suis comtesse et de santé fragile, par conséquent, je fais ce que je veux. De plus, c'était ce soir ton premier bal à Bath, et j'entends que tu me fasses un récit complet de cet événement.

— Et tu iras te coucher, ensuite ?

— J'irai me coucher si ce que tu me racontes est ennuyeux. Si c'est d'un ennui extrême, il se peut même que je m'endorme ici.

Augusta sourit et prit place sur la chauffeuse, en face de lady Tallant. De cinq ans son aînée, la comtesse était devenue son amie lors de la saison précédente. Leur conversation polie, dans une salle de bal, avait entraîné une invitation, puis une autre, et une autre encore. C'était à peu près à la même époque qu'Augusta avait rencontré Josiah Everett – Joss –, cet homme à l'expression impavide, aux yeux sombres et à l'humour grinçant.

Un homme bon et honorable, contre toute attente.

Augusta toussota.

— La salle était bondée. J'ai participé à plusieurs danses.

Emily mima un ronflement.

— Et, ajouta Augusta, j'ai rencontré une de tes connaissances.

Les yeux verts d'Emily s'agrandirent.

— Vraiment ? Était-ce une connaissance de type masculin, célibataire et séduisant ?

— Pas exactement.

Dans l'âtre, le feu avait été largement alimenté, pour le confort d'Emily. Avec une nonchalance feinte, Augusta tendit dans sa direction un pied encore chaussé.

— Enfin, je veux dire... si, c'était un homme, et célibataire. Et certaines l'auront sans doute trouvé séduisant aussi. M. Josiah Everett.

— *Certaines* l'auront trouvé séduisant ? C'est possible, en effet. Je note que tu ne livres pas ton opinion sur le sujet, dit Emily avec un petit sourire. Il a les cheveux noirs, ce qui joue en sa faveur.

Le mari d'Emily, lord Tallant, était lui aussi très brun. Ils formaient un couple heureux, même si le comte et leurs deux enfants étaient restés à Londres pendant la convalescence d'Emily.

Elle posa sur Augusta un regard inquisiteur.

— Et a-t-il eu le bon sens de danser avec toi ?

— Oui, mais seulement parce que je l'y ai forcé et parce qu'il se trouvait là au moment où j'essayais d'éviter de danser avec quelqu'un d'autre.

— Donc, ni toi ni lui n'aviez envie de danser ensemble, et c'est pourtant ce que vous avez fait. Bien joué, ma chère.

Emily sourit et, l'espace d'un instant, les cernes qui lui mangeaient le visage semblèrent moins sombres.

— Si j'ai bonne mémoire, M. Everett apprécie les joutes intellectuelles, ajouta-t-elle.

Augusta entreprit d'ôter ses gants, tirant sur le bout de chaque doigt.

— À propos… j'ai quelque chose à t'avouer.

Emily se redressa, s'appuyant sur un coude.

— Que tu te fais passer pour une veuve du nom de Mme Flowers ? Ou s'agit-il d'autre chose ?

Un gant tomba sur le tapis.

— Euh… je… Oui, c'est… En gros, c'est cela.

— En gros, c'est cela, répéta Emily. Très bien. Je peux me contenter de ça.

— Comment l'as-tu su ?

La comtesse eut un geste vague.

— Je me suis traînée jusqu'à la Pump Room ce matin, pour y goûter la célèbre eau minérale, et tant que j'y étais, je me suis dit que j'allais signer le livre d'or. Le maître des cérémonies m'a alors informée que ma jeune amie était déjà passée pour ce faire et m'a indiqué l'endroit où elle s'était inscrite.

Elle fit la moue avant d'ajouter :

— L'eau était des plus mauvaises. On aurait dit du lait tourné qui sentait l'œuf pourri. Mais j'imagine que quelque chose d'aussi infect doit faire du bien à ma santé.

— Oui, dit Augusta, perdue dans ses pensées.

Ajouter autre chose, c'était courir le risque de trop en dire, maintenant qu'Emily savait qu'elle avait profité de sa gentillesse.

— Puis-je te demander pourquoi tu as donné un faux nom ?

Le regard d'Emily croisa brièvement celui d'Augusta, avant que cette dernière se penche pour ramasser son gant. *Lâche.*

— Bon, je n'insiste pas. Nous avons tous parfois besoin de nous fuir nous-mêmes. Mais si tu souhaites me donner les raisons qui ont provoqué ce besoin de fuir, je serai heureuse de les entendre.

C'était la seconde gentillesse inattendue de la soirée, après la promesse de Joss Everett de garder son secret – lequel était, apparemment, plus partagé qu'elle ne l'avait cru.

En cet instant, comme bien des fois auparavant, la comtesse aurait eu tous les droits de mettre un terme à sa relation avec Augusta. Mais la bonté d'âme d'Emily était sans limites.

— Merci. Vraiment. Je suppose que j'avais besoin de me fuir moi-même, effectivement. Et devenir une veuve m'a semblé être une solution aussi bonne qu'une autre.

Augusta se redressa, son gant à la main, et ajouta d'un ton hésitant :

— T'arrive-t-il de regretter d'avoir épousé lord Tallant ?

La jeune comtesse se laissa retomber contre le dossier de la méridienne. Son regard glissa sur la moulure en plâtre qui ornait le centre du plafond jusqu'à la cheminée.

— Je ne pense pas, commença-t-elle lentement, qu'il existe sur cette terre une seule femme honnête qui ne regrette pas de temps à autre son mariage. L'être humain peut être tellement irritant, parfois, et lorsque les deux époux sont irritants au même moment, eh bien…

Elle sourit.

— Mais j'ai la chance de ne pas être affectée, comme tant d'autres, par les soucis financiers ou la méfiance de mon mari. Par conséquent, les moments irritants passent, nous restons mariés, et j'en suis heureuse. Le mariage est une bénédiction, lorsque l'on est mariée à un homme bon.

Et si on ne l'était pas… Épouser un homme cruel, c'était faire de chaque jour une prison. Mais comment faire la différence quand on rencontrait quelqu'un ? Un homme pouvait feindre de sourire indéfiniment, à moins qu'un incident ne le force à montrer son vrai visage.

Mieux valait laisser le mariage aux femmes moins riches et plus fortes. Un faux veuvage suffisait à Augusta.

— Dois-je me faire du souci pour toi ? Serais-tu hantée par quelque regret ? demanda Emily d'une voix calme.

— Pas plus que d'ordinaire.

Augusta se força à sourire et regarda son amie. Une rapide image de Joss lui traversa l'esprit. Il avait semblé désolé de devoir décliner son offre. Pour lui, elle n'était pas faite pour une liaison qui risquerait d'entacher son honneur.

Pourtant, autrefois, Colin Hawford avait estimé qu'elle ne méritait pas une liaison honorable. Donc, finalement, elle ne méritait… rien. Comme toujours, elle se retrouvait dans un entre-deux, prise entre le commerce et la vie mondaine, entre la vie pour laquelle elle était née et celle que ses parents souhaitaient pour elle.

« Nous avons tous parfois besoin de nous fuir nous-mêmes », avait dit Emily. Mais Joss avait affirmé que c'était impossible, qu'Augusta restait elle-même, si convaincante fût-elle en veuve d'opérette. Et s'il avait raison, elle n'avait nulle part où aller. Elle pourrait adopter tous les noms possibles, jamais aucun ne la libérerait.

Mais assez. Elle avait suffisamment pensé à cela pour aujourd'hui.

— Veux-tu que je te fasse la lecture, Emily ? proposa-t-elle, remarquant la fatigue qui alourdissait les paupières de la comtesse.

— Oui, volontiers, répondit son amie en fermant les yeux.

Augusta se leva, alla ramasser le livre qu'Emily avait laissé tomber et s'installa sur le sol, au pied de la méridienne.

— Des poèmes de William Blake. Cela te va ?

Emily eut un hochement de tête presque imperceptible.

— Lis-moi *Joie d'enfant*.

Augusta feuilleta l'ouvrage jusqu'au poème en question. C'était une édition illustrée avec des tableaux de Blake, et le poème figurait au centre d'une illustration représentant une fleur rouge feu qui abritait une mère et son enfant, un ange auréolé les bénissant.

— « Je n'ai pas de nom, commença-t-elle.
Je n'ai que deux jours.
Comment vais-je t'appeler ?
Je suis heureux,
Mon nom est Joie.
Que la joie soit avec toi ! »

— Arrête, dit Emily. Arrête. Ne lis plus.

Augusta leva les yeux. Ceux d'Emily étaient toujours clos, mais une larme avait perlé de sa paupière et roulait sur sa joue.

— Je crois que je vais aller me coucher, dit-elle d'une voix blanche. Je n'aurais pas dû rester debout si tard.

Augusta se retint de lui répondre : « Je te l'avais bien dit » – sa façon à elle de remercier son amie de sa gentillesse. Elle se leva et aida Emily à faire de même, feignant de ne pas remarquer la deuxième larme qui suivit la première et celles qui coulèrent ensuite.

La fille tant désirée d'Emily n'avait pas reçu de nom, n'avait jamais émis le moindre souffle. Et, de la même façon qu'Augusta avait tenu la main d'Emily après la terrible perte, un mois plus tôt, elle la tint de nouveau et accompagna son amie jusqu'à sa chambre. Là, elle aida la comtesse à se mettre au lit, puis tira la courtepointe jusqu'à ses maigres épaules.

— Je suis là, Emily. Si tu as envie de parler, je serai heureuse de t'écouter.

Emily sembla sortir de sa torpeur.

— Sais-tu pourquoi je t'ai demandé de m'accompagner à Bath, Augusta ?

Augusta s'assit au bord du lit.

— Oui. Tu voulais de la compagnie pendant ta convalescence.

Il y eut un silence, mais dans la pénombre, Augusta ne pouvait distinguer l'expression de son amie.

— J'avais besoin de compagnie, c'est vrai, mais s'il n'avait été question que de cela, j'aurais pu venir avec mon mari et mes enfants. Même s'ils me manquent terriblement, je n'ai pas envisagé une seconde de les emmener.

— Pourquoi cela ?

— Parce qu'ils me rappellent ce que j'ai perdu.

Emily se redressa dans le lit et contempla le feu dans la cheminée.

— De toutes les amies que j'aurais pu inviter, tu étais la seule dont la compagnie me faisait vraiment envie. Parce que tu sais ce qu'est la perte.

Oh.

— C'est vrai, répondit Augusta.

Malgré le feu dans la cheminée, elle ne sentait plus ses doigts. Ni ses orteils. Quant à la pierre qui lui tenait lieu de cœur…

— Tu sais à quel point le sentiment de perte peut rendre fou, dit Emily. Comme il peut révéler certaines facettes de notre personnalité que l'on ignorait jusque-là.

Augusta prit les paroles d'Emily non comme une critique, mais comme un appel à la compréhension.

— Cela peut vous faire perdre la tête.

Elle se rappelait son chagrin, si profond qu'elle aurait pu mettre le feu à tout ce qu'elle possédait. Elle ne voulait plus jamais rien éprouver. Tout ce qu'elle souhaitait, c'était oublier.

Mais l'oubli n'était pas venu.

— Tu devrais essayer de dormir, maintenant, dit Augusta.

Emily s'allongea sans protester.

Le simple fait d'évoquer ce qui les avait amenées ici avait été suffisamment éprouvant. Ni l'une ni l'autre n'était prête à parler des causes de cette perte, ni de la manière dont elles allaient évoluer en dehors de cette maison, loin du monde qu'elles connaissaient.

Comme Augusta sortait sans bruit de la chambre, pour regagner le corridor menant à sa propre chambre, l'expression sardonique de Joss Everett lui revint à l'esprit. Il s'était déclaré son allié, mais avait critiqué sa personnalité. Il l'avait raillée, même. Pourquoi ? Dans quel dessein ? Peut-être avait-il eu le sentiment qu'elle l'avait dénigré la première en sous-entendant qu'il n'était pas digne de confiance.

Elle aurait dû lui dire que personne n'était digne de confiance. Personne en dehors de lady Tallant. Et de ses défunts parents, disparus si brusquement.

Mais certainement pas elle-même.

La perspective de prendre le séduisant et imprévisible Joss Everett pour amant avait quelque chose de brutalement attirant… et de terrifiant. Il ne se contenterait pas de posséder son corps. Il lui faudrait le reste.

Mieux valait donc pour eux deux qu'il ait refusé.

Joss n'arrivait pas à y croire. Il avait refusé la proposition d'Augusta Meredith.

Il contempla son reflet dans la glace fendue accrochée au-dessus de sa malle, qui avait connu des jours meilleurs, et desserra sa cravate avec soin. Il n'avait pas assez de linge pour changer de col tous les jours, et pas les moyens de payer la blanchisseuse et l'amidonnage. Après avoir défroissé l'étoffe avec le même soin qu'il avait mis à la nouer, il la posa à plat.

Son logement était à l'image de sa garde-robe : apparemment convenable, mais en réalité, disons…

plus que modeste. Il avait pris une chambre sur Trim Street, dans un quartier respectable, mais sous les toits, et à l'arrière de la maison. La chambre était minuscule, en soupente, les murs en plâtre nu, le plancher brut. Il y avait une tache de moisi au plafond, et une légère odeur d'humidité flottait dans toute la pièce depuis qu'il pleuvait. Si cette maison avait appartenu à une seule famille, la chambre de Joss aurait été une chambre de bonne.

Mais, après tout, c'était ce qu'il était. Un domestique. Pour le moment, en tout cas. Peut-être plus pour très longtemps s'il parvenait à ses fins.

S'il parvenait à ses fins... Il se détourna du miroir, dégoûté par cette surface irrégulière qui faisait de son visage une horreur. Il désirait ardemment parvenir à ses fins avec Augusta Meredith. Elle portait des vêtements de soie faits sur mesure avec autant de décontraction qu'une autre femme aurait épinglé un petit bouquet à son corsage. Elle était mûre pour la séduction ; elle *demandait* à être séduite.

Mais, s'il accédait à ses désirs, c'était elle qui souffrirait – de la ruine de sa réputation ou du fardeau d'un enfant non désiré. Il ne pouvait assouvir son désir et ne laisser que de la souffrance à la place.

Il gagna son bureau, regrettant que le clair de lune n'éclaire pas plus sa chambre. Il avait tant de lettres à lire, tant de questions auxquelles répondre... Mais, au lieu de se mettre au travail, il poussa de côté les papiers qui encombraient le secrétaire et prit un petit carnet de format in-octavo. Le cuir noir de sa reliure ne portait aucune inscription et trahissait juste, par son usure, ses dizaines d'années d'existence.

Pourquoi l'emportait-il partout ? Pourquoi le consultait-il ? Il savait pourtant que ce soir, pas plus que les autres soirs, il n'y trouverait la réponse qu'il cherchait.

Il l'ouvrit cependant et laissa son regard glisser sur les arrondis de l'écriture devanagari de sa grand-mère d'origine indienne et sur la traduction en anglais que sa mère en avait faite, plus tard, dans la marge. Ici et là se trouvaient quelques dessins de plantes dont l'encre avait bruni avec le temps. Il gardait le souvenir de certaines de ces plantes, qu'il avait pu observer enfant, quand sa mère était encore en vie pour les entretenir. Leurs noms tordaient et courbaient la langue : *ghikumari*, qui apaisait les brûlures ; *tindora*, la courge écarlate, qui redonnait des forces et calmait les palpitations. *Shikakai* et *reetha*, pour se laver les cheveux. *Neem*, un arbre trop haut pour rester à l'abri des vitres de la serre. Avant qu'une série d'hivers rigoureux ne vienne à bout de sa vigueur, son huile avait été utilisée dans la composition de presque toutes les préparations, depuis les toniques à boire jusqu'aux crèmes pour la peau, en passant par les traitements contre les rhumatismes articulaires.

Il y avait aussi un dessin de *somalatha*, une herbe à l'allure faussement insignifiante. Elle venait à bout des terrifiants symptômes de l'asthme – mais pouvait aussi, comme l'avait découvert le baron, stimuler le corps et l'esprit. Avec les années, Sutcliffe lui avait consacré de plus en plus de place au sein de la serre de Sutcliffe Hall, au point que cette plante avait mis dehors toutes les autres.

Il y avait de cela plusieurs décennies, quand la grand-mère de Joss s'occupait encore de la serre, une bien plus grande variété de plantes y poussait. À son époque, Jumanah, lady Sutcliffe, avait réussi à recréer un petit coin d'Inde dans cette serre.

C'était du moins ce que l'on racontait. Joss n'avait jamais connu sa grand-mère, car quelques années à peine après son arrivée dans le Somersetshire, le froid des hivers anglais avait pénétré tout son être, tout comme il était arrivé à bout du *neem*. Ce petit carnet couvert de son écriture était tout ce que Joss possédait de celle qui, il y avait bien longtemps de cela, avait quitté Calcutta à bord d'un navire, en compagnie d'un cuisinier, d'une *ayah* et du soldat britannique qu'elle avait épousé à la hâte. Elle avait été sa *bibi* et portait son enfant. La disparition prématurée du précédent baron Sutcliffe avait exigé leur mariage, ainsi qu'un rapide retour vers l'Angleterre. Le futur héritier de la baronnie de Sutcliffe – car le reste de la famille n'en doutait pas un instant : ce serait un mâle – devait naître légitime.

Il n'avait pourtant fallu qu'une génération pour que cette branche de la famille casse et tombe. L'héritier tant attendu avait été une héritière – une fille que n'avaient protégée ni les dispositions d'un mariage contracté dans la précipitation, ni une dot. Si ses parents avaient vécu, tout se serait sans doute bien passé.

Mais tel n'avait pas été le cas. Et lorsque Kitty, leur fille orpheline, avait croisé le chemin du vaurien Jack Everett, le scandale et la ruine avaient bien vite suivi. Grâce à la force de persuasion de l'oncle de la jeune fille, père du baron actuel, Everett avait épousé Kitty. Leur fils, Josiah, n'était donc pas né bâtard. C'était là le seul acte désintéressé que Jack Everett avait jamais accompli.

Abritée derrière sa fortune, Augusta Meredith n'avait aucune idée de sa vulnérabilité. Elle ignorait l'ampleur de ce qu'elle risquait de perdre si elle plaçait sa confiance en de mauvaises mains.

Joss allait devoir la surveiller de près – une entrée supplémentaire dans la liste des missions urgentes et top secret qu'il avait à régler pendant son séjour à Bath. Car là où il avait répondu non à Augusta, il était bien certain qu'il se trouverait quelqu'un pour lui dire oui.

Refermant son carnet, Joss regarda par la petite fenêtre, au-dessus de son bureau. Sa chambre donnait sur la ruelle par laquelle les voitures à cheval accédaient aux écuries, à l'arrière de la maison. À la lueur de la lune, il aperçut un jeune garçon qui tirait un de ces fauteuils roulants si courants à Bath, s'apprêtant probablement à regagner ses pénates pour la nuit.

Joss ouvrit la petite fenêtre et lui lança dans un murmure rauque :

— Hé, petit, peux-tu porter un message pour moi ?

Le gamin gara son fauteuil et accepta, non sans avoir monnayé son service contre une modeste somme. À tâtons ou presque, car il maintenait la flamme de la lampe très bas pour économiser le pétrole, Joss chercha de quoi écrire et rédigea une rapide lettre à l'intention d'Augusta, lui demandant de bien vouloir le rencontrer le lendemain. Après l'avoir pliée et scellée, il la roula autour d'une pièce et lança le tout dans les mains du gamin, trois étages plus bas.

— Sais-tu où habite lady Tallant ?

— Mazette ! Celle qui crèche à Queen Square ? La comtesse, c'est ça ?

— C'est cela. Ce mot est pour son amie, Mme Flowers. Et la pièce...

— Est pour bibi. Pigé, milord.

Avec l'admirable énergie de la jeunesse, le garçon glissa le mot dans sa poche, reprit le manche de son fauteuil et s'éloigna, tandis que l'écho de leur conversation finissait de résonner dans la ruelle silencieuse. Le bruit des roues sur les pavés s'évanouit à son tour, et il n'y eut bientôt plus rien que les rangées de maisons aux façades fermées, dont la pierre dorée était noircie par la nuit sans étoiles.

Si Augusta acceptait sa requête, Joss la rencontrerait de nouveau le lendemain. Et il la prendrait au mot : elle lui confierait la tâche consistant à lui trouver un amant digne de confiance, en échange de quoi elle l'aiderait à conclure la vente de ces terrains, lui permettant ainsi de recouvrer sa liberté et de commencer une nouvelle vie.

Il espérait seulement qu'elle serait plus droite avec lui qu'il ne le serait avec elle.

4

À 8 heures en cette maudite matinée, la Pump Room était déjà comble. Un défilé sans fin des résidents de Bath – les très chics, les malades et les simples curieux – passait devant Joss, à pied ou en chaise roulante.

La salle était plus vaste que toutes les salles de bal londoniennes de sa connaissance, avec une hauteur sous plafond d'au moins trois étages et une longueur supérieure à celle d'un terrain de cricket. Un mur de fenêtres l'éclairait, et l'on assistait à travers les vitres à la lutte entre un soleil faiblard qui peinait à se lever et une pluie fine. Mais il fallait plus que le mauvais temps pour empêcher ces quidams à la santé fragile de venir prendre les eaux, si nauséabondes fussent-elles. Joss, pour sa part, était persuadé que rester quelques heures de plus au lit aurait été plus bénéfique pour leur santé.

C'était en tout cas ce qu'il aurait aimé pouvoir faire. Il était beaucoup trop tôt pour lui, surtout dans la mesure où il s'était couché bien après minuit. Son séjour à Bath ne le dispensait pas de ses devoirs habituels en tant qu'employé de Sutcliffe. Bien qu'il remplît les tâches ordinaires d'un secrétaire, il était également chargé d'apaiser et de flatter le baron, comme si son cousin avait été un cheval capricieux. La comparaison convenait particulièrement si l'on considérait la façon dont Sutcliffe l'avait malmené ces temps derniers.

Leur routine quotidienne était plus difficile à maintenir à distance, même si Bath n'était qu'à une quinzaine de kilomètres de Sutcliffe Hall. Ces derniers jours, le baron avait inondé Joss de lettres frénétiques et de mots désespérés envoyés par la poste ou par porteur spécial, soigneusement écrits au début, puis griffonnés dans une écriture penchée presque illisible, l'urgence jaillissant de la page.

Où sont mes boutons de manchettes préférés Ma carafe à cognac est vide et je pense que les domestiques en ont bu Lady Sutcliffe veut plus d'argent pour ses dépenses personnelles Que dois-je faire si une autre de ces lettres de menaces arrive Quand rentrez-vous j'ai besoin de vos conseils

Avez-vous vendu les terrains

Au moins Sutcliffe finissait-il par interroger Joss sur la mission qui l'avait envoyé à Bath. Et au moins payait-il le port de ces lettres, ce qui évitait à Joss de se ruiner.

Joss avait appris à être reconnaissant du bon sens dont la vie l'avait doté.

Mais cela aurait tout de même été plus facile à une heure plus tardive que 8 heures du matin. Il frotta ses yeux irrités par le manque de sommeil, puis parcourut une nouvelle fois la foule, à la recherche d'Augusta. « Mme Flowers » avait répondu positivement à son mot de la veille au soir, renvoyant le même gamin efflanqué à travers les rues pour lui porter sa réponse et le délester d'une autre pièce. Joss lui avait jeté un shilling. C'était beaucoup trop, mais il avait eu le sentiment de faire un premier pas vers la liberté.

Là. Un éclair roux, une chevelure lumineuse, flamboyante dans cette matinée grise, dépassait d'une capote. Ce devait être elle, car plusieurs hommes s'arrêtaient pour lui faire la conversation. Et, tandis que tous reprenaient leur chemin, il se dit que tout allait pour le mieux en ce bas monde, car une jolie femme allait passer un moment avec lui.

Joss se fraya un passage à travers la foule qui allait et venait d'un pas tranquille dans la salle et s'arrêta à quelques mètres de son objectif : Augusta, vêtue d'une robe à l'imprimé discret sous une lourde pelisse marron. Rien dans sa tenue n'attirait l'attention, mais son sourire… il était extraordinaire. Lumineux, charmant, insolent, comme si elle ne connaissait pas de plus grand plaisir que de se promener dans une salle bondée par un matin pluvieux, en faisant la conversation à des inconnus.

Il remarqua alors qu'elle n'était pas seule : elle poussait un fauteuil roulant, dans lequel était assise lady Tallant. Joss s'inclina très bas.

— Mes hommages, mesdames. Madame la comtesse. Madame… hum… Augusta.

La comtesse semblait amincie, et faible, mais elle le salua avec la même chaleur que par le passé.

— Bonjour, monsieur Everett. Merci beaucoup pour votre gentillesse à l'égard de notre jeune amie hier soir au bal.

— Ce fut un plaisir.

Joss afficha un sourire désinvolte. Qu'avait révélé Augusta exactement, de ses propres secrets et des siens ?

— La comtesse est au courant, pour mon veuvage, dit Augusta.

— Quelle perte cruelle, acquiesça lady Tallant en resserrant son châle autour de ses épaules. Pauvre M. Flowers, se faire écraser par un hippopotame, tout de même…

Augusta s'étrangla.

— Je n'ai jamais dit…

— Mais vous êtes jeune et charmante, ma chère. Je suis sûre que vous vous remarierez bientôt. Vous prendrez juste garde à ne plus approcher les gros mammifères.

— J'ai été informé du fait que Mme Flowers avait attiré l'œil de la moitié des hommes présents à Bath, dit Joss, qui se sentait d'humeur badine. Et pour autant que je sache, il n'y a pas d'hippopotame ici qui puisse les mettre en danger.

Augusta croisa les bras, attirant le regard sur sa délicieuse poitrine, soulignée par le décolleté de son corsage imprimé.

— Avez-vous bientôt fini, tous les deux ? Emily, tu dois aller boire ton eau minérale.

La comtesse fit la grimace.

— Cette eau a un goût d'œuf pourri et de rouille. Je préfère de loin rester ici et te taquiner.

— Je serais ravi de vous tenir compagnie dans cette entreprise, madame.

Attirant le regard d'Augusta, Joss articula le mot « avant-scène » avant de la regarder de manière appuyée, pour le seul plaisir de la voir plisser les yeux. Aussitôt, elle décroisa les bras et laissa retomber ses poings serrés. Dommage.

Lady Tallant regarda Joss, puis Augusta avec le genre de sourire entendu qui fait transpirer un homme entre les omoplates.

— Peut-être M. Everett peut-il s'acquitter seul de cette tâche. J'ai pour ma part une responsabilité envers ma propre santé.

Écartant d'un geste la main que lui tendait Joss, elle se mit debout et entama une lente progression en direction de la fontaine de marbre à laquelle l'eau minérale était pompée et servie.

— Elle semble aller mieux, aujourd'hui, murmura Augusta en regardant s'éloigner son amie.

Joss pensait précisément le contraire, aussi se contenta-t-il de répondre d'un hochement de tête évasif.

Augusta poussa le fauteuil jusqu'à une extrémité de la salle, refusant que Joss l'aide.

— Vous pensez peut-être que lady Tallant ne va pas si bien que cela, si vous ne l'avez pas vue depuis l'automne dernier. Mais, depuis notre arrivée à Bath, elle a retrouvé le goût de vivre.

Son regard se voila, et elle ajouta :

— Enfin, la plupart du temps.

— Vous gardez les secrets de tout le monde, dit Joss. Les vôtres, ceux de votre amie, et maintenant les miens.

— Si vous le dites.

Elle tira sur les pans de sa pelisse, la refermant sur sa robe et sa silhouette si charmante.

— Jamais on ne m'avait confié autant de responsabilités, ajouta-t-elle.

Joss regrettait qu'elle ait fermé sa pelisse, mais c'était tout ce qu'il méritait, après s'être ainsi moqué d'elle.

— Et entendez-vous user de ces responsabilités à bon ou à mauvais escient ? Mais peut-être aurais-je dû poser cette question avant de vous faire mes confidences.

Le regard ambre d'Augusta plongea dans le sien.

— N'êtes-vous donc jamais sérieux ?

— Rarement. Dans ma situation, le sérieux est source de frustration et ne présente que des inconvénients.

— Comment savoir ce que vous pensez réellement, alors ?

— Avez-vous besoin de le savoir, en vérité ? J'ignorais que cela fût essentiel dans le beau monde.

— Sans doute pas, mais ni vous ni moi n'avons été acceptés au sein de cette société. Si vous n'êtes pas honnête avec moi, je ne pourrai pas vous aider. Et vous ne pourrez pas m'aider.

D'un mouvement du menton, elle indiqua un gentleman dégingandé en conversation avec le maître des cérémonies.

— Si je reste livrée à moi-même, peut-être prendrai-je cet homme comme amant. Ou alors je ferai une proposition indécente au maître des cérémonies. Ou à l'un des laquais du prochain bal.

— Augusta.

Joss ne savait que répondre. Autour d'eux, les gens plaisantaient et flirtaient. Le sérieux n'était pas de mise dans la bonne société. Ainsi était le monde à la frange duquel il évoluait.

— Quelle importance, après tout ? poursuivit Augusta. Et si cela n'a pas d'importance pour moi, pourquoi cela en aurait-il pour les autres ?

Sa voix tremblait un peu, mais son visage semblait serein. Elle parvenait même à afficher un petit sourire. Au prix de quel effort ?

— Augusta, répéta Joss en tendant la main vers son visage pour glisser un doigt sous son menton.

Il ne la força pas à le regarder, attendant juste de voir si elle tournerait la tête de sa propre initiative.

Son souffle se fit plus rapide, mais elle laissa ce moment s'étirer. Son parfum doux et fleuri parvint aux narines de Joss, et les voix autour d'eux, résonnant entre les murs et le plafond de cette salle toute de marbre tapissée, furent soudain insupportables à ses oreilles fatiguées.

Il n'aurait pas dû décliner son offre, aussi brutalement avait-elle été formulée – « Vous feriez l'affaire ». Ce n'était pourtant pas, et de loin, ce qu'il avait entendu de pire dans son existence. « Bâtard », disaient les enfants du village qui jouxtait Sutcliffe Hall. Et, venant de sa propre famille : « Tu as de la chance que nous t'ayons recueilli. Sois reconnaissant de ce qu'on te donne. »

À côté de cela, « vous feriez l'affaire » était presque une bénédiction. Peut-être pouvait-il lui dire cela, là, maintenant : « Oui – oui, prenez-moi, et je vous prendrai. Je vous donnerai tout ce que vous recherchez chez un homme. »

Mais, en disant cela, il se retrouverait piégé. Il ne serait rien de ce qu'il voulait être.

— Augusta, souffla-t-il dans un murmure. Je suis désolé. Et croyez bien que cela a de l'importance pour moi.

Elle battit des cils. Et, lorsqu'elle leva les yeux vers les siens, sa mâchoire était crispée. Était-ce du mépris qu'il lisait sur son visage ?

Mais là encore, rien de nouveau. Rien qu'il n'ait vu maintes fois chez Sutcliffe.

Et, comme chaque fois qu'on lui opposait le mépris, il sourit, pour montrer à quel point cela le laissait indifférent.

Un lourd silence s'installa. Puis, à la surprise de Joss, Augusta sourit à son tour. D'un vrai sourire, qui faisait plisser le coin de ses yeux et provoquait l'apparition de la plus adorable des petites rides à la base de son nez.

Hum. Pas une adorable ride. Une ride ordinaire, du style de celles qu'avaient les vieux messieurs empâtés lorsqu'ils lisaient le journal.

Voilà qui était mieux.

Elle leva la main et prit la sienne, l'écartant de son menton.

— Vous êtes donc capable de sérieux.

— Lorsque les circonstances l'exigent.

Il soupira.

— Et les circonstances l'exigent indéniablement, dit-elle en lâchant sa main gantée. J'ai accepté de vous rencontrer à cette heure et ici parce que c'est le moment où tout Bath converge vers la Pump Room. Ici, nous sommes sûrs de trouver les gens qu'il nous faut.

— Vous, un amant, et moi...

— J'ai bien réfléchi à cela, coupa-t-elle calmement, comme s'il était tout à fait normal pour un homme et une femme qui se connaissaient à peine d'évoquer en public une future liaison clandestine. Votre cousin souhaite que vous réunissiez de l'argent en vendant des terres, ou du charbon, ou je ne sais quoi encore. Mais s'il est réellement victime de chantage, rien ne garantit que les demandes d'argent ne continueront pas. Que fera-t-il si cela arrive ?

Si cela arrivait... Joss s'en ficherait royalement, car il serait pour sa part libre du bourbier qu'était la vie de Sutcliffe.

— Je l'ignore. Je doute que le maître chanteur puisse être identifié et convaincu de mettre fin à son chantage. Ce serait assurément délicieux, mais les maîtres chanteurs sont assez peu réputés pour leurs élans charitables.

— Assez peu, je vous l'accorde.

Se hissant sur la pointe des pieds, elle ajouta en lui murmurant à l'oreille :

— Mais il est bien des façons de convaincre une personne sans faire appel à son bon fond. Tout ce qu'il nous faut, c'est trouver la bonne méthode.

— *Nous ?*

Joss secoua légèrement la tête, pour effacer la sensation de caresse que le souffle d'Augusta avait laissée dans son oreille.

— Non, reprit-il. C'est impossible. Vous ne pouvez pas prendre part aux affaires privées de Sutcliffe. J'ai peut-être dit que vous gardiez les secrets de tout le monde, Augusta, mais je ne le pensais pas.

— Je sais. Vous n'étiez pas sérieux, à ce moment-là.

Avec un grand sourire, elle ajouta :

— Mais vous l'êtes, maintenant. Et moi aussi. L'un comme l'autre, nous désirons une chose que la plus élémentaire sagesse nous recommande d'éviter. Donc, nous devons nous aider mutuellement, sans quoi nous finirons tous deux par commettre une terrible erreur.

Augusta poussa un soupir impatient, attendant que Joss fasse autre chose que battre des cils en la regardant. S'il en était capable.

Voilà un homme qui avait refusé de devenir son amant, avait refusé de faire quoi que ce soit d'autre que manifester sa curiosité à propos de son nom d'emprunt, avant de poursuivre son propre chemin... jusqu'à ce qu'il lui envoie un mot, la veille au soir, l'invitant à le rencontrer de nouveau. Il n'avait peut-être pas initié le jeu, mais, pour un court moment au moins, il semblait d'accord pour s'y joindre.

— Quel genre d'erreur pourrions-nous commettre ? demanda-t-il d'un ton hésitant.

Hésitant, en effet. Car ce n'était pas un jeu du tout, n'est-ce pas ? Elle ignorait totalement ce qu'il risquait en se joignant à elle, mais c'était assurément plus que son emploi.

— Tout le monde, à Bath, vient d'ailleurs, répondit-elle. Ici, loin de Londres, nous pouvons faire, dire et être ce que nous avons besoin de faire, de dire ou d'être. Avec un peu de chance, nous deviendrons réellement ce que nous souhaitons être. Sinon...

— Nous serons pris au piège.

Il pressa ses doigts sur ses tempes puis reprit :

— Oui. Très bien. De toute évidence, vous avez quelque chose en tête, donc je vous en prie, faites-moi l'honneur de me dire de quoi il s'agit. Du moment qu'il n'est pas question d'un stupide coup monté à la sauce espionnage.

Augusta renifla.

— Je ne suis jamais stupide. Et je ne fais pas dans le coup monté.

Il haussa les sourcils.

— Et, ajouta-t-elle, il ne s'agit pas d'espionnage, mais d'affaires. J'ai fait une liste.

De l'intérieur de son gant, elle tira une feuille de papier pliée et la lui tendit.

— Hier soir, j'ai pensé à trois hommes que vous pourriez contacter concernant la vente des mines. Et si, à la place, vous souhaitez démasquer et réduire au silence le maître chanteur qui s'en prend à votre cousin, j'ai noté le nom d'un homme qui pourrait vous trouver cette information.

— Vous m'impressionnez, dit-il en parcourant la liste.

— L'homme dont je vous ai parlé en dernier vient d'arriver à Bath. J'ai eu cette information du garçon qui s'est occupé de nos messages hier soir. Il m'en a coûté une demi-couronne supplémentaire, mais j'ai ainsi eu le privilège d'apprendre qui il avait vu descendre au Royal Crescent.

— Une demi-couronne ? C'est du vol caractérisé.

Une demi-couronne, ce n'était rien pour Augusta, dont le réticule était plein de pièces et dont la fortune augmentait chaque mois grâce à une équipe d'administrateurs attentionnés. Aussi se contenta-t-elle de sourire et le regarda-t-elle lire les noms – une fois, deux fois, et encore une fois –, l'air songeur.

Ainsi plongé dans ses pensées, il semblait bien moins anglais. Il ne la regardait pas de côté pour voir sa réaction, ne bombait pas le torse, ne redressait pas les épaules pour l'impressionner pendant qu'elle attendait. Il lui manquait la jovialité nerveuse des gentlemen du beau monde – ou peut-être aurait-il fallu dire qu'il possédait un calme absolument inconnu des hommes que fréquentait Augusta. Il fronça les sourcils, et son profil prit une allure plus austère : front large et nez droit, lèvres charnues et menton sévère.

Et ce parfum à la fois doux et fumé, celui du bois de santal, qui lui donnait envie de s'approcher, d'incliner sa tête jusqu'au creux de son cou et d'inspirer profondément... Elle se sentit prise d'un désir si soudain et si puissant qu'elle dut faire un pas en arrière, de crainte que son corps ne la trahisse en vacillant si près de lui.

Non, il n'était pas l'homme dont elle avait besoin. Elle avait besoin de quelqu'un de souple et d'agréable, et surtout, surtout, dont elle puisse se débarrasser facilement.

Il leva les yeux de la liste.

— Comment avez-vous eu vent de ces hommes, Augusta ?

— J'ai lu le livre d'or et vu qu'ils se trouvaient à Bath. Je les ai évités toute la semaine, de peur qu'ils ne me voient et ne m'appellent par mon vrai nom.

Il la fixa d'un air étrange, tout en repliant la liste.

— Ce n'est pas ce que je voulais dire. Comment se fait-il que vous les connaissiez ?

— Oh ! Je les connais depuis toujours, dit-elle en ramenant une mèche derrière le ruban de sa capote. Ce sont des hommes d'affaires puissants. Et moi, je suis Meredith Beauté, ou ce qu'il en reste.

Le regard de Joss courut sur sa silhouette, et un sourire se dessina sur ses lèvres.

— C'est agréable, une femme qui est sûre de son pouvoir de séduction.

Elle écarta son compliment d'un geste, furieuse de se sentir rougir. Une rousse qui rougissait, cela faisait des couleurs mal assorties. Ça jurait.

— Je parle de cosmétiques, de lotions et de parfums, pas de moi. Mon père avait donné son nom à son entreprise. Tandis qu'il la développait, et notre fortune avec, j'ai souvent eu l'occasion de croiser les hommes avec qui il travaille. Travaillait.

Un pincement de douleur la fit tressaillir. Ce sentiment de perte la quitterait-il un jour ?

— J'étais fille unique. Tout le savoir qu'ils avaient à transmettre, c'est à mon cerveau qu'ils l'ont confié.

— Un vaisseau magnifique pour Meredith Beauté.

— Arrêtez cela. Vous m'avez dit que vous seriez sérieux. J'essaie juste de répondre clairement à une question que *vous* avez posée.

Se reprenant, il hocha la tête.

— Je vous prie de m'excuser. C'est machinal chez moi.

— Le fait de vous moquer de quelqu'un tout en paraissant le complimenter ? Oui, j'ai remarqué que c'était une habitude chez vous. Une habitude fort désagréable.

— Vraiment ? Et pourtant, je fais de mon mieux pour faciliter notre conversation. Malheureusement, ma chère veuve d'opérette, avec vous, le cours de la conversation n'est jamais un long fleuve tranquille.

— Peut-être en savons-nous un peu trop l'un sur l'autre pour ce genre de petit jeu.

— Peut-être.

Il fit un pas vers elle, supprimant la distance qu'elle avait mise entre eux, et une étrange expression passa sur son visage. De la mélancolie, de la lassitude ou de la colère, elle n'aurait su le dire.

— Ou peut-être ne nous connaissons-nous pas assez. Et dans le processus de la découverte de l'autre, chaque mot pèse très lourd.

Jusqu'ici, les mots, précisément, avaient suffi à Augusta à le tenir à distance… Comme il s'était rapproché, elle fit un nouveau pas en arrière, se souvenant que la curiosité était une des caractéristiques de la foule qui les entourait. Avec cette distance entre eux, cette étrange expression sur le visage de Joss avait moins d'effet sur elle, et elle ne sentait plus l'odeur de bois de santal.

Ce qui était une bonne chose.

Oh, le bois de santal ne la dérangeait pas, pas plus qu'il n'éveillait sa curiosité. Ce n'était rien d'autre qu'une huile aromatique. Joss ne méritait pas d'être félicité pour ce choix. Cela serait revenu à féliciter Augusta parce qu'elle possédait des robes en soie, alors que c'était aux vers à soie et aux couturières que revenait tout le mérite de l'existence de ces tenues.

Pourtant, elle se demandait ce qui avait poussé Joss à choisir le bois de santal. Comment il l'avait découvert. L'héritière de Meredith Beauté ne pouvait pas ne pas repérer une telle fragrance.

Il avait dû remarquer son recul ou le jeu des émotions sur son visage, car il demanda :

— Que se passe-t-il ? Vous bougez sans cesse. Vous ne dites rien, mais je pense que je vous dois une liste à mon tour.

— Une liste ? répéta-t-elle, perplexe.

— Une liste, oui. Une liste d'amants potentiels en échange de votre liste d'hommes d'affaires. Quatre serait un bon chiffre, puisque vous m'avez donné quatre noms. Mais cela me semble un peu excessif, non ? Même pour une veuve, je veux dire. Un seul nom devrait suffire, assurément.

De nouveau, elle se sentit rougir.

— Vous m'avez dit que vous seriez sérieux. Nous venons d'en parler.

— Mais je suis sérieux. Je pense sérieusement que vous ne devriez pas prendre quatre amants.

— Parlez plus bas, je vous en prie.

Partout dans la Pump Room, les conversations allaient bon train, mais on ne savait jamais dans quelles oreilles l'alléchante mention de « quatre amants » pouvait tomber.

— Et jamais je n'ai envisagé pareille entreprise.

— Ce serait plus qu'une entreprise. Ce serait au moins quatre… prises de participation.

Un petit rire, combiné à un hoquet de surprise, jaillit de la gorge d'Augusta, et le résultat, hélas, fut un bredouillement. Elle referma bien vite les lèvres, comme pour supprimer le son qu'elle venait d'émettre.

Joss sourit et leva les mains en signe de reddition.

— D'accord, d'accord, je n'étais pas *complètement* sérieux. Vous devez me laisser du temps pour trouver l'homme qui vous conviendra le mieux, ma chère veuve d'opérette. Je n'ai pas encore parlé à beaucoup de gens à Bath.

— Eh bien, remédions-y tout de suite. Je vais aller chercher lady Tallant, afin que nous puissions ensemble présenter nos hommages au maître des cérémonies. Toute la bonne société de Bath verra alors combien nous apprécions votre compagnie.

— Ah ? Et à quel point exactement l'appréciez-vous ? demanda-t-il.

Mais elle s'éloignait déjà et feignit de ne pas l'avoir entendu.

Parce que tout cela n'était qu'un échange de bons procédés.

Et parce qu'elle n'aurait su que dire, ignorant elle-même la réponse.

5

— Je pense, dit Emily en tendant une tasse de thé à Augusta, que cette visite à la Pump Room, ce matin, s'est plutôt bien passée.

— Mmm.

Augusta posa la soucoupe et referma les mains autour de la tasse en porcelaine fine. Même si le salon tapissé de jaune de la maison de Queen Square était lumineux et accueillant, le feu qui crépitait dans la cheminée ne parvenait pas à chasser la sensation de froid. La fraîcheur de ce début mars se glissait dans les moindres interstices de la bâtisse, se frayait un passage par les fenêtres, sous les portes, descendait le long des conduits de cheminée. L'hiver était bien plus clément que celui de l'année précédente, mais cette pluie fine, Seigneur ! Augusta n'avait plus eu chaud depuis 1815.

Sauf dans la salle de bal, la veille au soir.

— Et cet après-midi, poursuivit Emily en se servant à son tour, M. Everett a promis de passer nous voir. Enfin, *te* voir, plutôt, je pense.

— Je retrouve l'Emily d'avant, remarqua Augusta. Quelque chose te met de bonne humeur. Les eaux de Bath ou ton rôle actif dans mes affaires ? Je me pose la question…

Emily afficha une expression angélique et se redressa dans son fauteuil.

— Je m'intéresse juste à ce qui se passe sous mon toit. Même si, ajouta-t-elle en toussant avec exagération, je ne me sens pas très bien en ce moment. Il est possible que je te laisse seule avec lui lorsqu'il nous rendra visite. Faible comme je le suis, j'ai besoin de me reposer, tu comprends.

— Tu tousses beaucoup. Souffrirais-tu d'une maladie des poumons, à présent ?

Par-dessus le rebord de sa tasse, Emily fixa Augusta d'un regard espiègle.

— Je souffre de la maladie qui me chante. Si ma santé doit me rendre la vie impossible, autant qu'elle la rende aussi plus distrayante.

Augusta sourit.

— À mes dépens ?

— Bien sûr. C'est l'avantage principal qu'il y a à être invalide. On vous pardonne toutes sortes d'actes inconsidérés.

Un bruit sourd leur parvint d'en bas, et Emily posa immédiatement sa tasse.

— Maintenant, si tu veux bien me pardonner, je suis épuisée.

— Ce n'était pas le heurtoir de la porte. On aurait dit un domestique butant contre un meuble.

— Oh. Dans ce cas, je me sens parfaitement bien. Pour un petit moment encore.

Emily s'adossa contre le tissu couleur cuivre de son fauteuil et posa sur Augusta un regard plein d'espoir.

— Me mêler des affaires des autres me fait du bien, c'est vrai. Cela me donne l'impression qu'il reste encore un peu de ce que j'étais avant.

— Mais tu es toujours toi, Emily.

Ces mots étaient sortis facilement de la bouche d'Augusta. Elle avait dû les entendre très récemment.

Ah. Mais oui. Dans la bouche de Joss Everett.

Sur le moment, elle avait cru qu'il se moquait d'elle et de sa fausse identité. Mais ces mots qu'elle venait à son tour d'adresser à Emily avaient quelque chose de réconfortant. Un sourire se dessina sur les lèvres de la comtesse.

— Il m'arrive d'avoir cette impression, oui. Je dois travailler à libérer cette Emily d'avant et à la rendre plus forte.

— En mangeant de la viande rouge ? Du pâté à la viande ? De la glace à la viande ?

— Je vois que tu as bien écouté les recommandations de mon médecin à propos de nourriture fortifiante. Mais si un jour tu me sers de la glace à la viande, attends-toi que je te la renvoie en pleine figure.

Mais, trop rapidement, le sourire d'Emily disparut.

Le souvenir de la perte semblait toujours tapi en elle, prêt à jaillir, à agripper son cœur, à vider sa victime de son sang. On pouvait espérer le tenir en laisse quelque temps avec des rires et de la distraction, mais même cela ne marchait pas toujours.

Augusta posa sa tasse sur le plateau. Sans sa chaleur brûlante, ses doigts semblaient avoir perdu toute sensation.

— C'est plus facile pendant la journée, n'est-ce pas ?

— De faire semblant ? Ou d'oublier ? demanda Emily dans un souffle fébrile. Ou les deux ?

— Les deux. C'est peut-être pour cela que les gens se lèvent si tôt à Bath. Pas parce qu'un bain le matin est particulièrement bon pour la santé, mais...

— Parce qu'ils n'ont qu'une idée en tête : mettre un terme à la nuit, finit Emily à sa place. Oui. J'ai cru que j'arriverais à oublier le chagrin, qu'en m'éloignant de Londres, en venant dans un endroit nouveau, je le laisserais derrière moi.

— Mais tu es toujours toi, murmura Augusta de nouveau.

Chacun cherchait à fuir quelque chose. Voilà pourquoi tous allaient à Bath – la ville où se retrouvaient ceux qui avaient besoin d'être plus forts.

Emily avait apparemment pris le murmure d'Augusta pour une réponse.

— Que peut-on y faire, de toute façon ?

Son visage s'assombrit brièvement.

— Pour être ou ne plus être soi ? dit Augusta avec un petit rire triste. Je n'en ai pas la moindre idée. Et je n'ai aucun conseil à donner.

— À d'autres. Tu as donné des conseils à M. Everett, ce matin, non ?

Cette fois, le rire d'Augusta fut un peu plus naturel.

— En effet. C'est peut-être là que nous trouverons notre réponse : je vais me jeter dans le monde des affaires, et tu vas t'immiscer dans ma vie privée.

— Je pense être à la hauteur de la tâche, dit Emily.

— Voilà donc nos problèmes résolus. Tu m'en vois ravie.

— Mais si je m'immisce dans tes affaires, il faudra que ça en vaille la peine, Augusta. Maintenant que tu te fais passer pour veuve, j'attends de toi un coup d'éclat, quelque chose de distrayant, qui fera que tout Bath parlera de toi.

— Si je fais cela, tu n'auras pas besoin de t'immiscer dans quoi que ce soit, répondit Augusta d'un ton léger. Tu t'ennuieras très vite si tout Bath parle de moi. Je dois procéder en toute discrétion, pour que tu aies un défi à relever.

À coup sûr, prendre un amant ferait l'affaire. Quelqu'un de séduisant mais sans trop de personnalité, qu'elle pourrait séduire et laisser tomber ensuite. Quelqu'un que personne ne connaîtrait, excepté elle… et Emily, peut-être, si le flair de la comtesse pour les secrets des uns et des autres était toujours aussi aiguisé. Mais Emily avait pardonné à Augusta ses faux pas passés, peut-être lui pardonnerait-elle ses faux pas à venir.

— Alors, M. Everett passe te voir pour affaires ou pour t'entraîner dans un scandale ? demanda Emily. J'espère ardemment que c'est pour la seconde option.

À l'idée de revoir Joss si vite, Augusta sentit son pouls s'accélérer, l'excitation courir dans ses veines.

— Je suis navrée de devoir décevoir tes espoirs, surtout s'ils sont ardents, mais c'est uniquement pour affaires.

— Mais il est l'homme d'affaires de lord Sutcliffe, non ? Comment peut-il travailler aussi pour toi ? Non, il vient sûrement pour quelque histoire obscure et délicieuse. Tu ne peux pas me tromper, de toute façon. Chaque fois que tu tentes de garder un secret, tu rougis comme une pivoine, ou tu évites mon regard.

— M. Everett ne travaille pas *pour* moi, expliqua Augusta en examinant de près l'assortiment de petits gâteaux, avant d'en pousser l'assiette en direction d'Emily. Il travaille *avec* moi, sur un projet concernant lord Sutcliffe pour lequel il a besoin d'aide.

— Comme c'est gentil à toi d'aider ainsi une simple connaissance ! Et tu ne demandes rien en retour ? demanda Emily en prenant un macaron. C'est tellement désintéressé de ta part, vraiment. Cela ne te ressemble pas, pourtant. Enfin, c'est mon impression. Mais peut-être est-ce le genre de chose que Mme Flowers aime faire.

Augusta ouvrit la bouche, puis la referma sans répondre.

— J'ai dit pivoine ? J'aurais dû dire cramoisi, parce que tes joues viennent de prendre une nouvelle teinte, des plus charmantes, remarqua Emily. J'hésite entre rubis et grenat.

— Mange ton macaron, réussit à articuler Augusta.

Emily tendit la main, et avant qu'Augusta n'ait eu le temps de comprendre ce que faisait la comtesse, elle trouva le macaron au creux de sa paume.

— Mange-le, toi, plutôt, Augusta. Adoucis ton palais avant l'arrivée de ton visiteur.

Avec un soupir frissonnant, Emily se leva. Quand Augusta voulut la suivre, elle l'arrêta.

— Non, non, ne vous levez pas, madame Flowers. J'ai vraiment besoin de me reposer, mais vous devez accueillir M. Everett.

— Je… Tu… Mais…

La comtesse ne daigna pas répondre aux balbutiements d'Augusta. Elle se dirigea vers la porte d'un pas qui parut à sa compagne un peu plus rapide que le matin même. Le repos – et la viande rouge ? – était bénéfique à sa santé, même si elle n'avait encore pas recouvré la paix de l'esprit.

Sur le seuil, Emily se retourna, l'air inquiet.

— Être seule avec M. Everett ne te contrarie pas, j'espère ? Je peux envoyer une domestique pour te tenir compagnie. Tu ne dois pas te sentir obligée...

— Je ne suis pas contrariée, répondit Augusta, qui sentait que le rouge de ses joues n'avait pas perdu en intensité, bien au contraire. Une domestique ne sera pas nécessaire, merci.

Emily sembla se détendre et sourit par-dessus son épaule.

— Très bien. J'attends un rapport complet, ensuite. Qu'il s'agisse de scandale ou d'affaires. Désintéressée comme tu l'es, tu ne refuseras pas d'accéder à la requête d'une malade, n'est-ce pas ?

Il y avait pléthore de personnel. La maison qu'avait louée la comtesse sur Queen Square abritait plus de domestiques que la propriété campagnarde de Sutcliffe.

Mais il y avait moins d'étages que Joss ne s'y attendait. Déjà habitué à grimper jusqu'au dernier niveau de la maison de Trim Street pour gagner sa modeste chambre, il trouva presque étrange que la bonne l'introduise dans le salon après une unique volée de marches. Celles-ci étaient recouvertes de moquette, et le pilastre en bois figurait une élégante spirale. Il se trouvait dans la partie privée de la maison et fut introduit dans le salon comme un invité d'honneur, et non poussé prestement en direction des communs où se tenait le personnel, comme à Sutcliffe Hall.

La première chose qu'il remarqua quand la porte s'ouvrit fut la chaleur qui régnait dans la pièce – on ne lésinait pas sur le charbon, dans cette maison. Le bois sculpté des meubles, les tissus de couleurs chaudes sur les sièges ajoutaient à l'atmosphère confortable qui se dégageait du salon. Entre deux bergères, sur une table patinée, se trouvaient un plateau prêt pour le thé et une assiette de biscuits.

Et derrière cette table se tenait Augusta Meredith, légèrement rougissante, vêtue d'une robe de soie couleur fauve qui donnait à sa chevelure l'aspect du bronze poli.

Joss avait ciré ses bottes avant de parcourir à pied la distance qui séparait leurs logements respectifs, mais il regrettait maintenant de ne pas avoir changé de foulard. Ou de gilet. Cette apparence de luxe sans effort le mettait mal à l'aise.

Soudain, il prit conscience d'une chose qui aurait dû lui sembler étrange d'emblée : Augusta était seule dans la pièce.

Tandis que la porte du salon se refermait derrière lui, Joss balaya la pièce d'un regard circulaire.

— Votre amie lady Tallant est-elle souffrante ? Vous ne pouvez me recevoir seule, ce n'est pas convenable.

Elle haussa les épaules, mais le rose de ses joues ne pâlit pas.

— La comtesse se repose. Et je suis veuve, non ? Que pourriez-vous donc me faire qui ne m'ait déjà été fait ?

— Vous ne souhaitez pas entendre ma réponse à cette question, je vous assure.

Il soutint son regard jusqu'à ce qu'elle sourie.

— C'était une façon de parler, bien entendu, dit-elle en s'asseyant. Quel étrange sens de l'honneur vous avez ! Vous vous souciez de ma réputation, en dépit du marché que nous avons passé ?

— Un marché dont vous avez déjà fait votre part, ajouta-t-il en prenant place dans le fauteuil qui faisait face à celui d'Augusta.

Il connaissait par cœur les noms de la liste qu'elle lui avait confiée.

Ebenezer Paynter. Homme d'affaires. Très gros propriétaire terrien dans le sud de l'Angleterre.

George Duffy. Agent de la fonderie Stothert et Pitt. Serait intéressé par la proximité d'une mine de charbon à usage de combustible.

Lord Whittingham. Vicomte à la fortune considérable. Spéculateur endiablé.

Lord Chatfield. Marquis. Sait beaucoup de choses.

— Comment s'est passée votre conversation avec Paynter ce matin ? demanda Augusta. Je suppose que c'est pour m'en parler que vous êtes ici ?

Lady Tallant et elle étaient avec lui lorsqu'il s'était incliné devant le maître des cérémonies en s'excusant de ne pas être venu se présenter plus tôt. Augusta – non, Mme Flowers – avait ri sous cape mais déployé assez de charme pour distraire une armée. Le maître des cérémonies n'avait pu lutter face à l'association des manières enjouées d'Emily et du décolleté de Mme Flowers. En quelques minutes, Joss avait été pardonné, et sa présentation ultérieure à Paynter assurée.

Puis les deux femmes s'étaient éclipsées avant que Mme Flowers ne risque de croiser Paynter. C'était sans doute tout aussi bien, car Joss déclara :

— C'est un homme rusé. Je pense que notre conversation s'est déroulée exactement comme il l'entendait.

Conversation qui n'avait pas tourné à l'avantage de Joss, et encore moins au bénéfice de sa mission pour Sutcliffe.

Dans cette pièce confortable et bien chauffée, il était difficile de garder en mémoire le prix – ou le coût – de l'honneur. Ces notions – coût et prix – n'étaient d'aucun intérêt pour des femmes dont le salon possédait une cheminée en marbre et un plafond à caissons, qui proposaient une demi-douzaine de biscuits différents à un visiteur solitaire, qui jetaient plus de charbon dans l'âtre en une journée que Joss ne s'en autorisait en une semaine.

Bien que beaucoup plus grand que sa chambre, ce salon aux tentures de couleurs vives l'oppressait.

Il se leva d'un bond.

— Je réfléchis mieux lorsque je suis dehors. Sortirez-vous avec moi, afin que nous puissions continuer cette conversation ? C'est-à-dire, bien sûr, si Mme Flowers est autorisée à quitter cette maison.

Elle se leva aussitôt.

— Mais évidemment qu'elle y est autorisée. Mme Flowers est veuve, donc elle est encline à faire certaines choses, même si elle ne devrait pas. Et son chapeau dissimulera suffisamment son visage. Pleut-il encore ?

— Il ne pleuvait plus lorsque j'ai fait le chemin depuis Trim Street.

Ce qui était heureux, dans la mesure où il ne possédait pas de parapluie.

Une minute suffit à Augusta pour monter informer lady Tallant de leur sortie, puis prendre un chapeau, des gants et une pelisse. Joss récupéra ses propres gants, son chapeau et son manteau auprès d'un valet, et ils sortirent. Au pied du perron de la maison de Queen Square, ils s'arrêtèrent.

— Nous voici dehors, comme vous le désiriez, dit Augusta, à l'abri des larges bords de sa capote ornée de dentelles. Décrivez-moi les pensées surprenantes et profondes que ce changement de décor provoque en vous.

Joss se mit à rire, car ce changement de décor n'était guère à l'avantage de la ville. Bath se trouvait dans un bassin calcaire au creux duquel coulait l'Avon, et la moindre pluie transformait les rues pentues de la ville en coulées de boue crayeuse et fort glissante. Après une matinée de bruine, l'air était frais et humide, et respirer exigeait un effort.

Cela convenait tout à fait à Joss. Augusta et lui seraient ainsi sur un pied d'égalité pour ce qui était de l'inconfort, un changement bienvenu après la raclée verbale que lui avait infligée Paynter le matin.

— Allons marcher dans les jardins, de l'autre côté de la place, suggéra Joss, et je vous impressionnerai avec mes pensées.

Un petit rire agita les bords de la capote.

— Je ne suis pas facile à impressionner, mais je suis impatiente de vous voir essayer.

Elle le prit par le bras, et ils franchirent d'un pas pressé l'espace boueux qui les séparait du jardin de Queen Square. Celui-ci, fermé par une balustrade en pierre surmontée d'une élégante grille en fer forgé, n'avait rien laissé pénétrer d'aussi vulgaire que de la boue ou des flaques d'eau dans ses recoins manucurés. Des allées bien nettes, gravillonnées, offraient un espace propre sur lequel les pieds pouvaient avancer sans crainte, et les regards pouvaient se reposer sur les paisibles formes de plantations symétriques.

— Votre vieil ami Paynter, commença Joss tandis que leurs pas faisaient crisser les gravillons encore humides, m'a rappelé un vieux bandit de grand chemin. Ces cheveux grisonnants plantés en V, et cette cicatrice en travers de l'arcade sourcilière… brrr.

Augusta rit.

— Jeune homme, il a été apprenti chez un forgeron. Je crois que la cicatrice remonte à cette époque. Mais il est très gentil. Marié, sept enfants, tout ça. Autrefois, je jouais avec la plus jeune de ses filles.

— Et il possède un vrai talent pour le silence. Vous auriez pu me dire qu'il était avare de mots.

Ils passaient en dessous des branches basses d'un arbre dénudé par l'hiver, et Augusta s'arrêta dans leur ombre.

— Seigneur ! Il vous a fait parler, je suppose. Qu'avez-vous dit ?

Joss cassa une brindille, faisant tomber quelques gouttes de pluie.

— Les banalités d'usage. Mais parler du mauvais temps ne m'a valu qu'un regard sévère. Une allusion au fait que je connaissais Mlle Meredith – je me suis empressé de préciser que je ne l'avais pas vue depuis des mois – ne lui a rien tiré de plus qu'un grognement. Ce n'est que lorsque j'ai mentionné les vraies raisons de mon séjour à Bath qu'il a semblé prendre vie.

Augusta leva le visage vers lui, affichant une expression de profonde exaspération.

— Ne me dites pas que vous avez évoqué une personne victime de chantage.

L'agacement dans sa voix était à la hauteur de celle qu'éprouvait Joss, et ses paroles le piquèrent au vif.

— Vous m'accordez bien peu de crédit. Non, j'ai seulement dit que j'espérais vendre quelques terrains.

Sans lâcher son bras, Augusta se remit à marcher.

— Vous auriez dit à un chien que votre poche était pleine de viande mais qu'elle n'était pas pour lui, cela aurait été pareil. Maintenant, il va tenter de la renifler et vous l'arrachera dès qu'il le pourra.

— Voilà une métaphore bien tournée.

Joss posa sa main sur celle d'Augusta. Malgré l'épaisseur de ses gants en cuir, il avait froid au bout des doigts. Elle devait avoir plus froid encore dans ses propres gants, très fins, en chevreau.

— Croyez-moi, reprit-il, j'ai tout de suite compris que j'avais gaffé. Dès que j'ai évoqué des terrains à vendre, Paynter s'est mis à grommeler je ne sais quoi à propos du prix de la terre qui a tellement baissé aujourd'hui, alors que je n'avais même pas proposé de les lui vendre.

— Peu importe. S'il sait que vous avez besoin de vendre, il ne vous en offrira jamais un bon prix.

Elle n'avait pas tort. Personne ne vendait jamais ses terres à moins d'y être obligé, et Sutcliffe n'avait pas le choix.

— Mais comment aurais-je dû procéder, alors ? demanda Joss. J'ai juste tenté de discuter avec lui, comme avec n'importe quel autre être humain.

— Un être humain appartenant à la bonne société, oui. Mais ces méthodes ne marchent pas avec Paynter. Pas plus qu'avec Duffy, d'ailleurs.

Pendant quelques instants, on n'entendit plus que le crissement de leurs pas sur le gravier, les aboiements d'un chien, au loin, et le pépiement terrifié d'un oiseau s'envolant d'un buisson à leur approche.

— Je pensais qu'un homme d'affaires était habitué à traiter avec d'autres hommes d'affaires, reprit Augusta. Mais sans doute n'est-ce pas nécessairement vrai.

— Vos insultes voilées m'enchantent.

Aurait-il été impoli de secouer une branche au-dessus de sa tête et de l'arroser de gouttes de pluie glacées ? Probablement.

— Ce n'est pas une insulte, mais une simple constatation. Vous travaillez pour un baron, et vous avez l'habitude de traiter avec des hommes comme lui – ou avec de simples commerçants, que vous parvenez sans doute à intimider d'un haussement de sourcils. Oui, exactement comme ceci.

De sa main libre, Joss se massa le front jusqu'à ce que ses sourcils reprennent leur position normale.

— J'aimerais beaucoup participer à ces négociations, ajouta Augusta. Ce serait un réel plaisir pour moi de me mesurer à tous ces anciens amis de mon père. Mais M. Paynter ne peut rencontrer Mme Flowers, car Mme Flowers cesserait alors d'exister.

Le regret dans sa voix calma Joss, et il se désintéressa des branches qu'il avait envisagé d'agiter.

— Comment vous y prendriez-vous ?

— Vous me demandez mon avis ? Qu'est-il arrivé à cette satanée fierté dont vous m'avez rebattu les oreilles hier ?

Joss rit sèchement.

— Je n'ai plus les moyens d'être fier aujourd'hui. Lord Sutcliffe s'inquiète un peu plus d'heure en heure. Je lui dois de réussir dans mon entreprise.

— Mmm.

— Mais je n'en suis pas à vendre mon honneur. Ne vous avisez donc pas de me faire encore une de vos propositions indécentes.

— Vous voulez rire ? Bien loin de moi cette idée.

Dommage. Il n'aurait pas été contre. La nuit précédente, il avait rêvé d'elle. Elle l'attendait dans un grand lit, sa longue chevelure défaite, ses lèvres coquines lui murmurant de délicieuses obscénités à l'oreille. Ils se caressaient, avaient du plaisir, et c'était parfait, car elle avait envie de lui tout autant qu'il avait envie d'elle, de cet esprit si vif et de ce corps de sirène. Baisers, étreintes et murmures passionnés amenaient son propre corps au bord de l'explosion, tétanisé par le désir. Enfin, il s'allongeait sur elle, prêt à la posséder…

C'était alors qu'un puissant sursaut l'avait réveillé et qu'il avait découvert, au-dessus de lui, le toit en soupente de sa pauvre chambre. Il était seul, avec une érection bien superflue et le sentiment étrange de n'avoir jamais fait de rêve aussi passionné à propos d'aucune de ses conquêtes passées – fort peu nombreuses au demeurant, et jamais durables.

— Vous m'en voyez soulagé, dit-il, uniquement parce que cela sonnait mieux que : « Vous êtes sûre ? Même pas une petite proposition ? Même pas un tout petit peu d'indécence ? »

Mieux valait pour l'un comme pour l'autre qu'ils gardent leurs gants, et une distance de sécurité.

Si toutefois la notion de distance de sécurité avait un sens quand l'un recherchait un maître chanteur et l'autre un amant.

— Je ne peux pas vous dire exactement comment procéder avec Paynter et Duffy, expliqua Augusta d'un ton léger. Parce que vous ne pouvez pas faire ce que je ferais, moi, en prenant une voix un peu rauque et en battant des cils.

Faisant un effort pour écarter de son esprit son rêve érotique, Joss revint au moment présent.

— Deux armes dont je ne dispose pas, en effet. À quoi vous servent-elles au juste ?

— À interférer dans les affaires de Meredith Beauté sans en avoir l'air. Si je portais des pantalons et les cheveux courts, on dirait peut-être de moi que je m'y connais. Mais, dans la mesure où je dois porter des robes et supporter le fardeau d'une « avant-scène » – Joss faillit s'étouffer –, les affaires de Meredith Beauté sont supervisées par un conseil d'administration.

— Composé d'hommes, je suppose, qui n'utilisent pas les lotions, les cosmétiques et les parfums de l'entreprise.

— Pas en public, en tout cas. En privé, c'est peut-être autre chose.

Augusta s'arrêta. L'allée faisait une fourche.

— Par où passons-nous ? demanda-t-elle.

— Prenons à gauche, répondit Joss au hasard.

Lorsqu'il risqua un regard derrière eux, à travers l'entrelacs de branches, il distingua la façade nord de Queen Square. À première vue, on aurait dit une seule immense maison de pierre claire, et pourtant, derrière l'uniformité de la façade, la bâtisse était intelligemment divisée en une série de maisons individuelles. Rien n'était jamais vraiment comme on l'aurait cru, dans le beau monde.

— Comment vous y prenez-vous pour persuader le conseil d'administration de faire ce que vous souhaitez ?

— Je donne à ces messieurs quelques conseils sur certains aspects mineurs de nos produits. L'étiquette qui attire l'œil des femmes frivoles. Le prix qui correspond à l'argent de poche d'une femme.

— Étiquette et prix ? Vous les conseillez dans des domaines importants, donc.

Elle pencha la tête de côté et le regarda avec un petit sourire rusé.

— Je ne vois pas ce que vous voulez dire, monsieur. Ce ne sont là que des détails qu'un homme digne de ce nom ne s'abaissera pas à considérer. Comme le font comprendre ma voix rauque et mes battements de cils.

Joss rit.

— Je vois que vous n'exagériez pas en parlant de vos capacités de persuasion. D'ailleurs, vous m'avez persuadé de considérer une liste de quatre noms, quand je me croyais trop fier pour accepter quoi que ce soit de vous.

— À propos de la liste, justement, dit Augusta en reprenant sa voix normale, il est sans doute inutile de chercher à revoir Paynter, puisqu'il ne vous donnera pas un bon prix pour les terres de votre cousin. Si vous décidez de rencontrer Whittingham ou Duffy, faites attention à… comment dire… ne pas les séduire.

Joss trébucha et lâcha son bras.

— Ne pas les séduire ? Ai-je bien entendu ?

— Oh, vous voyez ce que je veux dire, enfin ! Tous ces sourires entendus, ces plaisanteries, grivoises ou pas, et ces discussions sur le sport.

— Je vois ce que vous voulez dire. Mais je n'appelle pas cela séduire. J'appelle cela faire la conversation.

Elle haussa les épaules.

— Appelez cela comme vous voulez. Quel qu'en soit le nom, ce genre d'approche fonctionne avec les dandys du beau monde. Pour eux, l'argent sert à acheter tout ce qui peut impressionner les autres, comme des cabriolets et… eh bien, je ne sais pas. Je ne suis pas un dandy fortuné, après tout.

— Moi non plus, répondit Joss. Mais je comprends ce que vous voulez dire. Et pour les hommes d'affaires, je suppose, l'argent n'est pas le moyen, mais la fin en soi.

— Exactement.

Il trouva l'air surpris d'Augusta assez humiliant, comme si elle ne s'était pas attendue qu'il suive son raisonnement.

— Lorsqu'on traite avec des hommes qui se sont faits eux-mêmes, il faut procéder différemment.

Quels étaient les moyens, ou la fin, pour un homme comme Joss ? Depuis toujours, son destin était lié à celui de la famille Sutcliffe par les liens du sang et la pauvreté, au point qu'il en avait perdu l'habitude de s'entretenir avec quiconque faisant preuve de subtilité et de bon sens. À Bath, il avait pris un peu de distance avec Sutcliffe, avait fait un pas de plus vers son indépendance. Mais ce n'était qu'un pas… Qu'arriverait-il ensuite ?

Il aviserait le moment venu.

Il fut soudain pris d'impatience.

— Je n'aurais pas dû vous forcer à sortir. Il fait trop froid pour marcher.

Saisissant les mains d'Augusta, il frotta ses doigts entre les siens. En décidant d'avoir cette discussion dehors, il n'avait songé qu'à lui, pas au confort d'Augusta.

— Cela n'a pas d'importance, dit-elle. J'ai toujours froid.

L'espace d'un instant, elle croisa son regard, puis détourna les yeux, mais pas assez vite pour lui cacher la vérité : bien qu'elle essayât de sourire, elle semblait perdue. Inquiète, effrayée, et calme. Oh, si calme. Espérant que ce calme masquerait le reste.

Mais peut-être son imagination l'avait-elle trompé. Peut-être n'avait-il rien vu d'autre que son propre reflet.

L'allée les ramenait maintenant vers Queen Square, dont on voyait de nouveau la longue façade courbe. Lorsqu'ils franchiraient les grilles du jardin, elle redeviendrait Mme Flowers et lui… personne d'important. Mieux valait garder cela à l'esprit.

— Je vous raccompagne à l'intérieur, pour que vous puissiez vous réchauffer. Bath n'a pas besoin d'une malade supplémentaire.

— Je vous l'ai dit, j'ai toujours froid. Même à l'intérieur.

Elle dégagea sa main et passa devant lui.

— Tiens, on dirait qu'un nouveau locataire s'est installé à côté de chez Emily. Vous voyez cette voiture ? Elle vient d'arriver, apparemment.

Joss la rejoignit, déchiffra la devise écrite sous le blason de la voiture et abaissa son chapeau sur ses yeux.

— Seigneur Dieu, murmura-t-il. À peine quatre jours, et le voilà déjà.

— Quoi ? Vous savez à qui appartient cette voiture ?

— Oui, répondit-il. Je le sais. Il semblerait que lord Sutcliffe ait décidé d'honorer Bath de sa présence.

6

Après avoir raccompagné Augusta jusqu'au perron, Joss la salua avec plus d'empressement que de grâce, puis se dirigea d'un pas ferme vers la maison voisine. Il toqua d'un poing discret, regrettant de ne pas avoir quelque chose de plus imposant sous la main – un gourdin ou une masse, peut-être.

Un domestique qu'il ne connaissait pas ouvrit la porte, l'air méprisant et le sourire hautain.

Joss ignora les deux.

— Je dois voir lord Sutcliffe. Veuillez le prévenir que son homme d'affaires est ici.

Le domestique voulut lui refermer la porte au nez, mais derrière lui, dans l'escalier, résonna un bruit de bottes. Joss tendit le cou pour jeter un coup d'œil à l'intérieur. Comme il s'y attendait, quelques secondes plus tard, lord Sutcliffe glissa sur le sol en marbre de l'entrée.

— Laissez-le entrer ! Laissez-le entrer ! Laissez entrer Everett, allons !

Essoufflé, il voulut ouvrir la porte lui-même. Le domestique semblait résolu à laisser Joss dehors, mais après une pause juste un peu trop longue, il s'inclina et fit un pas en arrière.

— Everett ! dit Sutcliffe. Dieu merci, vous voilà. J'ai cru qu'il allait me falloir vous chercher dans toute la ville. Mais où étiez-vous donc ? Nous sommes arrivés depuis au moins dix minutes.

Tout, chez le baron, était rapidité, impulsion, éparpillement. Âgé de trente-cinq ans environ, il était blond et avait les yeux gris. Bien que trop mince pour être beau, il débordait d'énergie en toutes circonstances, ce qui suffisait à attirer l'attention sur lui et à lui assurer une place au centre de n'importe quelle assemblée.

— Une redingote rouge, monsieur ? Quelle élégance pour voyager, remarqua Joss, qui franchit le seuil de la maison en retirant son chapeau. Un nouvel achat, non ? Et les bottes, aussi. De chez Hoby, je suppose ?

Le baron avait dépassé son budget trimestriel avant même le début du trimestre suivant. À n'en pas douter, il vivait maintenant sur les fonds en principe réservés pour l'été.

Sutcliffe tendit un pied, sa botte d'un noir aussi brillant que le carreau de marbre sur lequel il se tenait.

— Jamais je n'irai ailleurs. C'est le meilleur bottier qui soit. Vos bottes ont perdu de leur lustre, Everett, vous devriez faire quelque chose. Mais pas maintenant. Non, non, non, pas maintenant.

Il prit Joss par le bras, comme s'il craignait que ce dernier ne disparaisse dans l'instant, à la recherche d'un chiffon à lustrer.

— Dieu merci, vous êtes ici, Everett. Je vous ai écrit tant de lettres, et vous n'avez répondu à aucune d'elles.

Joss posa son chapeau sur une pile de malles, mais le récupéra prestement lorsque deux valets arrivèrent, chargés d'une autre malle qu'ils hissèrent au sommet de la pile.

— Mais si, je vous ai répondu. Mes courriers arriveront probablement chez vous dans la journée. Demain, au plus tard.

Il parlait d'un timbre doux, apaisant. Avec Sutcliffe, cela marchait parfois. Pas toujours.

— Je ne pouvais pas attendre. J'ai…

Sutcliffe baissa la voix pour murmurer la suite :

— J'ai reçu un autre de ces mots.

Ah. Voilà qui expliquait ce débordement nerveux, excessif même pour Sutcliffe.

Une vague de fatigue submergea Joss. Sa promenade avec Augusta dans le froid pinçant du jardin lui semblait déjà si loin…

— Je suis désolé de l'apprendre, dit-il à son cousin – même si ni l'un ni l'autre ne s'appelait jamais ainsi. L'avez-vous apporté, cette fois ?

— Oui, il est dans ma poche, répondit le baron en plaquant une main sur sa poitrine recouverte de drap de laine rouge.

Il écarquilla soudain les yeux.

— Ma blague ? Où est ma blague ?

D'un geste fébrile, il plongea entre les boutons de sa redingote, chercha, palpa, avant de pousser un soupir de soulagement qui fit s'affaisser son corps tout entier, et d'extirper une petite bourse en cuir pas plus grande que la paume d'une main. Des centaines de fois, Joss avait été le témoin de cette réaction de panique et du soulagement qui suivait.

— Y a-t-il une pièce dans laquelle nous puissions examiner cette lettre ? demanda Joss.

Sutcliffe secoua la tête.

— Pas ici. Trop de domestiques. Allons chez vous.

Joss hésita.

— Nous... nous pouvons, si vous le souhaitez. Mais ce n'est qu'une chambre.

— Ne dites pas de bêtises.

— Non, vraiment. Ce n'est qu'une chambre, répéta Joss. Mais maintenant que vous êtes à Bath, peut-être puis-je la laisser et m'installer ici avec vous. Vous avez loué toute la maison ?

— Ah. Je...

Le baron s'interrompit pour retourner vers la porte et donner des instructions aux valets. Lorsqu'il revint vers Joss, son regard se perdit dans la contemplation du lustre qui ornait l'entrée.

— Il y a tant de personnel, ici ! Cet endroit grouille littéralement de domestiques. Vous savez, j'aimerais beaucoup que vous séjourniez ici avec moi, mais je ne suis pas sûr de rester très longtemps à Bath. Je loue à la semaine, donc il est plus facile pour vous que vous gardiez votre chambre. Non ?

— Bien sûr. Cela semble tout à fait logique, en effet.

Joss ne s'était pas attendu à une autre réponse. Pourtant, il ne put réprimer un pincement de déception devant l'expression de soulagement de Sutcliffe.

— Allons-y, alors, dit le baron. Votre chambre est-elle loin ? Nous pouvons prendre ma voiture.

Joss secoua la tête.

— Les domestiques n'ont pas encore fini de la décharger, vous avez bien vu. Nous pouvons marcher, ce n'est qu'à quelques minutes d'ici.

— Mais il pourrait pleuvoir...

— Prenons votre parapluie, alors.

Sutcliffe se mordit la lèvre inférieure.

— Avez-vous du cognac ? J'ai besoin de quelque chose pour me remettre l'estomac d'aplomb.

À un autre, Joss aurait répondu : « Il est un peu tôt, non ? Vous n'avez pas encore dîné. » Mais à Sutcliffe, il dit simplement :

— Il doit bien y avoir une carafe quelque part dans cette maison.

— Bien sûr. Bien sûr.

Et le baron disparut dans la pièce la plus proche, dont il ressortit avant même que la porte ne se soit refermée sur lui.

— Mais oui, bien sûr ! Dans ce petit salon. Les occupants précédents ont dû laisser ça. Quelle chance !

Et il brandit une carafe au fond de laquelle clapotaient deux doigts d'un liquide sirupeux et trouble.

— Excellent, dit Joss en se forçant à sourire. Nous pouvons donc y aller.

Il trouva un parapluie, et les deux hommes sortirent. Pendant les quelques minutes qu'il leur fallut pour quitter l'élégante et récente façade de Queen Square et rejoindre les maisons plus anciennes de Trim Street, lord Sutcliffe ne cessa de parler, racontant que lady Sutcliffe avait insisté pour l'accompagner, mais que cela aurait impliqué d'emmener leurs trois enfants, qui auraient pris les meilleures places dans la voiture et n'auraient pas cessé de bavarder, et tout ce beau monde aurait voulu prendre les eaux, ce qu'il n'avait pas exclu pour lui-même, même s'il n'en avait pas besoin car il était en forme et que tout allait au mieux pour lui, ces maudites lettres mises à part, qu'il n'avait certainement pas méritées.

Il parlait d'un ton rapide et déterminé et était si absorbé dans son récit qu'à un moment, Joss dut le retenir pour qu'il évite un fauteuil roulant. Et, par deux fois, dans un geste incontrôlé, le baron heurta un passant. Joss s'empressa de s'excuser pour lui tandis que son employeur poursuivait son chemin sans rien remarquer.

Lorsqu'ils arrivèrent à la maison de Trim Street, Sutcliffe demanda à voir la logeuse. Celle-ci, une femme avenante et plutôt corpulente, les rejoignit dans l'entrée, petite pièce agréable mais très encombrée. Sans savoir comment, Joss se retrouva laissé de côté, les bras chargés de la carafe et du parapluie de Sutcliffe, tandis que son cousin s'avançait, tout sourire, pour se présenter.

Mme Jeffries, une veuve d'un certain âge, se déclara très honorée de faire la connaissance d'un « vrai lord ». Sa petite révérence fut tout ce que le baron aurait pu désirer ; le baiser qu'il déposa sur sa main, tout ce dont elle avait jamais rêvé.

— Ma chère madame, dit-il, je me demandais s'il vous serait possible de faire porter une théière d'eau chaude au salon. M. Everett et moi-même allons nous y entretenir.

— La location de M. Everett n'inclut pas la jouissance du salon, monsieur, répondit la logeuse en rougissant, avant de regarder, Joss, hésitante. Mais si personne n'y est installé en ce moment, je ne vois pas d'inconvénient à faire une exception.

Sutcliffe leva une main.

— Ce ne sera pas nécessaire, madame Jeffries. Pardonnez ma maladresse. M. Everett et moi nous entretiendrons dans sa chambre, si vous pouvez y faire monter l'eau chaude. Très, très chaude, s'il vous plaît. Sortie de la bouilloire.

Visiblement soulagée, la logeuse esquissa une nouvelle révérence.

— Bien sûr. Et je préparerai deux, trois petites choses pour le thé également, monsieur.

L'estomac de Joss se réveilla à ces paroles. Après tout, il n'avait pas mangé un seul biscuit, ni bu une goutte de thé chez Augusta avant de sortir dans le froid.

— Non, non, c'est inutile. L'eau chaude suffira. Et une tasse, bien sûr. Je ne veux surtout pas vous déranger plus que nécessaire.

Avec un sourire qui laissa la logeuse interloquée, Sutcliffe prit Everett par le bras.

— Allez, Everett, je vous suis.

— Je ne serais pas contre un peu de thé, murmura Joss.

— Hein ? Quoi ? demanda Sutcliffe sans comprendre, comme si ces mots avaient surgi de nulle part, à la manière d'une mouche qui lui aurait tourné autour.

— Non, rien, soupira Joss. Suivez-moi.

Ils gravirent les trois étages, chaque volée de marches plus étroite que la précédente, jusqu'à atteindre l'étage des domestiques.

— Dieu du ciel, haleta Sutcliffe. Assurément, nous sommes montés jusqu'au paradis.

— Voyons si vous dites la même chose quand vous verrez la chambre.

Joss ouvrit sa porte et fit entrer son cousin, puis posa le parapluie et la carafe sur le sol, près de l'entrée.

Il avait du mal à imaginer de quoi la pièce avait l'air aux yeux de Sutcliffe. Le baron avait-il jamais mis les pieds dans la chambre d'un domestique ? Savait-il seulement qu'un plancher pouvait être nu, sans marbre ni tapis, ou qu'un plafond pouvait suivre la pente du toit et ne pas s'élever à plusieurs mètres de hauteur ?

Pourtant, le plancher nu était propre, et les murs sans tapisserie avaient été passés à la chaux. Mme Jeffries exigeait de ses locataires qu'ils soient soignés. Certes, il y avait une petite fuite dans la toiture, mais Joss avait posé une cuvette en dessous, en attendant qu'elle soit réparée. La courtepointe en patchwork, sur le lit, avait été réalisée avec des restes de velours et de satin. C'était un ouvrage ancien, mais ses couleurs étaient encore vives et les tissus étaient souples. Sans doute une bonne, ou la fille d'une riche maison, l'avait-elle confectionnée à partir de vieilles robes de soirée. Une petite touche de luxe dans cette pièce minuscule.

— Comme cette chambre est intéressante ! s'exclama Sutcliffe en se laissant tomber sur le lit étroit, rebondissant pour tester la tension des cordes. C'est un peu comme vivre au Moyen Âge, non ? Sauf que vous n'avez pas de cheminée. Il devrait y avoir une immense cheminée, avec un agneau tournant sur une broche, et une bonne apportant des chopes d'hydromel.

— J'y penserai, répondit Joss un peu sèchement.

Il alla s'asseoir sur la chaise du petit secrétaire et poussa de côté une pile de lettres.

— Bien. Montrez-moi ce mot, maintenant.

Sutcliffe sortit une feuille, qu'il tendit à Joss. Ce dernier la déplia et lut à voix haute le message rédigé en lettres capitales. L'écriture était irrégulière, et l'encre avait bavé.

— « Mille livres ne suffisent pas. Ce sera cinq mille. Avant la fin du mois, ou ta femme saura tout. »

Il leva les yeux en direction de Sutcliffe.

— C'est bref et précis, en tout cas.

— Lady Sutcliffe ne doit pas savoir, Everett. Elle me quitterait et prendrait tout l'argent. Le contrat de mariage… Ah, son père savait bien ce qu'il faisait ! Toute sa fortune a été placée en fidéicommis au nom des enfants. Je n'aurais rien.

Plusieurs remarques vinrent à l'esprit de Joss en cet instant.

La première, c'était que, si Sutcliffe tenait tant à avoir de l'argent, il pouvait tenter d'être moins dépensier et de garder ce qu'il avait déjà.

La deuxième, c'était que sa mère et sa grand-mère auraient mérité d'être juridiquement assurées, comme lady Sutcliffe, de pouvoir jouir de leur fortune, même après leur mariage.

La troisième était encore plus inutile que les deux premières, mais Joss en fit part à son cousin malgré tout.

— Je pense que vous devriez dire la vérité à votre femme, Sutcliffe. Le droit ne l'autorise pas à vous quitter, ni à vous prendre vos enfants. Même si vous reconnaissez l'enfant de cette bonne.

Car c'était là le cœur du problème. Après avoir passé des décennies à flirter avec les domestiques appartenant à la gent féminine, et à faire Dieu sait quoi d'autre avec elles, Sutcliffe avait fini par engrosser une bonne. La jeune femme avait été envoyée à la campagne et, sur l'insistance de Joss, avait reçu une petite rente destinée à assurer sa subsistance. Sutcliffe, lui, s'était indigné que cette femme ait été idiote au point de tomber enceinte. Une réaction que Joss trouvait insupportable, comme toutes celles qui consistaient à blâmer systématiquement les plus jeunes, les plus faibles et les plus pauvres.

Sutcliffe secoua la tête.

— Mais lady Sutcliffe peut me couper les vivres, malgré tout. Son père et elle ont déjà limité mes subsides. Pourquoi…

On frappa, et la porte s'ouvrit, révélant une petite bonne chargée d'un plateau que Joss reconnut comme étant le plus beau de la logeuse. En étain, avec de grosses poignées, il était garni d'une théière en porcelaine blanche décorée de rangées de toutes petites fleurs peintes à la main. La plus belle de la maison également. Il y avait deux tasses – bénie soit Mme Jeffries –, mais Joss savait que Sutcliffe destinait l'eau chaude à sa seule consommation.

— Merci, ma chère, dit le baron en posant le plateau sur le bureau.

Tandis que Joss retirait précipitamment ses papiers de sous la surface brillante, Sutcliffe entreprit la petite bonne.

— Que voilà un joli petit minois. Tu aimes les tours de magie ?

— Merci, monsieur. Je veux dire, monseigneur. Oui, monseigneur.

Le teint très pâle, encore adolescente, la domestique baissa la tête et s'inclina. Son bonnet tomba sur ses yeux. Comme elle le remettait en place, Sutcliffe lui tapota le nez et glissa un index derrière son oreille.

— Ah ! Ah ! s'écria-t-il en retirant sa main, paume ouverte, révélant une pièce d'un shilling. C'est pour toi, ma belle. Il était dans tes cheveux.

La bonne plaqua une main sur sa bouche en gloussant.

— Vous pouvez ajouter une autre pièce pour l'eau chaude, dit sèchement Joss.

Sutcliffe obtempéra, puis demanda :

— As-tu un bon ami, ma chère petite ?

Avant que la bonne ait pu répondre, Joss s'était levé.

— Ce sera tout. Merci, mademoiselle.

Elle regarda Joss, puis Sutcliffe de nouveau, avant de refaire une révérence et de s'en aller.

Joss se tourna vers son cousin.

— Sutcliffe, au nom du ciel ! De quoi étions-nous justement en train de parler ?

— De mes subsides ?

Sutcliffe versa un peu d'eau chaude dans une tasse, puis plongea la main dans la poche de sa redingote et sortit la blague en cuir. Il en défit le cordon et fit tomber dans l'eau une petite quantité de lamelles vertes. De la *somalatha*, comme toujours. Puis le baron mit quelques feuilles directement dans sa bouche avant de rempocher la blague.

Lorsque le rituel fut terminé, Joss reprit :

— Nous parlions de vos difficultés financières actuelles, dues pour l'essentiel à votre incapacité à laisser les bonnes tranquilles. J'aimerais donc que vous ne harceliez pas celles qui travaillent dans la maison où je loge.

— Ce n'était qu'un tour de magie, répondit Sutcliffe d'un ton léger, avant de boire une gorgée de sa mixture.

Joss savait d'expérience qu'il était inutile de poursuivre la conversation tant que la tasse ne serait pas vide.

Il en profita pour parcourir de nouveau la lettre de menaces. En la tenant à contre-jour, devant la vitre de la fenêtre, il ne vit aucune trace d'eau. Il n'y avait aucune marque distinctive sur le papier non plus, et le mot avait été fermé par un papier collant et non par un sceau.

Le timbre, en revanche, était intéressant. Alors que les deux premières lettres avaient été postées de Londres, celle-ci l'avait été de…

— Cette lettre a été postée de Bath, remarqua Joss.

— Exactement. C'est pour cela que je suis venu.

Sutcliffe but la dernière gorgée de son cher breuvage, avant d'en mâchonner les résidus gonflés d'eau. Puis il prit la carafe trouvée à Queen Square et la vida dans la tasse, dépôt compris. Il but le tout d'un trait, et un long frisson le secoua tout entier.

— Pas mal, pas mal.

— Sutcliffe, considérez-vous toujours ces lettres comme crédibles ? Cinq mille livres, c'est une somme faramineuse. Peut-être s'agit-il d'un créancier qui cherche à vous faire peur.

C'était très possible, dans la mesure où Sutcliffe devait de l'argent à la moitié de Londres. Mais, le baron étant en bons termes avec tous les gens qu'il fréquentait, ses dettes ne lui avaient jusque-là causé aucune difficulté.

— Bien sûr qu'elles sont crédibles, répondit le baron. La première mentionnait l'adresse de cette petite idiote de bonne. Jenny.

— Jessie, corrigea Joss.

— Et si vous avez bonne mémoire, cette lettre était adressée à lady Sutcliffe. Si je n'avais pas eu pour habitude d'ouvrir tout le courrier de madame, je serais dans de beaux draps, à présent.

Effectivement, la première lettre, simple, directe, avait été destinée à instiller le doute dans l'esprit de lady Sutcliffe quant à la fidélité de son mari. « Diffamation », avait fulminé le baron. Mais, bien sûr, il n'en était rien. Son aventure avec la bonne – l'avait-il forcée ou non, cela, Joss l'ignorait – était avérée. Elle était aussi réelle que l'enfant qui grossissait maintenant dans le ventre de Jessie.

La deuxième lettre, adressée à Sutcliffe, cette fois, promettait le silence en échange d'une certaine somme. La réaction de Sutcliffe avait été d'envoyer Joss à Bath pour y trouver de l'argent en secret. Le baron avait continué à intercepter tout le courrier de son épouse, au cas où le maître chanteur serait revenu sur sa parole et aurait de nouveau cherché à entrer en contact avec la baronne.

Joss replia la lettre.

— Jamais vous n'arriverez à vendre assez de terres pour réunir une telle somme. Presque tout ce que vous possédez est lié au moins en partie à l'héritage de lady Sutcliffe. J'ai bien essayé – assez maladroitement, se garda-t-il d'ajouter – de trouver quelqu'un qui serait intéressé par vos mines de charbon, mais vous devez savoir que vendre des terres lorsqu'on est aux abois ne garantit pas d'en obtenir un bon prix. Bien au contraire.

Sutcliffe secoua la carafe vide en soupirant et se laissa retomber sur le lit, dont les cordes craquèrent.

— Vous avez raison. Et les bijoux ? En reste-t-il que nous pourrions vendre ?

L'emploi de la première personne du pluriel hérissa Joss.

— *Vous* avez vendu tous ceux de la famille Sutcliffe dès votre majorité. Tout ce qui vous reste est en pâte de verre, à l'exception des bijoux qui faisaient partie de la dot de lady Sutcliffe.

Le visage du baron s'éclaira.

— Je pourrais en faire faire des copies aussi !

— Non. Vous ne pourriez pas. Madame verrait certainement la différence.

Joss se leva et se mit à aller et venir dans la pièce. Ses bottes claquaient d'un bruit sourd sur le plancher nu, comme un écho à sa profonde désillusion.

— Sutcliffe, vous m'avez promis dix pour cent de tout ce que je vendrais pour vous. Cent livres pour mille livres de terres vendues.

À la demande ferme de Joss, le baron avait rédigé et signé cette promesse avant d'envoyer son homme d'affaires à Bath. Une somme bien dérisoire pour sa liberté, mais cela suffirait. Joss n'avait pas peur de travailler pour gagner sa vie, il voulait juste que cet emploi soit honnête. Raisonnable. Et n'implique ni l'ingestion régulière par son employeur de substances dangereuses, ni des exigences tout aussi dangereuses.

— Qu'avez-vous l'intention de faire, maintenant ? demanda Joss.

Il ne s'attendait pas à une réponse sensée. Il ne fut pas déçu.

À leur tour, les bottes de Sutcliffe martelèrent le plancher.

— Je ne sais pas, je ne sais pas. C'est pour cela que je suis venu, Everett. Pour vous demander votre avis.

Cela faisait bien longtemps que Joss ne se sentait plus flatté par ce genre de déclaration. Sans doute depuis l'année où il était entré au service de Sutcliffe, à l'âge de vingt et un ans – il y avait plus de dix ans maintenant –, et où il avait compris que tous les conseils qu'il donnait étaient oubliés dès qu'ils étaient énoncés.

Mais il pouvait toujours essayer.

— Vous le dites vous-même, on ne peut faire confiance à un maître chanteur. Je pense que nous devons trouver cette personne et l'empêcher de continuer à vous nuire.

Joss avait en tête la liste de noms que lui avait donnée Augusta. Le dernier, en particulier. *Lord Chatfield. Sait beaucoup de choses*. Un talent bien utile, dans la mesure où le maître chanteur se trouvait apparemment à Bath.

— Vous devez vous en occuper, dit Sutcliffe. Je ne peux pas m'impliquer là-dedans. J'ai dû prétendre que ma santé exigeait ce voyage à Bath – je gémissais tellement que lady Sutcliffe a réellement cru que je faisais une crise de goutte. Une performance de premier ordre, je vous assure. Au fait, y a-t-il un théâtre, à Bath ?

— Il est hors de question que vous montiez sur scène pour jouer un malade de la goutte, riposta Joss en se massant les tempes.

Le baron partit d'un éclat de rire, véritable arpège montant dans les aigus avec des accents de clarinette.

— Quelle idée, Everett. Vous êtes vraiment incroyable ! Non, non, non, je veux juste sortir et voir à quoi ressemble la bonne société de Bath.

— Très bien. Mais laissez les bonnes tranquilles.

Joss hésitait à lui demander s'il connaissait lord Chatfield. Mais, voyant que Sutcliffe mâchonnait une nouvelle pincée de *somalatha*, il renonça.

L'espace d'un instant, il se demanda si un homme qui *savait beaucoup de choses* connaissait la véritable identité de Mme Flowers. Non que cela ait de l'importance en cet instant. Ou n'importe quand, d'ailleurs.

— Je vais voir ce que je peux faire, déclara Joss. Je vous enverrai un mot dès que j'aurai plus d'informations.

— Très bien, très bien. Je suis sûr que vous trouverez quoi faire.

Sutcliffe s'étira, heurta la soupente au-dessus de lui et leva les yeux, surpris.

— Bien, je vais donc y aller. Faites appeler ma voiture, je vous prie.

— Nous sommes venus à pied, lui rappela Joss. Nous avons marché depuis Queen Square.

— Eh bien, envoyez quelqu'un la chercher, fit Sutcliffe en riant. Franchement, Everett, cela fait à peine quelques jours que vous êtes parti, et vous avez déjà oublié comment se déplace un gentleman ?

Non, il ne l'avait pas oublié. Ce qu'il avait oublié, en revanche, c'était l'effort qu'il devait fournir en permanence pour rester courtois, rassurer Sutcliffe et satisfaire tous ses caprices.

La famille était la famille, et cette loyauté avait mené Joss bien au-delà de ce qu'il aurait accepté s'il avait été au service d'un étranger. Mais il était à Bath pour affaires, pas pour la famille. Le baron avait-il le sens de la famille, lui qui l'obligeait à séjourner dans une chambre miteuse au lieu de l'inviter à le rejoindre dans ses appartements luxueux, et qui le traitait avec moins de respect qu'un domestique alors que Joss était du même sang que lui ?

D'ailleurs, à bien y réfléchir, Sutcliffe avait toujours vu en Joss un homme capable et serviable, mais il n'avait jamais été encouragé à le considérer comme quelqu'un de la famille. Pas avec le métissage dont Joss était issu – un père panier percé et une mère devenue à peine plus qu'une domestique dans la maison dont elle avait été l'héritière.

— J'ai une condition, dit Joss en ouvrant la porte de sa chambre pour son cousin. À la fin de ce mois, que vous vous en sortiez ou que ce soit votre maître chanteur qui l'emporte, j'attendrai le versement de cent livres ou de dix pour cent des sommes reçues pour la vente de vos terres. Je rédigerai un billet en ce sens ce soir et vous l'apporterai pour signature la prochaine fois que je vous rendrai visite.

— Ah, voilà encore la petite bonne ! dit Sutcliffe en précédant Joss dans l'escalier. Regardez, elle fait la chambre, là. Elle ne refusera pas un autre shilling, qu'en pensez-vous ?

— Je prends cela pour un accord, répondit Joss. Merci beaucoup.

— Hein ? Quoi ? Poussez-vous, je vais lui donner une autre pièce. Je reviens tout de suite.

— Non.

Avant que Sutcliffe ait pu partir à la poursuite de la petite bonne, Joss l'attrapa par le coude et l'entraîna vers l'étage inférieur en lui vantant les mérites d'une course en fauteuil roulant.

Quelques minutes plus tard, le baron était parti, poussé tout doucement en direction de Queen

Square par un jeune garçon tout sourire, qui venait de découvrir un shilling derrière son oreille.

Secouant la tête, Joss remonta jusqu'à sa chambre. Un petit plaisir l'y attendait : une théière d'eau encore chaude et une tasse en porcelaine propre. Il avait un peu de thé, de quoi se préparer une ou deux tasses qui le remettraient d'aplomb.

Rien d'exotique. Rien qui ne lui fût indispensable, comme le contenu de cette blague pour son cousin. Juste un bon thé, de celui que tous les Anglais normaux buvaient.

Une perspective qui lui semblait soudain diaboliquement délicieuse.

Mais les affaires d'abord. Vite, avant que l'eau ne refroidisse trop, il rédigea un mot à l'intention des deux derniers noms de la liste d'Augusta pour demander qu'on le reçoive.

7

Dans les jours qui suivirent sa promenade avec Joss dans le jardin, peu de choses vinrent bousculer ce qui était devenu la routine d'Augusta à Bath. Chaque matin, elle se rendait à la Pump Room avec Emily. Là, leurs nouvelles relations souriaient à une Mme Flowers plus enjouée que ne l'avait jamais été Augusta Meredith à Londres. Chaque sourire lui faisait l'effet d'une victoire, et la moindre tentative de flirt lui réchauffait le cœur.

Après un verre d'une eau minérale infecte, Emily et elle allaient faire un tour, si la comtesse s'en sentait la force, parfois à la pâtisserie, parfois dans un café, ou bien elles allaient goûter aux délices servies dans les allées des Sydney Gardens. Là, elles retrouvaient les femmes de Bath, moins crédules que les hommes, mais tout à fait disposées à se laisser impressionner par quelques douceurs de luxe et une conversation polie.

Après ces interludes venait l'église. La chapelle St. Mary, un édifice de style classique en pierre de Bath, occupait un des coins de Queen Square, et Emily y avait loué un banc pour une somme exorbitante.

— Cela nous encouragera à y aller régulièrement, avait-elle dit.

Et, en effet, elle se rendait à toutes les messes. Augusta l'accompagnait, la plupart du temps, et se laissait envelopper par les rites familiers et les paroles réconfortantes d'un autre temps. Elle n'aimait pas le rappel un peu brusque des voies impénétrables du Seigneur et de l'amour survivant à la mort, mais elle venait quand même, pour tenir la main d'Emily. La comtesse portait toujours un chapeau à voilette pour que personne ne voie les larmes qui roulaient parfois sur ses joues.

Augusta les remarquait toujours, mais feignait le contraire.

Avant le dîner, elles se reposaient un peu. Après le dîner, il y avait encore un temps de repos. Puis venait le moment de se préparer pour la soirée. Un processus un peu long, qu'il s'agisse de se rendre à une réunion quelconque, à une pièce de théâtre ou à un spectacle musical. Mme Flowers portait toujours des tons pastel et affichait gaieté et enthousiasme. Elle dansait, riait, flirtait, mais pas trop. Personne ne semblait lui convenir comme amant potentiel, car aucun homme ne paraissait capable de briser sa coquille de douceur et de bonnes manières pour la faire succomber à la passion.

Plusieurs jours passèrent sans qu'elle voie Joss Everett. Et pourquoi l'aurait-elle vu, d'ailleurs ? Il se trouvait à Bath pour affaires, et elle lui avait donné les moyens nécessaires à l'accomplissement de sa mission.

Peut-être l'aurait-elle moins aidé si elle avait su que cela la priverait de sa présence.

Cinq jours passèrent ainsi, cinq journées d'un calme tranquille brisé par de soudains accès de solitude, qui affligeaient Augusta de façon inattendue. Elle avait fini par voir ces moments de mélancolie comme un objet : un rocher en équilibre au sommet d'une pente raide. Si elle le laissait tomber, il roulait et finissait par l'écraser. Après le décès de ses parents et la trahison de Colin Hawford dans la même semaine, ses épaules s'étaient affaissées, et le rocher avait commencé à rouler. Lui faire faire machine arrière lui avait valu des mois de souffrance, et depuis, son équilibre avait toujours été précaire. Elle savait combien il serait facile de le faire basculer, sous les chocs de l'amour, du quotidien, des espoirs.

Alors, lorsqu'elle sentait le rocher amorcer sa descente, elle affichait un sourire plus lumineux encore, glissait encore plus de fleurs dans ses cheveux, riait à toutes les plaisanteries. Jour après jour, le nombre de visites que recevait Mme Flowers augmenta. Tout le monde appréciait sa gaieté, son entrain.

Enfin, pas tout le monde, mais suffisamment de gens.

Le sixième matin, Augusta feuilletait distraitement *The Times* dans le petit salon, cherchant les nouvelles réclames pour le savon translucide de chez Meredith Beauté. Ce savon était une merveille, aussi dur et pur qu'une topaze. Les réclames auraient dû être beaucoup plus grandes ; elle enverrait un mot pour tenter d'en persuader les administrateurs, un peu plus tard dans la journée.

Le majordome interrompit sa lecture en entrant avec une lettre déposée par « un gamin crasseux qui poussait un fauteuil roulant ».

Augusta ressentit un étrange pincement à l'estomac. Pouvait-il s'agir du messager auquel Joss avait déjà eu recours ?

— Crasseux comment, exactement ?

— Extrêmement crasseux, madame, répondit le majordome avec une grimace de dégoût, avant de lui tendre le petit plateau sur lequel se trouvait le mot et de se retirer.

Elle plia le journal, le posa sur le rebord de la fenêtre et se rua sur la lettre. Elle était effectivement de Joss. Déjà, elle reconnaissait son écriture, puissante et penchée.

J'ai fait pile ou face pour décider de la prochaine personne à contacter, et c'est Whittingham qui a gagné. Si vous souhaitez participer aux négociations, retrouvez-nous aux Sydney Gardens à midi. Soyez la meilleure Mme Flowers possible. J'aimerais voir de quoi elle est capable.

Elle envisagea d'abord de refuser d'obéir à cette convocation. Il aurait été maladroit de rencontrer Whittingham. Mais le frisson qui la parcourut tout entière était plus dû à l'excitation qu'à la nervosité. Joss voulait voir de quoi elle était capable.

À moins qu'il ne veuille la voir tout court ?

Cette seule pensée rendit soudain l'air plus léger dans ce petit salon confiné aux tentures oppressantes.

Elle avait inventé Mme Flowers pour pouvoir s'échapper, non ? C'était donc ce qu'elle allait faire.

Pour Augusta, les Sydney Gardens, situés à l'est de Bath, étaient le pendant de l'élégant jardin de Queen Square, en plus élégant. On n'y entrait pas par une simple grille, mais par un hôtel en pierre de taille. Après avoir payé un droit d'entrée, on avait accès à plusieurs hectares de plaisirs divers : des allées gravillonnées pour se promener, un labyrinthe pour se perdre, une immense pelouse pour les cavaliers, un canal à traverser ou sur lequel canoter.

À peine Augusta eut-elle payé son dû à un employé du parc et posé un pied sur une herbe un peu jaunie par l'hiver, que Joss apparut à ses côtés. Vêtu sobrement, comme à son habitude, il se serait fondu dans l'ombre de l'hôtel s'il n'avait pas été aussi diablement beau.

— Vous êtes en avance, madame Flowers. L'horloge n'annonce que 11 h 30.

— Et pourtant, vous m'attendiez déjà.

— Que peut donc faire un homme sinon espérer et espérer que cet espoir sera récompensé ?

Il la dévisagea, et un sourire illumina ses traits.

— Dieu du ciel, madame Flowers, vous vous êtes surpassée. « Mais doucement ! Quelle lumière jaillit par cette fenêtre[1] ? »

— Nulle autre que l'éblouissant imprimé de ma robe, répondit-elle en tournant sur elle-même avec un large sourire.

Elle s'était habillée en accord avec son nom, ainsi que le lui avait demandé Joss. Sous son ombrelle en dentelle, bien trop légère pour le vent de mars, son chapeau était une abondance de fleurs de soie et de plumes. La robe qu'elle portait avait été achetée toute faite chez une modeste couturière de Bath ; on aurait dit qu'un jardin avait

1. Extrait de *Roméo et Juliette*, de Shakespeare, traduit par François-Victor Hugo. (*N.d.T.*)

éternué dessus, tant elle était couverte de fleurs de toutes les formes et de toutes les couleurs. Pour parachever l'ensemble, Augusta avait acheté une poignée de phlox à peine éclos, d'un rose vif qui ne pouvait passer inaperçu, et l'avait agrafée à son spencer.

Lorsqu'elle s'était regardée dans le miroir, avant de quitter la maison d'Emily, elle avait éclaté de rire.

— Vous avez demandé Mme Flowers. Elle est à votre service, monsieur. Mais puis-je vous demander au moins pour quelle raison on a besoin d'elle ?

— Vous le pouvez assurément. Je vais même vous répondre.

Il la guida jusqu'à un banc de bois aux extrémités tout en rondeur et s'assit à côté d'elle.

— En réalité, je n'ai pas joué à pile ou face pour déterminer l'identité de mon prochain interlocuteur. Non, j'ai envoyé un mot à chacun des noms de votre liste, demandant un entretien – et ce sans chercher à séduire, je vous assure.

— Je vous applaudis et vous félicite.

— Merci. J'ai cependant fait une exception : avant d'écrire à M. Duffy, à la fonderie, j'ai décidé d'aller la visiter.

Elle leva une main – gantée de dentelle froufroutante, naturellement.

— Attendez une seconde. Êtes-vous en train de reconnaître que vous vous êtes lancé dans un stupide coup monté à la sauce espionnage ?

Par-dessous le bord de son chapeau, Joss lui lança un regard noir.

— Non. Rien de tel. Je me suis simplement promené dans un quartier de Bath que je n'avais jamais visité.

— Mmm.

Il ignora le scepticisme d'Augusta.

— Jamais je n'avais senti pareille odeur. Âcre, affreuse. Du goudron et je ne sais quoi qui brûlait. Bien sûr, nous avons besoin de métal, et les fonderies ont besoin de charbon pour en produire. Mais si Sutcliffe pouvait vendre ses terres à des fins agricoles, et non pour qu'on en extirpe le charbon – eh bien… il me semble que ce serait mieux.

— Pas pour vous en tant qu'homme d'affaires. Le charbon se vendrait à un prix plus avantageux.

Il détourna le regard en direction du canal, que l'on distinguait à peine à travers les branches dénudées par l'hiver. Quelques courageux faisaient de la barque sur le ruban glacial, et la brise portait jusqu'à Augusta et lui l'écho de leurs voix, ainsi que des bribes de chansons. Lorsque la barque passa sous un élégant petit pont en fer travaillé, on n'entendit plus rien.

— Ce ne serait pas mieux pour ceux qui louent ces terres, dit-il. Ce sont des fermiers, pas des mineurs. Et ce ne serait pas mieux pour la terre, qui deviendrait stérile. Or j'espère que nous pourrons la racheter un jour, indemne et en un seul morceau.

— *Nous* pourrons la racheter ?

— Nous. Sutcliffe et moi. Ou, plus probablement, son fils, si Greg s'avère moins…

Il se tut et pinça les lèvres.

— … se révèle plus enclin à une gestion réfléchie de ses biens.

— Et en quoi avez-vous besoin de moi ?

Une main en visière, il regarda le ciel, que traversaient moineaux ou étourneaux, à moins qu'il ne s'agît d'autres oiseaux, joyeux et vifs.

— Je me suis dit que quitter le confort étouffant de votre résidence vous amuserait. Avez-vous remarqué le nombre d'hommes qui vous ont saluée, ma chère veuve d'opérette ? Peut-être était-ce là le vrai motif de ma proposition : je voulais pouvoir me rengorger d'être l'homme assis à vos côtés.

Était-il sincère ? Bien sûr que non. L'amusement se lisait sur son visage, et elle trouva cela odieux.

— Rengorgez-vous tant qu'il est temps, dit-elle, un peu sèchement. Car lorsque lord Whittingham s'annoncera, je devrai vous laisser.

— Vraiment ? Il serait pourtant ravi de vous voir, à n'en pas douter, comme tous les hommes de votre connaissance.

— Tous les hommes ?

— Eh bien… disons au moins la moitié. Comme je vous le disais lors de notre première rencontre à Bath, je n'ai pas parlé à tout le monde, ici.

— Et moi non plus, donc je vous serais reconnaissante de ne pas me faire passer pour une dévergondée.

Elle avait parlé sans s'emporter, réfléchissant à la suggestion de Joss. Rencontrer lord Whittingham lui serait agréable, lui rappellerait les années où ses parents étaient encore en vie. Et cela l'associerait, d'une certaine manière, à Joss. L'espace d'un instant, elle aurait sa place, *serait* à sa place.

Il lui proposait d'ouvrir cette fenêtre qui la séparait des autres. Non, plutôt, il lui demandait de l'ouvrir elle-même.

— Je vais y réfléchir, ajouta-t-elle. Nous avons encore un peu de temps avant qu'il arrive.

— Si vous restez, vous pourrez dire ce que vous voudrez, du moment que, d'une manière ou d'une autre, vous parvenez à évoquer la possibilité pour lord Whittingham de donner de l'argent à lord Sutcliffe. Peu importe pour quelle raison, d'ailleurs. S'il est d'accord pour payer Sutcliffe afin qu'il se déshabille et danse nu dans les rues de Bath, cela me va tout à fait. Je ne vois pas qui cela pourrait intéresser, mais Sutcliffe serait certainement partant.

Augusta sourit.

— Il faut vraiment que je rencontre votre employeur une nouvelle fois.

Elle se souvenait du baron comme d'un homme gai et impulsif, mais elle ne l'avait rencontré – en compagnie de son épouse – qu'une fois, lors d'un bal. Bal au cours duquel personne, à sa connaissance, ne s'était déshabillé.

— Il est possible que cela se révèle nécessaire, au bout du compte, mais espérons que non.

Un autre homme – qu'elle reconnut vaguement comme ayant fait une petite visite à la maison de Queen Square – salua Augusta. Elle le gratifia d'un sourire amical et d'un petit geste de la main.

Puis, comme si un diable la poussait à le faire, elle donna un léger coup de coude dans les côtes de Joss et demanda à voix basse :

— Qu'en pensez-vous ? Ferait-il l'affaire, comme amant ?

Mais il était difficile de déstabiliser cet homme. Il s'adossa au banc et étendit nonchalamment les jambes.

— Je ne pense pas, non. Je ne suis guère apte à juger la beauté masculine, mais il me semble un peu trop indolent pour vous. Vous avez vu comme il marche lentement ?

— C'est peut-être parce qu'il cherche à rester le plus longtemps possible dans les parages, pour mieux me regarder.

Il haussa les sourcils.

— S'il est fasciné à ce point, alors il devrait se comporter en homme et venir vous parler. À moins que vous ne recherchiez un amant qui ne soit pas viril ? Mais quel intérêt, alors ?

Voilà ce que le diable avait recherché : les mots « amant » et « viril » sortant de la si jolie bouche de Joss Everett. Le désir, chaud, liquide, tourbillonna en elle.

— Je suis certaine que vous ne devriez pas me parler de la sorte, réussit-elle à articuler.

— Je suis certain que vous avez raison, rétorqua-t-il. Mais je suis certain aussi que vous aimez cela. Vous n'avez pas besoin de jouer les Mme Flowers avec moi.

Étrangement, en effet, dans son rôle de veuve, elle était bien plus innocente qu'elle ne l'était en réalité. Mais Mme Flowers se devait d'être épanouie et lumineuse, alors qu'en Augusta la célibataire, le feu couvait, brûlant et sombre.

Elle frissonna. Dans ses jolis gants, elle avait les mains gelées.

— Peut-être pourriez-vous satisfaire ma curiosité sur un point, Augusta. Si Mme Flowers n'est ni riche ni bien née, qu'est-ce donc qui attire tant d'hommes chez elle ?

— Son absence de fortune et de titre les empêche d'envisager toute éventualité de mariage avec elle. En dehors de ces terribles défauts, elle est tout ce dont un homme peut rêver.

— C'est-à-dire ?

Faisant tourner la lanière de son ombrelle autour de son poignet, elle réfléchit un instant.

— Agréable, avec juste ce qu'il faut de conversation. Enjouée. Si féminine – vous remarquerez ma robe, je vous prie – qu'elle ne peut présenter aucune menace. Généreuse en rires et en poitrine.

Il eut un regard de côté, si rapide qu'elle faillit le rater.

— Je n'ai guère profité de cette générosité-là. Suis-je puni ?

— Oui, mais vous êtes un cas particulier. Comme vous venez de me le rappeler, je n'ai aucune raison d'être Mme Flowers en votre compagnie, puisque vous savez qu'elle n'existe pas.

— Et qu'adviendra-t-il de tous ces hommes, alors ? demanda Joss en indiquant d'un mouvement de menton les allées du jardin, dans lesquelles se promenaient toujours plus de couples et d'hommes seuls. Avec votre mensonge, vous allez les détourner de toutes les autres femmes, et que leur restera-t-il ensuite ?

— Plus rien qu'un merveilleux souvenir.

Ces mots eurent sur sa langue un goût un peu piquant, qu'elle savoura.

— Vous semblez avoir soif de sang, remarqua Joss. Cependant, je dois me tromper, puisque vous venez de me le dire : vous vous souhaitez aimable et enjouée.

— Et ce serait plus facile si, de votre côté, vous l'étiez un peu plus. Aimable et enjoué.

— Saperlipopette ! lâcha-t-il d'un ton parfaitement joyeux. Mais je *peux* être aimable, figurez-vous. Regardez dans l'allée : plusieurs gentlemen avancent dans notre direction. Peut-être vais-je en trouver un parmi eux qui fera l'affaire comme amant.

Elle aurait bien payé six pence de plus pour un thé, tout à coup. Sa bouche lui semblait être en carton. Elle s'humecta les lèvres et afficha un sourire mielleux.

— Vous ne perdez pas une minute. Lequel suggérez-vous ?

Joss indiqua un vieillard coiffé d'une perruque dont la silhouette évoquait un tonneau et qui se déplaçait péniblement à l'aide de deux cannes.

— Que pensez-vous de lui ? Il respire la joie de vivre et vous traiterait assurément avec la plus grande sollicitude.

— Vous êtes horrible. Cet homme est aussi bouclé et aussi gras qu'une brebis sur le point de mettre bas.

— Seigneur Dieu. Je vous trouve bien difficile. Je croyais que vous cherchiez juste quelqu'un pour vous rendre service. Il doit être beau, en plus ?

— Je préférerais que le regarder ne soit pas douloureux pour les yeux.

— Vous sous-estimez l'importance d'une expression enjouée, dit Joss. Mais passons. Que pensez-vous de ce monsieur blond qui fait tourner sa canne avec autant d'énergie ?

L'homme en question était visiblement un dandy, et quelque chose dans son apparence – ses cheveux bouclés, sa redingote très, très cintrée, à moins que ce ne soit l'expression méprisante sur ses traits indolents – la mit immédiatement mal à l'aise.

Augusta fit mine de ne pas s'apercevoir que son ombrelle heurtait le chapeau de Joss.

— Quelle excellente suggestion, roucoula-t-elle. Il est beau, en effet. Et bien habillé. Dois-je aller lui parler ? Non, je suppose que le mieux est que vous nous présentiez.

— Cessez de me battre avec votre ombrelle, s'il vous plaît.

D'un geste ferme, Joss la lui prit des mains et la referma.

— Les bords de votre chapeau sont si larges qu'ils pourraient à eux seuls protéger plusieurs personnes du soleil. Vous n'avez pas besoin de cette chose. Et je suis anéanti de constater que Mme Flowers ne comprend rien au sarcasme.

— Évidemment qu'elle n'y comprend rien. Elle est bien trop enjouée pour cela, dit Augusta en lui reprenant l'ombrelle pour la poser sur ses genoux, telle une baïonnette pour femme. À quoi faites-vous allusion ?

— Je n'étais pas sérieux quand j'ai suggéré que vous preniez cet homme comme amant. Il est bien mis, c'est un fait. Mais ses épaules sont aussi rembourrées que ses mollets. Imaginez seulement que vous l'ameniez jusqu'à votre chambre à coucher : vous découvririez avec horreur que sa flatteuse silhouette a échoué sur le sol pour être ramassée par un valet.

— Vous dites des choses que vous ne devriez pas dire.

Elle sentit ses joues se colorer du même rose que certaines fleurs de sa robe. En vérité, l'homme qu'elle imaginait dans sa chambre en cet instant, c'était Joss, et les formes à propos desquelles elle se posait des questions étaient les siennes. Il n'y avait pas de rembourrage dans les épaules de sa redingote noire – laquelle était bien coupée, quoiqu'elle pût dire qu'elle n'avait pas été faite sur mesure. Le drap épais de ses pantalons moulait ses cuisses musclées. Le cuir de ses bottes était usé. Il était sans prétention, serein, et rien ne l'impressionnait.

Et elle commençait à redouter que sa présence à ses côtés n'éloigne les autres hommes.

— Tenez, voilà quelqu'un de prometteur. Vous voyez cet homme-là, avec le catogan ? On dirait un pirate, non ? Il pourrait vous entraîner jusqu'au port et vous…

— Ça suffit. Vous ne m'aidez pas du tout. Ne dites plus rien jusqu'à ce que j'en aperçoive un qui me convienne. Alors seulement vous me direz si vous savez quoi que ce soit qui puisse le discréditer.

Joss croisa les bras.

— Quoi ? Pas un petit sarcasme en guise de réponse ?

Il haussa une épaule, trahissant un détachement absolu.

— Parfait. Je vois que vous savez obéir, marmonna Augusta. Alors… cet homme, là-bas. Savez-vous quelque chose sur lui ?

Elle eut un geste large, désignant les promeneurs presque au hasard. Heureusement, il se trouva sur sa trajectoire un homme plutôt bien de sa personne, élégant, brun, qui se promenait avec un air mélancolique. Une magnifique rose était piquée à son revers.

Là. Il était parfait pour Mme Flowers, qui n'avait pas plus de personnalité que cela.

— Il ne conviendra jamais à Mme Flowers, déclara Joss d'un ton assuré. Cet homme est un escroc. Je l'ai vu devant le *White Hart* hier, en train d'essayer de rouler un pousseur de chaise en contestant la distance parcourue. Et il avait une autre de ces fleurs de serre au revers, ajouta-t-il d'un ton méprisant.

— Une rose, ce n'est pas un péché, dit Augusta. Et veiller à ses intérêts non plus.

— En effet. Mais il y a une différence entre veiller à ses intérêts et faire un caprice, et cet homme faisait un caprice. Vous ne cherchez pas un amant qui discute sur tout, si ?

— Je ne vois pas en quoi ce serait un problème, dans la mesure où discuter n'est pas l'objectif principal d'un rendez-vous avec un amant.

Rubis ou grenat. Si Emily avait été là, elle aurait certainement fait un commentaire sur la couleur des pommettes d'Augusta.

— Quand bien même, je trouve que cela fait preuve d'un manque d'attention envers ce que les autres peuvent ressentir. Imaginez seulement : « Non, madame Flowers, nous allons le faire à ma manière » ou « Cela suffira pour aujourd'hui, madame Flowers. J'ai pris mon plaisir, cessez de m'importuner ».

Ma manière. Plaisir. Elle sentit la pointe de ses seins durcir.

— Vous devez cesser de me faire imaginer de telles choses.

— Vraiment ? Bien, si vous insistez.

Comment pouvait-il continuer à parler d'un ton aussi neutre ? Comment pouvait-il rester aussi détaché ?

Et pourquoi le laissait-elle la taquiner, la déstabiliser de la sorte ? Elle avait laissé passer l'homme à la rose, et une dizaine d'autres avaient défilé depuis sans qu'elle tente d'attirer leur regard. Soit elle avait réellement mis toute sa confiance dans l'opinion de Joss, soit…

Non. Il n'y avait pas de raison de lui faire à ce point confiance, et il n'était pas nécessaire non plus de changer ses plans maintenant. Mais le fait qu'elle hésitât prouvait que le moment était largement venu de reprendre le contrôle de la conversation.

D'un geste déterminé, elle saisit son ombrelle et la posa à côté d'elle sur le banc.

— Monsieur Everett. Joss. Avez-vous déjà pris une maîtresse ?

8

Ah ! Enfin, elle avait ébranlé le calme de Joss. Il avait sursauté légèrement – un mouvement presque imperceptible, mais indubitable, de ses mains gantées.

— Je suis tout à fait sûr, ma chère veuve d'opérette, que *vous* ne devriez pas *me* parler de la sorte.

Augusta se souvint de l'efficacité du silence de Paynter sur Joss. Elle se contenta donc d'attendre qu'il complète sa réponse, et enfin, il poussa un soupir qui sembla venir du bout de ses bottes.

— Je suppose que c'est ainsi qu'on pourrait les appeler, oui.

— Les ?

Ce mot lui avait donné envie de jeter quelque chose. Lui, peut-être.

Il retira son chapeau, laissant la brise le décoiffer.

— Plus d'une, oui. Mais pas beaucoup plus. Peu importe. Je comptais peu pour elles, et elles comptaient peu pour moi.

— Comment avez-vous pu ?

Ce qu'elle n'ajouta pas – et pourtant, elle en mourait d'envie, mue par une indicible jalousie –, c'était : « Et comment avez-vous pu me dire non ? »

Joss ferma les yeux, offrit son visage au soleil pas vraiment chaud. Lorsqu'il reprit enfin la parole, sa voix était cassante, dure.

— J'ai pu, parce que chaque fois j'espérais que cela aurait un sens, que l'amour viendrait du plaisir. Mais ça n'est jamais arrivé. Je n'étais pas ce qu'elles recherchaient, et réciproquement.

Il posa un regard sévère sur elle avant de continuer :

— Je n'ai jamais non plus séduit une jeune fille et ne le ferai jamais. Par ailleurs, madame Je-Monte-Sur-Mes-Grands-Chevaux-Sans-Prévenir, vous avez été claire de votre côté : vous ne souhaitez pas que votre prochaine *relation* ait un sens.

— Je ne suis pas montée sur mes grands chevaux, répliqua Augusta. Pas sans prévenir, en tout cas. Je me posais juste la question.

Et, aussi rapidement qu'il l'avait perdu, Joss retrouva son calme. Affichant l'indifférence langoureuse d'un chat, il étira ses bras et, d'un geste brusque, remit son chapeau.

— Ce n'est rien. Vous m'avez pris par surprise, voilà tout. Mais vous pouvez vous poser toutes les questions qui vous passent par la tête. Je sais très bien que vous ne voulez pas de moi, que vous voulez juste *quelqu'un*. Que dites-vous de celui-ci ?

L'homme en question – qu'elle n'avait jamais vu – portait des bottes cirées à la perfection et une redingote magnifiquement taillée. Il avait aussi des jambes arquées, qui n'étaient rien à côté des cuisses longues et musclées de Joss.

— Pas assez beau, dit-elle sans oser regarder Joss.

— Mais, une fois les lumières éteintes, son apparence aura-t-elle vraiment une importance ? J'espère en tout cas que vous demanderez à votre amant de mettre une capote anglaise, soupira-t-il.

— Une... quoi ?

Elle tourna vers lui un regard interrogateur qui le fit rougir.

— C'est une sorte d'étui. Pour vous protéger contre... enfin, bon. Je suis pratiquement sûr, comme vous l'avez dit, que je ne devrais pas vous parler de la sorte.

— Non, dit-elle à mi-voix.

Elle avait de plus en plus froid aux mains et aux pieds, mais sentait brûler en elle un feu toujours plus ardent, comme si Joss captait toute la chaleur en elle pour en faire cette boule palpitante au creux de son ventre. Elle changea de position sur le banc. Elle avait envie de mieux l'observer, de connaître les ingrédients qui faisaient de lui un être tellement... *tellement Joss*.

Mais c'était un élan naturel chez elle, non ? Elle avait fait de même avec tant de lotions et de crèmes pour la peau, dont elle avait soigneusement étudié la formule. Oui, c'était cela. Joss n'était qu'un onguent de plus, dont elle pouvait se débarrasser en se lavant les mains si elle ne le supportait plus.

— Donc, nous passons au troisième nom de votre liste. Lord Whittingham.

Il avait parlé comme s'ils n'avaient pas étudié les passants pour déterminer s'ils feraient des amants convenables. Comme s'ils n'avaient échangé aucun propos inconvenant et s'étaient juste assis sur ce banc pour profiter d'un rare moment d'accalmie météorologique.

— Il me semble que notre gibier… enfin, je veux dire notre honorable invité approche. Il m'a dit que je le reconnaîtrais sans doute à sa taille.

C'était une façon de parler, car lord Whittingham ne devait pas mesurer plus d'un mètre cinquante. Cela faisait une dizaine d'années qu'Augusta avait vu le vicomte pour la dernière fois, mais il n'avait presque pas changé. Son teint était plus hâlé, son visage fin un peu plus ridé, mais, comme autrefois, il était impeccable dans sa redingote en lainage vert bouteille assortie à un gilet à rayures vert et or. Ses vêtements étaient de toute évidence taillés sur mesure, et dans un style surprenant, qui attirait l'œil, comme s'il avait voulu que sa petite taille ne passe pas inaperçue.

Comme Augusta et Joss se levaient pour le saluer, le visage de Whittingham s'illumina d'un sourire ravi.

— Mais c'est Augusta Meredith, ici, devant moi ! s'exclama-t-il en lui serrant chaleureusement la main. M. Everett m'avait dit qu'une amie de ma connaissance l'accompagnerait peut-être, mais jamais je n'aurais imaginé que ce serait vous ! La dernière fois que je vous ai vue, vous étiez une enfant. Doux Jésus, comme vous êtes devenue jolie !

Il leva les yeux vers elle et, ce faisant, lui heurta le menton. Augusta ne put faire autre chose que rire et lui rendre sa poignée de main.

— Mais que m'a-t-on dit ? reprit le vicomte en fronçant les sourcils. Ma jeune amie s'est mariée et ne m'a pas gardé une tranche du gâteau ?

— Oh, je ne suis pas mariée.

Augusta avait déjà réfléchi à cette question, qu'elle savait inévitable, et avait préparé sa réponse pendant le trajet qui l'avait conduite jusqu'aux jardins. Whittingham le casse-cou voyageait beaucoup, maintenant que Waterloo et la paix avaient rouvert les frontières du continent. Il était possible qu'il ignore sa situation matrimoniale. Éluder la question n'avait pas marché avec Joss, mais essayer avec Whittingham était tentant. Sans lui mentir, elle allait le laisser trouver les mots à sa place.

Et ce fut ce qu'il fit.

— Vous êtes veuve ! Comme c'est horrible, ma pauvre. Toutes mes condoléances. Mais vous ne portez plus le deuil, à ce que je vois. Et je suis heureux que vous ayez trouvé un compagnon aussi beau pour vous consoler.

Il s'inclina en direction de Joss, qui s'était mis un peu en retrait.

— Vous êtes plutôt foncé de peau, Everett, non ? D'origine espagnole, peut-être ? J'ai visité l'Espagne, il y a bien longtemps.

— Euh… non, je n'ai aucun ancêtre espagnol, monsieur, répondit Joss. Et je suis navré de constater que vous vous méprenez sur la nature de ma présence aux côtés de votre charmante amie. Je ne suis que son chaperon.

Whittingham éclata d'un rire argentin de la plus grande élégance et se tourna de nouveau vers Augusta.

— Vraiment ? Elle n'a rien à craindre de moi, mais je suppose qu'il existe à Bath bien des hommes qui seraient ravis de s'accrocher à ses basques.

Il cala sa canne sous un bras et offrit l'autre à Augusta.

— Et si nous faisions quelques pas, Augusta ? Que vous puissiez me dire ce que vous avez en tête.

Puis, levant une main faussement embarrassée contre ses lèvres, il ajouta :

— *Mea culpa.* Je suis ici pour entendre ce que M. Everett a en tête, n'est-ce pas ? Eh bien, Augusta, nous allons l'écouter ensemble.

— Je ne crois pas être très douée pour cela, dit Augusta en riant.

— C'est vrai, confirma Joss avant de lui tendre le bras lui aussi.

Elle se tint ainsi entre les deux hommes, bouquet de fleurs entre un paon et un corbeau. Quel trio ils devaient former…

L'allée principale, qui traversait le jardin, montait en pente douce jusqu'à un pavillon. Ils la suivirent d'un pas tranquille. Bien qu'il eût promis d'écouter Joss, Whittingham ne cessait de parler. Ses plus récents voyages l'avaient mené en France, en Espagne et au Portugal.

— … et puis je suis rentré, hélas. Hum, je veux dire, enfin. Je sais, je devrais être plus enthousiaste d'être de retour au bercail, n'est-ce pas ?

— Pas si vous ne vous y sentez pas vraiment chez vous, dit Joss.

Tout en marchant, Whittingham se pencha en avant pour le regarder.

— C'est bien formulé, monsieur Everett. On dirait presque que vous avez éprouvé la même chose.

Augusta sentit les muscles de Joss se tendre sous sa main gantée.

— Et comment va lady Whittingham ? demanda-t-elle d'un ton enjoué.

Le vicomte accepta le changement de conversation.

— Très bien. Elle a trouvé à se distraire pendant mon absence. Ce qui est bon pour l'un... Enfin, vous voyez, quoi.

Comparée à son minuscule époux, lady Whittingham était littéralement une amazone. Son mari et elle vivaient leur vie chacun de leur côté, et cela leur convenait parfaitement. Qu'ils restent mariés suffisait à faire taire ceux qui s'étaient demandé si le vicomte ne passait pas un peu trop de temps en compagnie du fils aîné du comte de Mowbray.

— Nous voyons, dit Augusta en lui serrant doucement le bras. Du moment que chacun y trouve son compte...

— Oh, ne parlez pas de compte, je vous en prie ! Je suis, hélas, complètement ruiné.

— Vous avez déjà dit « hélas » une fois, remarqua Joss, qui lâcha le bras d'Augusta et se laissa distancer de quelques pas.

Le vicomte fit tournoyer sa canne.

— Comme le monde est merveilleux ! Hélas, hélas. Ce mot donne à tout le parfum du chagrin véritable, sans exiger le moindre sentiment de tristesse.

Augusta sourit.

— Je devrais vous mettre tous les deux dans la même cage et vous regarder vous battre.

— Enfermé dans une cage avec un soi-disant chaperon aussi bien de sa personne ? Vous me tentez terriblement, jeune Augusta.

Derrière eux retentit ce qui ressemblait fortement à un étranglement outré.

Augusta reprit la conversation où elle l'avait laissée, du côté du dernier « hélas ».

— Mais parlez-moi de cette histoire de ruine, monsieur. Si vous êtes réellement sans le sou, les tailleurs de Londres vont devoir fermer boutique.

Et vous ne pourrez jamais aider Joss – enfin, Sutcliffe.

— Sans parler des bookmakers, ajouta le vicomte. Je serais pour ma part en haillons si ma nouvelle garde-robe n'avait pas été livrée juste avant que je quitte la France. Mais c'est bien là le drame : j'ai de quoi faire fortune en France, mais mon bateau n'est jamais arrivé. Le *Barbacoa* était chargé de soieries et attendu à Nice il y a un mois. S'il a fait naufrage, c'est la noyade pour moi aussi.

— Cela ne semble pas vous troubler outre mesure, remarqua Joss.

— Pourquoi serais-je troublé ? Là où une fortune disparaît, une autre apparaîtra. Le plus vite possible, je l'espère, sinon, un tailleur merveilleux de la rue de la Crème m'enverra les huissiers.

Avec un nouveau mouvement de canne, Whittingham ajouta :

— Mais assez parlé de cela. La journée est magnifique. Vous, monsieur Everett, ne semblez pas vous rendre compte – ou devrais-je dire profiter – du fait que vous marchez derrière une ravissante jeune femme, dont vous pouvez contempler le dos à loisir. Mais peut-être n'aurais-je pas dû dire cela.

— Oh, mais bien sûr qu'il fallait que vous le disiez, répliqua Joss. Mme Flowers est-elle en train de rougir ? J'aime tant lorsqu'elle rougit.

Whittingham leva les yeux vers le visage d'Augusta.

— Mûre à point. On dirait une canneberge.

Elle retira son bras.

— Je vais vous pousser dans le canal, tous les deux !

— Oh ! Cela fait des lustres que je ne me suis pas baigné, ce serait avec plaisir ! s'écria Whittingham.

— Ce serait vivifiant, en effet, confirma Joss.

Ainsi allait leur conversation, au gré de leurs pas. Il était impossible de ne pas se laisser contaminer par la gaieté du vicomte.

Whittingham ne cessait d'attirer les regards. Une tenue magnifique, une stature hors du commun et une voix qui portait formaient une combinaison irrésistible, et plusieurs connaissances du vicomte, animées d'une même bonne humeur, les repérèrent et finirent par leur emboîter le pas. Au fur et à mesure que leur groupe grossissait, Augusta sentit l'inquiétude l'envahir. Avec tous ces gens autour d'eux, et avec Whittingham qui savait – plus ou moins – qui elle était, le risque grandissait de voir sa fausse identité révélée.

Or, si Whittingham était ruiné, ce risque devenait inutile, puisque l'objet de leur rencontre était d'obtenir de l'argent du vicomte.

Mais il n'y avait rien d'autre à faire qu'afficher un sourire plus lumineux encore et parler de moins en moins. Acquiescer. En souriant. Se montrer agréable, mais fade, et hocher la tête chaque fois que quelqu'un se présentait à elle. Un jeune couple dont le bonheur donnait la nausée. Une femme aux cheveux teints et aux lèvres chargées de rouge, probablement une Chypriote. Un trio de dandys en redingote bleue.

Après avoir salué Whittingham, ceux-ci entourèrent Augusta, la séparant du vicomte tout en se disputant pour savoir qui lui prendrait le bras.

— Les amis de Whittingham sont mes amis, lui dit l'un d'eux. Une fleur sur vos lèvres, un ornement à mon bras. M. Pettigrew, à votre service, chère madame.

— Ravie de faire votre co…

— Poussez-vous donc.

Le deuxième, qui était aussi le plus grand des trois, fusilla le premier d'un regard sévère.

— La fleur est sur sa robe, pas sur ses lèvres. Si vous avez la vue basse, vous n'avez rien à faire auprès d'une si jolie femme.

Et, la mâchoire serrée, il arracha la main d'Augusta à M. Pettigrew pour la glisser sous son bras.

— Et si j'en juge par la manière dont vous avez noué votre cravate, vous avez effectivement la vue basse, monsieur. Madame, permettez-moi de me présenter. M. Protheroe.

— C'est un plaisir de vous…

— C'est joliment dit de la part de quelqu'un qui rembourre les épaules de sa redingote.

Le troisième prit à son tour la main d'Augusta et s'arrêta.

— M. Petersham, madame. Je vous assure que…

— Rien du tout ! l'interrompit Pettigrew en tirant Augusta par le coude. Vos assurances ne valent rien du tout, espèce de… de… voleur de valet !

Petersham blêmit, tira Augusta vers lui.

— Mensonges ! Votre valet m'a supplié de le prendre à mon service. Au moins a-t-il désormais un employeur capable de garder ses bottes brillantes plus d'une demi-heure !

Il y eut un cri de surprise, suivi d'une clameur. On tira des mains, on éleva la voix, les accents cultivés résonnant de dégoût tandis que les dandys se toisaient les uns les autres. Au centre, des remarques polies moururent sur les lèvres d'Augusta. Des remarques qui seraient assurément passées inaperçues.

Au théâtre, cette scène l'aurait fait rire. Dans une salle de bal bondée, elle l'aurait mise d'humeur triomphante. Mais se trouver au centre d'une querelle dans le calme d'un jardin public ? Non. Mme Flowers ne pouvait se permettre de se donner ainsi en spectacle.

Elle sentait son cœur battre, erratique, sous l'étoffe fleurie de sa robe. Whittingham était devant, en pleine conversation avec la Chypriote, et… où était Joss ? Elle était prise au piège derrière un mur d'inconnus. Le parfum doux du phlox, sur sa poitrine, devenait entêtant, et les voix, autour d'elle, occupaient tout l'espace.

— Je ne me sens pas très bien, lâcha-t-elle au milieu d'une critique acerbe sur les cheveux pommadés de Protheroe. Je… je crois que je ferais mieux de rentrer.

Elle ne s'était jamais évanouie de sa vie. Mais ces hommes l'ignoraient, et le chœur de leurs commisérations ne tarda pas à prendre le pas sur leur dispute. Les mains qui avaient tiré devinrent attentives, compatissantes ; les tons sévères se firent polis. Le tout eut pour effet de la faire sortir de la mêlée.

Devant elle, dans l'allée, les autres continuaient leur promenade. La canne du vicomte tournoyait toujours, empêchant le petit homme de disparaître complètement parmi les promeneurs.

— Bonne journée, charmante créature ! Ce fut un plaisir de vous voir !

Comme des chiens qu'on a sifflés, les dandys querelleurs coururent après Whittingham, et le petit groupe improbable s'éloigna lentement, telle une poignée de bonbons de couleurs vives roulant sur les pentes de la colline, en direction du pavillon.

Bientôt, on n'entendit plus leurs voix, et autour d'Augusta ne vibra plus que le silence.

— Eh bien, c'est la meilleure de toutes. Ils m'ont plantée là.

— Pas tous.

Elle sursauta et se retourna.

— Joss. Je pensais que vous étiez parti, vous aussi.

— Bien sûr que non. Je suis votre chaperon, dit-il en lui tendant une main gantée – et son ombrelle, qu'elle avait oubliée. Dois-je réellement vous raccompagner chez vous, ou inventiez-vous juste une excuse ?

Elle prit sa main et la serra un instant, avant qu'il ne la pose au creux de son coude.

— Les deux, dit-elle. J'avoue que je ne suis guère impressionnée par Mme Flowers. Il lui faut faire tellement attention à ce qu'elle dit ou fait qu'elle n'est guère plus qu'un ornement.

Les dandys l'avaient jugée digne d'intérêt parce qu'elle était seule et qu'elle représentait un trophée à accrocher à un tableau de chasse. Un peu comme une montre de gousset particulièrement travaillée, ou une jolie cocarde qu'il fallait avoir à son chapeau.

— Mme Flowers s'en est bien sortie, dit Joss tandis qu'ils rebroussaient chemin pour regagner l'entrée du jardin. Pas aussi bien que Mlle Meredith l'aurait fait, mais pas mal tout de même.

— Mlle Meredith n'aurait jamais menacé de s'évanouir.

— Non, elle aurait probablement mis sa menace à exécution et poussé ces trois hommes dans le canal, ce qui aurait entraîné le décès par pneumonie de ces gentlemen. De plus, Mlle Meredith n'aurait jamais ri autant à des plaisanteries aussi mauvaises, ce qui, étant donné le public, était exactement ce qu'il fallait faire.

Sa franchise était comme un diamant, transparent et coupant. Elle effaça les toiles d'araignées qui assombrissaient son esprit et rendit le ciel un peu plus lumineux.

— Ce fut relativement efficace sur la fin, concéda-t-elle. Mais tout ce que nous avons appris, c'est que lord Whittingham ne peut rien pour les…

— Difficultés de lord Sutcliffe.

— Précisément. Donc, cet entretien ne nous a été d'aucune utilité.

— D'aucune utilité ? Vous vous trompez, ma chère veuve d'opérette. Nous savons désormais où se trouve le tailleur préféré de lord Whittingham en France. Assurément, cela valait quelques heures de notre existence de mortels.

— C'est vous que j'aurais dû pousser dans le canal.

Il posa une main sur son cœur.

— Ce serait pour moi un honneur que de faire la culbute pour vous.

La culbute. Avait-il employé ce terme dans son sens grivois ? Elle n'en était pas certaine et – évidemment – rougit.

— Êtes-vous sûr qu'il est bien approprié de me parler de la sorte ? Je vous ai déjà posé la question tant de fois…

— J'en arrive à penser qu'il y a bien peu de choses qu'il est approprié de vous dire, et bien peu que je me retiendrai de dire.

Cette réponse lui plut, mais elle ne sut que répliquer. Rester de glace après cette saillie était hors de question. Elle pouvait répondre sur le ton du flirt elle aussi, mais dans quel but ?

D'ailleurs, flirtait-il vraiment ? Pourtant, tandis qu'il avançait à ses côtés à pas longs et assurés, elle ne put s'empêcher de penser à une culbute. Au déshabillage qui précédait. À l'abandon.

Comment les femmes qu'il avait connues avaient-elles réussi à le convaincre de se déshabiller ? Comment avaient-elles gagné sa confiance ? Qu'avaient-elles offert ? Qu'avaient-elles promis ?

Augusta lui avait donné l'honnêteté, et cela n'avait pas suffi. Ou peut-être était-ce trop. Il était parfois difficile de faire la différence.

Quelques personnes saluèrent Mme Flowers, et Augusta eut plus que jamais l'impression de jouer un rôle, de porter un costume qui n'était pas le sien. Et, tout comme à un bal masqué, les compliments et les louanges n'avaient d'intérêt que tant que durait la fête. Ils n'atteignaient pas la personne qu'elle était vraiment.

Joss l'accompagna jusqu'à la porte de la maison d'Emily. Sur le perron, il lui prit les mains et, se baissant vers elle, l'embrassa sur le front – ce fut un baiser rapide, mais elle sentit la chaleur de ses lèvres, qui provoqua en elle un agréable frisson.

— Merci de m'avoir tenu compagnie, madame Flowers. Mademoiselle Meredith.

Son regard était sombre, sa bouche affichait une courbe ferme. Ils avaient marché si longtemps en silence qu'elle en avait oublié qu'ils pouvaient parler et ne trouva rien à lui répondre. Elle se contenta donc d'un simple hochement de tête, avant de disparaître à l'intérieur.

Dans le miroir de l'entrée, elle distingua son reflet, son chapeau malmené par le vent, ses joues rosies par la confusion et le désir, ses lèvres qui avaient prononcé de folles paroles, puis s'étaient tues au mauvais moment. Mais qu'aurait-elle dû dire ? Que voulait-il dire ? Que désirait-il ?

Sur ses épaules, le rocher invisible menaçait de tomber.

— Cela n'ira pas, dit-elle à son reflet. Tu es Mme Flowers.

Et elle attendit que cette femme corrige son expression. Trait après trait, elle se transforma, fermant les yeux jusqu'à ce qu'ils acceptent de ne plus produire de larmes, respirant lentement par le nez jusqu'à ce que son souffle retrouve sa régularité, inspirant profondément jusqu'à ce que ce poids si lourd disparaisse de sa poitrine.

Lorsqu'elle rouvrit les yeux, elle réussit à sourire.

— Emily ? lança-t-elle. Comment te sens-tu ? Irons-nous au bal, ce soir ?

9

— Pourquoi y a-t-il quatre couverts à table ? s'enquit Augusta le lendemain soir. Je croyais que nous devions dîner seules avant d'aller au théâtre.

— Un petit changement de plan, répondit Emily depuis le seuil de la salle à manger. Depuis quelques jours, nous avons un nouveau voisin.

— Tu veux parler de lord Sutcliffe ?

— Oui. Je l'ai invité à dîner. Le pauvre homme, ses domestiques ont à peine défait ses bagages, et je te laisse imaginer ce que sa cuisinière aura pu lui préparer. Un dîner entre amis est bien plus agréable qu'une tranche de pâté en croûte achetée au coin de la rue, tu ne trouves pas ?

— Certainement. Mais il va falloir que je me change, dit Augusta en baissant les yeux sur sa tenue.

Elle avait prévu de passer une robe de soirée après le dîner, juste avant de partir pour le théâtre avec Emily. Elle avait porté la même robe en coton fauve toute la journée, qui avait été chargée. Un voyage en voiture jusqu'à Claverton Downs en compagnie d'un certain Prewitt, puis une entrevue avec le Hoquet – qui s'appelait en réalité Harris – et le thé en compagnie de quelques amies. Une longue journée de sourires, de compliments et de conversation polie.

En cette fin d'après-midi, Augusta avait eu hâte de redevenir Mlle Meredith, ne fût-ce que l'espace d'un instant.

— Tu n'as pas le temps de te changer, ils seront ici d'une minute à l'autre, vu la courte distance qui nous sépare.

Emily secouait la tête. Sa chevelure auburn était parfaitement coiffée. Elle s'était changée pour le dîner et, malgré sa pâleur, était élégante dans sa robe en soie blanc cassé aux manches bouffantes et rubans de dentelle.

— Qui accompagne lord Sutcliffe ? demanda Augusta en indiquant le quatrième couvert.

— M. Everett, bien sûr, répondit Emily avec un large sourire. Ah, je crois que j'entends toquer à la porte. Ils arrivent. Viens, nous les accueillerons dans le petit salon.

Le cœur d'Augusta se mit à battre bien plus fort qu'il ne l'aurait dû pour une jeune femme en pleine santé grimpant les marches d'un seul étage. Quel organe incontrôlable.

Les deux hommes entrèrent dans le salon à peine une minute plus tard. Emily et Augusta venaient de s'installer. Lord Sutcliffe entra en premier, mince mais fringant dans une redingote de velours prune. Joss venait ensuite, tout en noir, comme à son habitude. Les deux femmes les saluèrent chaleureusement, Augusta tentant de lisser le tissu de sa robe froissée.

— Merci de vous joindre à nous ce soir, dit Emily. Je suis tellement contente d'avoir deux voisins aussi sympathiques.

— Oh, Everett n'habite pas à côté.

Lord Sutcliffe avait apporté une bouteille d'alcool fort, qu'il tendit à Joss avant de saluer ces dames.

Augusta pencha la tête de côté, étonnée, mais Joss, sans lui laisser le temps de poser une question, précisa :

— Bien sûr que non. Lord Sutcliffe est un homme marié qui mène une existence tranquille. Je ne saurais me laisser brider par un tel mode de vie.

— Oh, quel vaurien vous faites, monsieur Everett ! Vous devez nous en dire plus !

Emily fit un clin d'œil, et lord Sutcliffe lui adressa un grand sourire. Le sourire de Joss, en revanche, semblait avoir été collé sur son visage. Lorsque Augusta croisa son regard, il détourna les yeux, serrant un peu plus le poing autour du goulot de la bouteille.

— Lord Sutcliffe, ajouta Emily, je crois que vous connaissez mon amie, madame…

Elle s'interrompit, l'air soudain horrifié. Le sang d'Augusta se figea dans ses veines. *Bien sûr*. Elle avait déjà rencontré Sutcliffe, à Londres. Il connaissait son vrai nom, allait la démasquer. *Catastrophe !*

— Mme Flowers, intervint Joss en se plaçant derrière le baron, d'où il salua les deux femmes d'un signe de tête. Non, Sutcliffe, je ne pense pas que vous ayez fait sa connaissance.

— Alors, c'est un honneur, dit le baron en prenant la main droite d'Augusta avant de s'incliner, tandis que la main gauche de la jeune femme tentait encore de remettre un peu d'ordre dans les plis de sa robe. Êtes-vous sûre que nous ne nous sommes jamais rencontrés, madame ? Vous me dites pourtant quelque chose. Je n'oublie jamais un joli visage.

— Si nous nous étions effectivement rencontrés, je suis sûre que je n'aurais pas oublié un baron. Donc, il est certain que nous ne nous sommes jamais vus, monsieur.

Et, pour ponctuer ses paroles, Augusta produisit un sourire très « veuve Flowers », léger et un rien mielleux.

— Je suis si heureuse de faire votre connaissance, reprit-elle.

— Tout le plaisir est pour moi, dit Sutcliffe en écartant les bras. Et quelle joie de dîner dans cette si jolie maison ! Vous devriez venir jeter un coup d'œil à la mienne, lady Tallant, je suis sûr que vous y feriez des merveilles. Les meubles sont en piètre état, comparés à ceux-ci. Tenez, dans le salon, le velours de certains sièges est usé jusqu'à la trame.

— Doux Jésus, comme cela semble inconfortable, dit Emily. Avez-vous pris un bail de longue durée ?

— Renouvelable chaque semaine. Mais je suis ici pour le temps qu'il faudra, dit Sutcliffe avec un clin d'œil. Il y a tant de choses à découvrir, à Bath. Savez-vous qu'il est possible de louer une salle de bains et de s'y rendre en privé, sans que personne sache qui va et vient ? Nous pourrions donner un bal dans une salle de bains !

— Je prends un bain en privé tous les jours, mais jamais je n'avais songé à organiser un bal en même temps.

Seule une inclinaison imperceptible de la tête trahissait l'amusement d'Emily.

— Lord Sutcliffe déborde d'idées, murmura Joss.

Le baron rayonnait.

— Ah, ça, c'est vrai ! Dès mon retour à Londres, je verrai s'il est possible de faire construire une salle de bains dans ma maison. Dans la salle de bal, peut-être ? Ce serait facile d'organiser un bal dans une salle de bains si la salle de bains est dans la salle de bal, qu'en pensez-vous ? Everett, prenez garde à cette bouteille, je l'ai fait venir de Suisse.

L'espace d'un instant, cette avalanche de mots les laissa sans voix. Emily, Augusta et Joss clignèrent des yeux.

Puis Augusta rompit le silence.

— Emily, tu disais que le dîner était servi, il me semble ?

Emily saisit l'excuse au vol.

— Oui ! En effet ! Lord Sutcliffe, vous voulez bien m'accompagner ? Et monsieur Everett, vous accompagnerez Mme Flowers.

Avec plus d'enthousiasme que de grâce, Emily glissa son bras sous celui du baron et l'entraîna hors du salon. Dès qu'ils eurent franchi le seuil de la pièce, Augusta se pencha vers Joss et murmura :

— Merci, Joss. Je me suis rappelé trop tard que votre cousin m'avait déjà rencontrée. J'ai appris votre venue ce soir il y a quelques instants à peine, raison pour laquelle je porte encore…

Elle s'interrompit, serrant une main sur la cotonnade de sa robe. L'état de sa tenue importait bien moins que celui de sa réputation.

— Bref. Je vous remercie encore d'être venu à mon secours. Mais il risque de se souvenir de notre rencontre à tout moment, n'est-ce pas ? Le mieux est que je prétexte un malaise et que je me retire dès maintenant.

— Non, c'est inutile, je vous assure, dit Joss avec un petit sourire en coin. Lord Sutcliffe n'a qu'un piètre souvenir des noms, et la soirée avançant, cela ne fera que s'aggraver.

Il leva la bouteille, qui contenait un liquide assez clair. Puis il offrit son bras libre à Augusta, et lorsque celle-ci eut glissé sa main au creux de son coude, il ajouta :

— Faites comme si tout allait bien, et il n'y aura pas de problème. Je connais lord Sutcliffe depuis toujours, et je peux vous promettre que vous ne risquez rien. Il est prêt à passer une bonne soirée.

— Et vous ? À quoi êtes-vous prêt ?

Sous l'étoffe de la redingote, elle sentait les muscles puissants de son avant-bras. Il plongea son regard dans le sien. Ses yeux étaient aussi noirs que de la fumée.

— Ma chère veuve d'opérette, je suis prêt à tout.

Une heure plus tard, Joss songea avec soulagement que tout se déroulait bien, comme il l'avait promis à Augusta. Entre les aimables manières de lady Tallant, le bavardage de lord Sutcliffe et les sourires d'Augusta, il n'y avait aucun blanc dans la conversation. Il régnait dans la salle à manger une atmosphère agréable. On se serait cru dans un jardin, avec le papier peint vert pâle imprimé de treilles et de grosses fleurs roses qui recouvrait les murs ; l'argenterie et la porcelaine brillaient sur une table scintillante, et un bon feu crépitait joyeusement dans l'âtre. Même le portrait accroché au-dessus de la cheminée, celui d'un vieil homme ventru et emperruqué, semblait satisfait de son sort.

Parfait. Pour le moment, il n'y avait pas d'accroc. Et en ce qui concernait Sutcliffe, « pour le moment » était la seule chose sur laquelle Joss pouvait compter.

Il piqua un morceau de chapon du bout de sa fourchette et savoura le moelleux de la viande grillée. Pour accompagner ce mets délicat, on leur avait servi de petits soufflés du Yorkshire arrosés de jus de viande. D'autres plats complétaient le menu : purée de navets, ris de veau, jambon, noix et plusieurs sortes de légumes. Et du vin, bien sûr – un vin rouge corsé ainsi que du sherry.

Juste un petit dîner chez une voisine. Rien d'extravagant.

Comme à son habitude, Sutcliffe s'était laissé servir une assiette complète, puis avait trituré la nourriture du bout de sa fourchette de telle manière que personne n'aurait soupçonné qu'il ne mangeait presque rien. Son verre avait été rempli plusieurs fois, en revanche, et Joss avait remarqué que la main du baron s'aventurait régulièrement jusqu'à la poche de sa redingote dans laquelle attendait toujours la blague de *somalatha*. Il avait également ouvert la mystérieuse bouteille venue de Suisse.

— C'est de l'absinthe, expliqua-t-il tandis qu'un valet servait l'alcool vert pâle. On la fabrique à partir de la plante du même nom et de fenouil. C'est médicinal ! Certains la mélangent avec de l'eau, mais personnellement, je pense que c'est inutile.

Il leva son verre pour porter un toast à son hôtesse et à sa « charmante amie », puis le vida d'un trait, comme s'il s'agissait de limonade. Joss prit une petite gorgée du breuvage inconnu. Cela sentait l'anis et piquait la langue, sans parler de la gorge. Il reposa son verre.

Lady Tallant et Augusta durent estimer que c'était sage, car, après avoir bu une gorgée par politesse, elles posèrent leur verre elles aussi.

— Merci de nous avoir fait goûter l'absinthe, dit Augusta d'une voix plus douce et plus haut perchée que d'ordinaire – la voix de Mme Flowers. J'adore essayer de nouvelles choses.

— Et vous n'allez pas finir votre verre ? Certes, je reconnais que c'est un peu fort. Médicinal, comme je vous disais. Bon pour la santé ! Mais si vous préférez le vin, ça n'a jamais fait de mal à personne non plus !

Sutcliffe pencha son propre verre, scrutant le dépôt qu'il contenait encore.

— Passez-moi vos verres, mesdames. Je me charge de faire disparaître tout ce qui reste de cette puissante liqueur.

Il tint parole et vida le deuxième, puis le troisième verre, sans même prendre le temps de faire une pause.

— Pour rester en forme, j'aime essayer les remèdes du monde entier, leur confia le baron. C'est ma façon à moi de voyager, les responsabilités familiales me confinant la plupart du temps à mon domicile.

Joss avala ce qui restait de son vin pour éviter de s'étrangler avec le « Quoi ? » de protestation qui menaçait de jaillir de sa gorge. Si, par « responsabilités familiales », Sutcliffe entendait « dépenser tout l'argent de ma femme au jeu et en extravagances diverses », alors en effet, les responsabilités familiales entravaient les rêves de voyage et les envies d'absinthe du baron.

— Je comprends tout à fait, dit lady Tallant.

Dans la lumière douce du feu de cheminée et du lustre, elle semblait fatiguée, même si son expression restait charmante.

— On ne cesse pas un instant de penser à sa famille, même quand on se trouve loin d'elle. Lord Tallant et mes fils me manquent terriblement, mais nous nous écrivons tous les jours, poursuivit-elle avec un sourire un peu triste. J'espère que nous serons bientôt réunis, mais les médecins de Bath sont d'une remarquable prudence.

— Allons, tu ne les écoutes pas, commenta Augusta d'une voix enjouée. Le dernier t'avait recommandé de manger de la viande rouge trois fois par jour.

L'espace d'un instant, les sourcils froncés, elle ressembla à la jeune femme gaie et rieuse qu'elle était vraiment. Puis un rapide coup d'œil en direction de Sutcliffe remit sur son visage une expression parfaitement neutre.

Lady Tallant haussa les épaules.

— Bœuf, jambon, chapon, quelle différence ? Je trouve que la compagnie me fait plus de bien que le repos et le gavage. Lord Sutcliffe, reprit-elle en se penchant en avant, parlez-moi de votre famille. Vous avez deux filles, il me semble ?

— Et un fils, oui, répondit le baron en sortant la blague contenant la *somalatha* pour en saupoudrer son assiette. C'est une plante médicinale, précisa-t-il.

Il planta sa fourchette dans un morceau de chapon, avant d'ajouter :

— Oui, j'ai trois petits trésors. Ils aiment beaucoup la magie. M'avez-vous déjà vu faire apparaître un shilling dans une oreille ? Ils adorent ce truc. D'ailleurs, je suis sûr que vos domestiques adoreraient aussi. Vous avez des bonnes, n'est-ce pas ?

Joss se racla la gorge.

— Quel âge ont vos filles ? demanda lady Tallant. Est-ce qu'elles se ressemblent beaucoup ?

Sutcliffe réfléchit.

— Oui, elles se ressemblent assez. L'une d'elles a cinq ans.

Joss ferma les yeux l'espace d'un instant.

— Elles ont toutes les deux cinq ans, dit-il. Puisque ce sont des jumelles.

— Mais oui, bien sûr ! s'exclama lord Sutcliffe avec un grand sourire. J'aurais dû vous le préciser. Il n'y avait jamais eu de jumeaux dans la famille. Mais, après tout, c'est lady Sutcliffe qui les a faites, n'est-ce pas ? Quand elles sont nées, je me suis demandé comment j'allais faire, mais ce sont de charmantes petites créatures.

« Que vous ne voyez que quelques minutes par jour », songea Joss. Mais faire ce genre de remarque n'entrait pas dans ses attributions. Il était ici pour arrondir les angles au cas où Sutcliffe, sous l'effet de sa poudre « médicinale », se mettrait à raconter n'importe quoi.

Mais lady Tallant semblait attacher peu d'importance aux trous de mémoire de Sutcliffe.

— Pensez-vous qu'il existe une grande différence de constitution entre un garçon et une fille ? J'ai élevé mes fils à Londres pour l'essentiel, mais peut-être qu'une fille tolérerait moins l'air de la ville. Je… je ne sais pas. Comment pourrais-je le savoir ? Je n'ai pas de fille.

Elle eut un petit rire étrange, fragile. Quand Augusta la regarda avec une expression inquiète,

Joss comprit pourquoi lady Tallant était si pâle, et pourquoi elle avait fait le voyage jusqu'à Bath.

Malgré sa table chargée de victuailles, sa maison bien chauffée, sa robe en soie et son beau visage, Joss eut pitié d'elle. Qu'aurait donné lady Tallant, en plus de tout cela, en échange d'un autre enfant ?

Mais le destin ne vous permettait pas de passer de tels marchés. Si cela avait été le cas, Joss aurait depuis longtemps échangé son insupportable honneur contre une naissance plus respectable ou des ancêtres cent pour cent anglais.

— J'ai deux filles, dit Sutcliffe, c'est presque comme si j'en avais une de rechange, finalement. Je pourrais vous en prêter une que vous emmèneriez à Londres, ainsi vous verriez si elle tombe malade. Et vous pourriez envoyer un de vos fils chez nous, à la campagne. Il jouerait avec mon fils Grog.

— Greg, murmura Joss. Un grog est un cocktail.

— Un cocktail ? répéta Sutcliffe en se tournant vers lui. Vous me donnez soif, là.

Il fit signe au valet, qui lui servit ce qui restait d'absinthe.

— Et vous, madame Flowers ? Vous avez des enfants ?

Joss riva un œil amusé sur Augusta, qui balaya la pièce d'un regard circulaire, avant de se souvenir qu'elle était Mme Flowers.

— Moi ! Seigneur Dieu, non ! dit-elle avec un petit rire. Je n'ai pas été mariée assez longtemps.

Et elle baissa les yeux sur son assiette avec une retenue soudaine.

Futé de sa part, songea Joss. Si elle avait croisé son regard, il les aurait trahis tous les deux en éclatant de rire.

— Des frères ? Des sœurs ? J'ai cinq sœurs, pour ma part, dit Sutcliffe. Non, attendez. Cinq ? Ce n'est pas possible. C'est beaucoup trop. Everett, combien ai-je de sœurs ?

— Six, monsieur.

— Six, c'est bien ça. Je savais bien que j'avais envoyé des tas de lettres pour elles. Everett est mon cerveau, il est juste dans un autre corps. Ça m'évite d'avoir à me souvenir des choses.

Ce fut au tour de Joss de baisser les yeux sur son assiette en porcelaine. S'il croisait le regard d'Augusta, il risquait d'éclater de rire ou de lever les yeux au ciel à les faire sortir de leurs orbites. Passer trop de temps en compagnie de son cousin provoquait ces deux réactions, parfois simultanément.

— Vous avez de la chance de venir d'une grande famille, monsieur. Je suis fille unique, et mes parents auraient tant aimé avoir d'autres enfants.

La voix sucrée de Mme Flowers s'était dissoute dans les tons plus graves de celle d'Augusta.

— Ne dites pas de bêtises ! Ils devaient être ravis de vous avoir ! Comment peut-on vouloir d'autres enfants quand on vous a, vous ?

Peu de gens restaient imperméables à Sutcliffe lorsqu'il avait décidé de charmer l'assistance. Augusta renvoya au baron un sourire tout aussi lumineux, mais Joss remarqua que lady Tallant se décomposait. Sous la table, il donna un coup de pied à Sutcliffe et lui fit signe de changer de sujet.

— Et puis, ajouta le baron en baissant le ton, il arrive que les enfants ne tournent pas comme on le voudrait. Ils ont eu de la chance avec vous, mais un autre fils ou une autre fille aurait pu mal tourner. Tenez, Everett est fils unique lui aussi, et c'est une bonne chose. Pas parce qu'il aurait pu mal tourner, non, mais parce que… Bref, c'est mieux comme ça.

Faisait-il référence à l'absence de fortune de sa mère ou à son roturier de père – absent, qui plus est ? Joss déglutit.

— Le caractère d'un enfant ne reflète pas toujours son éducation.

— Bien sûr que non, acquiesça Sutcliffe. Si c'était le cas, vous auriez fini votre absinthe. Pas vrai ?

Cette dernière remarque était censée être drôle, mais si on y réfléchissait, elle reflétait autant le problème qu'avait Sutcliffe avec l'alcool que celui qu'avait Joss avec ses origines.

Ce dernier se força à sourire. Il se forçait toujours à sourire quand Sutcliffe appuyait sur les bleus douloureux de ses origines, sans faire cas de leurs ancêtres communs. Son cousin n'arrêterait jamais. Que Joss puisse se sentir insulté, surtout par la vérité, ne lui venait même pas à l'esprit. Aussi Joss avait-il décidé depuis longtemps de faire comme si cela ne l'atteignait pas.

La plupart du temps, cela fonctionnait. Mais, ce soir, avec lady Tallant qui s'efforçait de faire bonne figure et Augusta qui affichait un regard étonné, ce mépris le blessa.

Alors, il vida son verre sous le regard approbateur de Sutcliffe et songea avec impatience au jour où sa pénitence prendrait fin.

10

Les invités prirent congé, et Augusta les regarda descendre les marches du perron de la maison d'Emily. Depuis l'ombre du porche en pierre taillée, elle suivit des yeux les deux hautes silhouettes qui s'éloignaient en direction de l'ouest.

Le jour tombait, et le ciel s'était paré de bleu-gris. La redingote en velours de Sutcliffe attrapait les derniers rayons de lumière, renvoyant des éclairs couleur feu à chaque gesticulation du baron. À côté de lui, Joss avançait d'un pas mesuré. Lorsque son cousin faillit mettre un pied dans la boue du caniveau, il le retint. Arrivé devant la maison voisine, il le salua en ôtant son chapeau, et les deux hommes se séparèrent.

Comme Joss faisait demi-tour, Augusta se plaqua contre la porte noire. Un seul pas, une seule pression sur la poignée, et elle rentrerait, irait se reposer ou se changer pour se rendre au théâtre, ou discuter avec Emily, qui avait été très discrète pendant la fin du repas.

Elle aurait pu faire cela, oui. Elle aurait *dû* le faire.

Au lieu de quoi, elle fit un pas en avant.

— Monsieur Everett.

Joss plissa les yeux, avant de renverser légèrement son chapeau en arrière.

— Madame Flowers. Avons-nous oublié quelque chose ?

— Non.

Elle descendit les marches du perron, les bras serrés contre sa poitrine. Sa robe en coton fin ne la protégeait guère de la brise – mais fourrures et gants ne l'auraient pas réchauffée, elle le savait.

— Puis-je être franche avec vous ?

— Bien sûr. Mais peut-être cette franchise devrait-elle s'exprimer à l'intérieur. La soirée est fraîche.

— Cela n'a pas d'importance, j'ai toujours froid, de toute façon. Allons parler dans la ruelle, derrière la maison.

À l'arrière du long immeuble qu'était Queen Square, les riches familles de Bath garaient leurs voitures et abritaient leurs chevaux. Augusta aimait marcher dans cette ruelle, à l'abri des regards des domestiques. Si l'on pensait à prendre des carottes ou des pommes, les chevaux sortaient leurs belles têtes pour quémander une douceur, leurs museaux plus doux que du velours contre sa paume lorsqu'ils y attrapaient la friandise.

Aujourd'hui, elle n'avait rien pris. Elle n'avait même pas changé de chaussures, et si la boue n'avait pas raison de ses délicats escarpins, la paille et le crottin causeraient leur perte. Mais peu importait. L'héritière de Meredith Beauté pouvait en racheter autant de paires qu'elle le souhaitait.

Joss la fixa, sceptique, puis lui emboîta le pas. Ils passèrent devant la maison de lord Sutcliffe, mais il n'y prêta aucune attention.

— Tout de même, vous devez avoir encore plus froid que d'habitude, dit-il. Tenez.

Avant qu'elle ait pu l'en empêcher, il avait ôté sa redingote et posé le lourd vêtement sur ses épaules. Le visage tendu, il tira sur les revers pour bien les fermer, juste sous son menton.

— Là, tenez bien, maintenant.

Et il reprit sa marche. Tout s'était passé si vite qu'Augusta ne put que trottiner pour le rattraper, cherchant une réponse appropriée à lui donner.

« Vous n'auriez pas dû » convenait parfaitement, car un gentleman digne de ce nom ne pouvait apparaître en public en bras de chemise. Comme il la devançait de quelques pas, elle voyait le tissu de ses manches faseyer dans le vent. L'étoffe était si fine que l'on voyait par transparence les muscles de ses bras. Son gilet noir, ses pantalons foncés et ses bottes soulignaient sa silhouette puissante et leste, sombre dans la lumière argentée de cette fin de journée.

Augusta referma les poings sur les revers de la redingote, laissant le drap un peu rêche râper la peau nue de ses bras et de ses mains. Malgré la brise, elle sentit le bois de santal sur le vêtement et inspira longuement, profondément.

— Merci.

Il ralentit le pas, mais ne se retourna pas.

— Je vous en prie, lâcha-t-il par-dessus son épaule, sur un ton qui disait plutôt : « J'étais bien obligé, parce que si vous mourez de froid ici, c'est probablement à moi qu'on le reprochera. »

Arrivé à l'extrémité de Queen Square, il s'arrêta et, cette fois, se retourna.

— Cet endroit convient-il pour ce que vous avez à me dire ? Il est inutile d'abîmer vos escarpins en plus de votre santé.

— La seconde va très bien, et le sort des premiers m'importe peu.

Sur ce, elle l'entraîna dans un petit passage qui menait à la ruelle.

Comparée à la grandeur agressive de la façade, la ruelle donnait presque un sentiment de délabrement. Les premières écuries avaient été construites en pierre, avec des toits de tuile, mais avec le temps, des ajouts avaient été faits, appentis et autres hangars, mélanges de brique et de bois. Des tonneaux récupéraient l'eau de pluie, qui ruisselait constamment d'auvents en planches imbibées d'humidité. Des tas de foin étaient conservés à l'abri, et l'odeur de terre battue des stalles, ajoutée à celle des chevaux, prit le pas sur les effluves de bois de santal qu'Augusta venait de respirer. À cette heure de la journée, la bonne société de Bath se reposait, et les rues étaient plus calmes. Dans les écuries, on n'entendait que des hennissements, auxquels s'ajoutait parfois la voix d'un palefrenier venant en contrepoint du sifflement de la brise.

— Alors, de quoi s'agit-il ? demanda Joss en baissant les yeux sur Augusta. Je vous rappelle que vous m'aviez promis de ne pas vous lancer dans des histoires impossibles, et voilà que je me retrouve obligé de retirer ma redingote pour vous empêcher d'attraper la mort. À en juger par la façon dont vous avez procédé, l'affaire semble urgente. Et votre tenue pour le moins inappropriée le confirme.

— Je sais toujours à l'avance quand vous allez dire quelque chose d'intelligent et de percutant, répondit Augusta. Un de vos sourcils se met en accent circonflexe. Et même si je vous remercie effectivement pour votre redingote, je vous rappelle que c'est vous qui me l'avez proposée, pas moi qui vous l'ai demandée. Enfin, je vous serais reconnaissante d'attendre, avant d'être désagréable avec moi, que je l'aie été avec vous.

Il posa un doigt sur son sourcil, l'air sombre.

— Oui, mais vous auriez alors toujours l'avantage.

Elle serra un peu plus la redingote autour de ses épaules.

— Faut-il donc forcément que quelqu'un ait l'avantage ?

— Seule une personne qui a toujours l'avantage peut poser cette question.

— Bien. Je serai brève, alors, afin de ne pas abuser de mon privilège. Voici ce que je voulais vous dire : merci d'être venu dîner avec nous ce soir. Merci surtout de vous être donné la peine de garder le secret de Mme Flowers. Et je suis désolée que votre cousin ne soit pas plus aimable avec vous.

Elle retira la redingote et la lui tendit.

— C'est tout. Je vous souhaite une bonne soirée.

Il ne prit pas le vêtement, mais pencha la tête et la fixa de son regard sombre.

— Pourquoi dites-vous cela à propos de lord Sutcliffe ? Tout le monde le trouve très agréable.

Augusta commençait à avoir mal au bras, aussi le replia-t-elle et roula-t-elle la redingote en boule. Le parfum puissant, légèrement fumé du bois de santal lui revint, brouillant ses pensées l'espace d'un instant et l'empêchant de répondre.

— Il s'est montré agréable, oui, dit-elle enfin. Mais, s'il a posé de nombreuses questions sur la famille, il n'a jamais mentionné le fait que vous étiez cousins. Cela m'a surprise, surtout dans la mesure où vous travaillez avec lui.

— Eh bien… Disons que garder ses distances est parfois aussi salutaire qu'une boisson médicinale, répondit Joss avec une grimace.

— Ou des herbes médicinales ?

— Par exemple. Lord Sutcliffe fait très attention à sa santé.

— Mais pas à la vôtre ?

Joss retira son chapeau et le fit tourner entre ses mains gantées. Le vent souleva ses cheveux, courts et légèrement bouclés.

— Ce n'est pas à lui de s'inquiéter pour moi. C'est à moi de m'inquiéter pour lui.

Orpheline et fille unique, Augusta aurait donné beaucoup pour qu'un membre de sa famille s'inquiète pour elle.

— Vous devez être important pour lui, alors.

— Oh, sans doute, oui. Mais il a besoin de moi de la même façon qu'un enfant pense qu'il a besoin d'un bonbon ou d'un jouet. Je suis la personne qui l'aide à satisfaire ses caprices. Avec le temps, n'importe qui pourrait devenir aussi efficace que moi dans ce domaine. J'ai simplement l'avantage de l'entraînement.

Il parlait avec une précision sèche qui serra le cœur d'Augusta. Plus d'une fois, il avait fait allusion à sa relation avec son cousin et employeur, sous-entendant qu'elle n'allait pas sans heurts, mais ses mots avaient dansé dans l'espace pour rebondir sur la façade miroitante qu'Augusta avait choisi d'afficher ce jour-là.

— Je suis désolée, Joss. Je ne m'étais pas rendu compte que c'était à ce point.

— Je n'avais pas envie que vous vous en rendiez compte. Cette insupportable fierté, vous savez bien. J'aurais aimé que vous me posiez la question, néanmoins. Mais vous ne l'avez jamais posée.

Il leva les yeux sur les toits qui surplombaient la ruelle.

— J'essayais d'être polie. Je ne voulais pas chercher à en savoir plus sur vous que vous ne souhaitiez en dévoiler.

— Alors pourquoi, lorsque nous nous sommes rencontrés au bal, ne m'avez-vous pas simplement fait confiance pour garder votre secret et n'êtes-vous pas partie ?

La raison principale, bien sûr, était qu'elle en avait été incapable. Elle n'avait pas osé lui faire confiance, mais n'avait pas non plus voulu le quitter. Le rencontrer avait été un soulagement, une sortie de secours vers la franchise qui commençait à tant lui manquer.

Or, c'était Mme Flowers qui devait en principe jouer le rôle de cette échappatoire. Mais Augusta était plus loin que jamais de la paix qu'elle recherchait.

Elle serra la redingote contre elle, rempart de drap et de parfum viril. Elle avait la gorge sèche, et la pointe de ses seins était durcie par le désir autant que par le froid.

— Je serais partie, si j'avais pu.

— Je vois, dit-il doucement.

Et elle se demanda ce qu'il voyait exactement.

— Mais juste... juste pour ce soir, balbutia-t-elle, vous pourriez laisser lord Sutcliffe et venir au théâtre avec lady Tallant et moi.

Il haussa les sourcils. Les deux, cette fois. Était-il sur le point d'énoncer quelque remarque cinglante et judicieuse ? Augusta préféra le prendre de vitesse.

— Cela servirait vos affaires. La comtesse a loué une loge sans vue sur la scène, mais d'où l'on peut observer le public sans être vu. Peut-être pourriez-vous même trouver une des personnes de votre liste.

— *Votre* liste, rectifia Joss en remettant son chapeau. Naturellement, vous n'avez que mes affaires à cœur, ma chère veuve d'opérette. Pas une seconde je n'ai envisagé autre chose. Hélas, je ne puis accepter, à cause de mes affaires, justement. Je dois rencontrer votre lord Chatfield, ce soir. J'ai soudain besoin de l'aide d'un homme qui sait des choses plus qu'il n'en achète.

— Ce n'est pas *mon* lord Chatfield, répondit Augusta avec une pointe de déception qui lui fit chercher ses mots. Je veux dire… il achète des choses, aussi, et il sait des choses, donc il est possible que vous puissiez lui vendre des choses et en apprendre.

Assurément, personne n'avait jamais utilisé le mot « choses » autant de fois dans une même phrase. Une nouvelle fois, elle lui tendit sa redingote, espérant avoir les idées plus claires sans l'odeur du bois de santal et le frottement de la laine sur ses bras.

Cette fois, il prit le vêtement, mais ne le remit pas et le tint roulé en boule comme l'avait fait Augusta.

— Si le théâtre ne vous tente pas plus que cela, pourquoi ne m'accompagneriez-vous pas à mon rendez-vous avec lord Chatfield ? Parler à quelqu'un qui connaît Mlle Meredith vous ferait peut-être du bien.

— Non. Je ne peux pas, dit-elle en secouant la tête, serrant les bras sur sa poitrine.

Et qu'il ose donc faire une plaisanterie sur son avant-scène. Qu'il ose.

Mais il n'osa pas. Il semblait fatigué.

— Pourquoi ? Cela serait-il si terrible qu'un homme qui *sait des choses* apprenne que vous êtes ici sous un faux nom ? Les gens qui *savent des choses* sont discrets, en général. Ou alors ce sont des maîtres chanteurs. C'est l'un ou l'autre.

— Non, je suis sûre qu'il ne fait chanter personne. Je... Il...

Augusta serra les lèvres.

— Je ne sais pas. Je pense... qu'il serait déçu d'apprendre que j'ai renié le nom de mes parents. Il les connaissait bien, vous comprenez...

Elle retint ses larmes sur ces derniers mots. Après les sourires forcés, la conversation du dîner – trop d'inquiétude à propos d'Emily, trop de secrets à garder –, le roc du chagrin était en équilibre instable. Elle ne pouvait pas le laisser osciller de la sorte ; elle ne pouvait supporter l'idée d'une nouvelle chute. Se remettre en selle ensuite était trop difficile.

Mais quelques images traversèrent son esprit, provoquées par l'évocation de sa famille. La chevelure de sa mère, aussi rousse que la sienne, même si, la dernière année de sa vie, elle s'était striée de gris. Son père, pas tout à fait aussi grand que sa mère, et son rire qui rendait plus joyeux tous ceux qui l'entouraient. Il avait les cheveux fins, un peu de ventre, le regard légèrement mélancolique. Ils avaient tant désiré une grande famille !

Et si leur vœu s'était réalisé, Augusta n'aurait jamais été seule.

Et peut-être aurait-elle été plus sage, aussi. Avec des gens pour l'aimer, elle aurait sans doute été moins impatiente de se jeter dans les bras d'un menteur tel que Colin Hawford.

Joss secoua sa redingote et la tint devant lui, comme s'il l'enfilait à un compagnon invisible.

— Que craignez-vous ? Que Chatfield vous prenne en flagrant délit d'usurpation d'identité ? Ou qu'il devine la scandaleuse raison de ce changement ?

— Les deux, répondit-elle, songeuse. Les deux.

Joss baissa les bras, et sa redingote balaya le sol.

— Je sais déjà tout cela, et pourtant, je tolère votre présence.

Pour la première fois de la journée, son sourire parut sincère. Plutôt que de crisper ses traits, il illumina son visage de douceur. Elle frissonna, mais elle n'avait plus froid, tout à coup.

— Oh. C'est gentil, ça. Vous le pensez vraiment ?

— À votre avis ? Mon Dieu. Ce n'était même pas si gentil que cela. Je devrais mettre plus d'agressivité dans mes commentaires polis.

Le sourire qu'il lui adressa sembla presque… timide.

Timide ? Vraiment ? Mais si, c'était bien cela. Une courbe délicate arrondit ses lèvres fines, et son regard profond croisa celui d'Augusta, avant de s'échapper d'un battement de cils, qu'il avait très longs. Il brossa sa redingote, puis la plia de nouveau. On aurait dit qu'il refusait de la mettre puisque Augusta ne la portait plus.

— Je ne vais pas vous faire une autre proposition indécente, dit Augusta. J'ai trop de fierté pour cela.

Il fallait qu'elle le dise, qu'elle tente de s'en convaincre – car, de plus en plus souvent, elle s'imaginait effleurant sa peau, suivant du bout des doigts les traits de son visage, l'attirant contre elle, assez près pour qu'elle trouve l'oubli, assez près pour chasser ses sombres pensées.

Mais elle ne pouvait pas agir de la sorte, elle le savait, car il lui ressemblait trop. Comme elle, il avait perdu ses parents ; comme elle, il abritait de lourds secrets – ceux de son cousin. Or, un homme qui gardait des secrets savait combien il était difficile de pousser quelqu'un à révéler les siens.

— Je suis heureux que vous ayez trop de fierté, dit Joss. Car j'en ai bien trop de mon côté pour chercher à obtenir quoi que ce soit de votre part.

Il se pencha vers elle, et elle sentit son souffle contre son visage lorsqu'il murmura :

— Mais j'aimerais vous donner quelque chose, néanmoins.

Il ne lui demanda pas la permission. Et s'il l'avait fait, elle se serait sans doute forcée à se dérober. Badiner, c'était contrôler. Désirer, c'était perdre le contrôle. Et c'était bien du désir qu'elle éprouvait là. Elle frissonnait pratiquement de désir, ne pensait plus qu'à supprimer la distance qui les séparait encore. Lorsqu'elle entrouvrit les lèvres, son souffle devint buée.

Il ne l'embrassa pas immédiatement. Il ramena d'abord une mèche bouclée derrière son oreille, et elle se rendit compte qu'elle était sortie tête nue. Puis il l'enveloppa dans sa redingote et la maintint ainsi, comme emmaillotée dans le vêtement trop grand pour elle.

— Ma chère veuve d'opérette, murmura-t-il avant d'effleurer ses lèvres.

Ce n'était qu'un simple frôlement, comme si leurs bouches s'étaient trouvées par hasard. Un frôlement léger, délicieux et fugace.

C'était peu, et c'était beaucoup trop. Toute hésitation en elle s'évanouit. Elle l'agrippa par les épaules, l'attira contre elle, se hissant sur la pointe des pieds pour plaquer ses lèvres sur les siennes. L'instant manqua de grâce, mais pas de puissance. Elle s'était jetée dans ses bras avec une telle force qu'il faillit tomber en arrière. Mais lorsqu'il retrouva l'équilibre, elle était contre lui. Il n'avait pas lâché la redingote, et ses poings serrés sur le drap de laine se trouvèrent entre ses seins. Elle réprima un petit gémissement.

— Seigneur, murmura-t-il sans quitter ses lèvres. Je n'ai pas assez de bras.

Ses mains la tenaient toujours fermement dans la redingote. Doucement, délicatement, il chercha à travers l'épais tissu la courbe de ses seins.

— N'ai-je donc jamais été gentil avec vous ? Êtes-vous certaine que je ne vous ai jamais complimentée sur votre apparence ?

— Je ne sais pas, répondit Augusta en fermant les yeux. Je ne me souviens plus de rien, tout à coup.

Dieu merci – c'était là l'oubli qu'elle avait tant appelé de ses vœux, mais elle savait qu'il serait fugace. Une nouvelle fois, les lèvres de Joss effleurèrent les siennes, délicatement, et pourtant, elle sentait la tension dans ses mains. Il avait faim d'elle, il la désirait, il luttait contre lui-même pour se contrôler.

Elle sentit la chaleur l'envahir. Ses doigts, ses orteils, bien que nus ou logés dans de fins escarpins, furent les premiers à se libérer de la glace. Rien ne pouvait lui réchauffer le cœur, mais sentir ses mains et ses pieds, c'était sentir plus que tout ce qu'elle avait éprouvé depuis presque deux ans. Ses mains enfin réchauffées, elle pouvait les tendre vers lui. Ses pieds retrouvant leur sensation, elle pouvait faire un pas vers lui.

Alors, il n'y eut plus aucune distance entre eux. Ses mains se libérèrent de la redingote pour se nouer autour de la taille de Joss. Il poussa un grognement et glissa sa langue entre ses lèvres, la respira, la goûta. À son tour, elle le but, le goûta. Il était comme un vin doux et fort à la fois, déterminé à la réchauffer. Avec un peu plus de temps, il aurait pu la faire fondre tout entière rien qu'avec la chaleur de ses mains. De ses lèvres. De son souffle. Déjà, le désir la consumait.

Un sifflement aigu retentit dans la ruelle, suivi d'applaudissements.

Augusta ouvrit les yeux. À moins de dix mètres de là, à l'abri d'un appentis, un jeune palefrenier les observait avec un sourire jusqu'aux oreilles.

— Hé, vous interrompez pas pour moi !

Joss se dégagea en riant.

— Désolé, mon brave. Allez plutôt au théâtre, si vous voulez du spectacle.

Il passa un bras autour des épaules d'Augusta, dans un geste plus poli que passionné, et l'entraîna vers la sortie de la ruelle.

— Il n'était pas dans mes intentions de me comporter de la sorte, ma chère veuve d'opérette. Mais je ne m'excuserai pas pour autant.

— Moi non plus.

Augusta se sentait rougir, non pas de gêne, mais de stupéfaction devant la rapidité avec laquelle elle s'était oubliée. Qu'était-il arrivé à son self-control ? À quoi bon prendre un amant si c'était pour se retrouver dans une situation plus invivable encore ?

Joss n'était pas un bon choix. Elle l'avait tout de suite su. Fier comme il l'était, jamais il n'arriverait à supporter les limites qu'elle entendait imposer à un amant, et encore moins la rapidité avec laquelle elle comptait se débarrasser de lui. Il n'était pas du tout ce qu'elle recherchait.

Pourtant, elle ne parvenait pas à s'extraire du refuge de son bras, à mettre de la distance entre eux. Elle ne pouvait obéir à ses propres injonctions, et s'en rendre compte était comme sauter dans le vide : s'écraser devenait inévitable.

Mais, tandis qu'ils regagnaient la rue et le monde de la respectabilité, il ne retira ni son bras ni la redingote qu'il avait glissée sur ses épaules, et au lieu de sauter dans le vide, elle eut l'impression de voler. La perspective de la chute s'éloignait, et avec elle le douloureux souvenir de ses précédents échecs… à tel point qu'elle se demanda si elle ne se trompait pas en disant : « Ce n'est pas ce que je veux. »

Ils croisèrent probablement des gens qui trouvèrent leur attitude étrange, mais Augusta ne vit rien. Peut-être même que certains leur adressèrent la parole, mais elle n'entendit rien. Elle était ailleurs, perdue dans un monde de sensations.

En arrivant devant la maison d'Emily, Joss monta les marches du perron avec elle, puis s'arrêta pour lui faire face. Lentement, il retira sa redingote, et elle eut le sentiment qu'il la déshabillait complètement. Elle frissonna.

— Augusta, dit-il doucement, vous êtes une personne digne d'estime. L'homme qui vous en a fait douter a commis une chose terrible.

Elle le regarda, dubitative.

— Oh.

— Que diriez-vous plutôt de « Merci, Joss » ? Ma chère veuve d'opérette, vous avez encore du mal à avoir confiance en moi. Un reproche de plus à faire à ce triste sire.

Il tendit le bras par-dessus son épaule et, l'espace d'un instant, elle crut qu'il allait l'enlacer de nouveau. L'embrasser encore, peut-être.

Toc, toc. Non, il avait juste actionné le heurtoir en cuivre et s'écartait. Quelques secondes plus tard, un domestique vint ouvrir.

— Madame Flowers ! Vous devez mourir de froid !

— Elle refuse de le reconnaître, dit Joss. Mais je pense qu'elle ne s'opposera pas à un grog. Breuvage médicinal, vous savez bien, ajouta-t-il en regardant Augusta.

Avec un clin d'œil, il porta une main à son chapeau et la salua, puis redescendit les marches du perron et s'éloigna, toujours en bras de chemise, sa redingote sur le bras.

Augusta se laissa entraîner à l'intérieur, ses pieds se glissèrent dans des chaussons propres, un châle enveloppa ses épaules, et une tasse de thé chaud fut poussée entre ses mains, puis elle monta dans sa chambre, où le feu crépitait. Une femme de chambre promit de repasser une heure plus tard pour l'habiller et la coiffer pour le théâtre.

Après tout cela, lorsque la porte se referma derrière elle, tout ce qu'elle parvint à articuler était : « Eh bien. »

Elle s'assit sur le tapis, devant la cheminée, et regarda fixement les flammes qui dansaient.

Joss l'avait embrassée comme s'ils s'apprêtaient à finir dans un lit, il avait serré sa redingote autour de ses épaules avec tendresse, mais n'avait pas réellement flirté avec elle. N'avait prononcé aucun mot doux pour l'inciter à aller plus loin. Lui demander s'il l'avait déjà complimentée sur son apparence était ce qu'il avait fait de plus… osé. Et force lui était de se rendre à l'évidence : il n'avait jamais rien dit de *gentil*.

Jusqu'à ce qu'ils se séparent – « Vous êtes une personne digne d'estime. »

Peut-être n'avait-elle pas une idée assez précise de ce qu'était le flirt. Ou peut-être se comportait-il simplement en homme… convenable.

« Vous êtes une personne digne d'estime » devait être un tel truisme que l'énoncer à voix haute était idiot. Comme « Vous êtes une femme » ou « Vos cheveux sont roux ». Mais, après des années de chagrin et de mauvais choix, cela avait cessé de lui paraître vrai. Et, sans qu'elle sache comment, il avait compris cela et lui avait dit ce qu'elle rêvait de pouvoir croire de nouveau.

Peut-être cela arriverait-il. Pour le moment, il était bon de savoir qu'une autre personne en ce bas monde le croyait.

Et cela, plus que n'importe quel compliment sur son apparence – et plus que son baiser, peut-être –, la réchauffait intérieurement tandis qu'elle tendait ses mains vers les flammes.

11

Joss était à Bath depuis moins de deux semaines, il n'y avait donc rien de surprenant à ce qu'il ne se soit pas encore rendu à l'une des sources d'eau chaude auxquelles la ville devait son nom. Cela n'allait néanmoins pas tarder à changer : lord Chatfield avait exprimé le souhait de le rencontrer le soir de son choix, du moment que le rendez-vous avait lieu dans des thermes privés. Monsieur suivait, semblait-il, un régime thérapeutique des plus stricts.

Même si Joss ne plaçait que peu de foi dans les pouvoirs guérisseurs des sources sulfureuses de Bath, il était convaincu que celles-ci ne pouvaient pas non plus faire de mal au marquis – contrairement à certaines préparations « médicinales » de Sutcliffe.

Il avait passé les quelques heures suivant le dîner à tenter de ne pas penser au baiser enflammé d'Augusta Meredith et, pour ce faire, s'était plongé dans la correspondance de son cousin, cherchant un moyen de démasquer l'homme qui faisait chanter le baron. Sans grand succès.

S'il tenait bon, c'était parce que, bientôt, il pourrait prendre sa vie en main, loin du baron. Et il espérait qu'alors Augusta Meredith ferait partie de son horizon, d'une manière ou d'une autre.

En attendant, ce soir, elle était au théâtre, probablement vêtue de soie, dans une robe à la dernière mode. Et elle n'était pas Mlle Meredith, mais Mme Flowers, qui flirtait et riait pour convaincre les hommes de Bath qu'elle n'était que gaieté et légèreté.

En faisant la grimace, Joss gratta la boue de ses bottes devant la porte du bâtiment où l'avait convié Chatfield.

C'était un immeuble massif en pierre de Bath, qui s'élevait sur trois étages. Sur le côté, Joss remarqua une véranda à l'ossature de bois dont la courbe du toit évoquait un oiseau plongeant en piqué. Cette frêle structure semblait bizarrement exotique, surtout adossée à un bâtiment aussi solide, aussi anglais.

Il aima cela. Cette véranda était comme lui, être un peu exotique construit sur des fondations anglaises. Un sourire désabusé flottant sur ses lèvres, il frappa à la porte.

Un employé à la peau noire, en large peignoir blanc, vint ouvrir et s'inclina.

— Monsieur Everett ? Le marquis vous attend, dit-il avec un léger accent, avant de prendre le chapeau et les gants de Joss.

Joss ne resta qu'un instant dans le vestibule à l'orientalisme luxueux – bois sculptés, céramiques brillantes, peintures murales de nababs allongés – avant d'être conduit dans un petit corridor à la décoration tout aussi sophistiquée, puis dans une pièce, sur le côté.

Un luxe inconnu emplit son champ de vision. Des lampes éclairaient le tour de la pièce d'une flamme douce. Le sol était en marbre, et une immense baignoire en pierre trônait sur le côté. Dans les coins où régnait la pénombre, Joss devina les tuyaux verticaux qui alimentaient la baignoire, et un petit réservoir dans lequel se trouvait un dispositif inconnu ressemblant à un grand entonnoir en tissu. Dans l'air chargé de vapeur d'eau, l'odeur familière du bois de santal recouvrait celle du soufre contenu dans l'eau minérale amenée par les tuyaux.

Et dans la baignoire, vêtu d'un ample costume de bain en laine sombre, se trouvait un homme que Joss supposa être lord Chatfield. Le marquis était un être robuste d'une cinquantaine d'années. Il avait le front dégarni, la mâchoire ferme, et un pli dans le menton empêchait son visage rond de paraître trop poupin. Les yeux clos, les bras posés sur le rebord de la baignoire, il était immergé dans l'eau, à la surface de laquelle flottait une fine pellicule huileuse – voilà d'où venait l'odeur de bois de santal, comprit Joss.

— C'est moi, monsieur. Josiah Everett, dit-il en se tenant à une distance respectueuse.

Les yeux de lord Chatfield s'ouvrirent.

— Everett. Ravi de faire votre connaissance. Êtes-vous prêt à discuter, ou souhaitez-vous vous baigner d'abord ?

— Je ne souhaite pas me baigner, merci, répondit Joss.

Les bains privés pouvaient coûter jusqu'à quatre shillings, et dans une maison de soins comme celle-ci, ce devait être encore plus au-dessus de ses moyens.

— Un passage dans le vaporiseur, alors ? demanda le marquis en indiquant l'étrange appareil en forme d'entonnoir. Il mélange très intelligemment vapeur d'eau et huiles indiennes. C'est excellent pour la circulation du sang.

Joss se força à sourire poliment.

— Non, merci.

Derrière lui, une porte s'ouvrit, laissant passer un autre employé en peignoir d'un blanc immaculé venu installer une chaise. Joss le remercia d'un hochement de tête avant qu'il se retire.

— C'est pour vous, confirma lord Chatfield. Je me doutais que vous souhaiteriez avant tout que nous discutions. Après tout, le meilleur moment pour travailler, c'est lorsque les autres s'amusent. Vous m'excuserez si je ne me lève pas.

Sa voix était grave, sonore, calme et assurée.

— Bien sûr. Je vous remercie de bien vouloir m'accorder un peu de votre temps, monsieur.

Chatfield hocha la tête.

— Alors ? Je suppose que vous êtes ici parce que votre employeur, Sutcliffe, a des ennuis. De quoi s'agit-il ? De jeu ? De femmes ? De penchants contre nature ?

Joss hésita.

— Surtout, n'en prenez pas ombrage, monsieur, mais je souhaiterais vraiment que ceci reste entre nous.

Les sourcils du marquis tressautèrent. Il se redressa dans la baignoire, faisant onduler la surface de l'eau.

— Vous cherchez à me rencontrer, mais vous ne me faites pas confiance ?

— Monsieur, votre aide m'a été recommandée par… une amie. Mais j'ignore s'il est convenable de demander ce genre d'aide à quelqu'un que l'on vient à peine de rencontrer.

— Par « amie », vous voulez dire Augusta Meredith.

Chatfield se frotta le menton avant de poursuivre :

— Ce n'est pas parce qu'elle ment sur ce qu'elle est qu'elle ment sur ce que je suis.

— Vous pensez qu'elle ment sur ce qu'elle est ?

Lord Chatfield avait dit cela de manière tellement désinvolte, et Augusta avait tant redouté sa réaction…

— Je ne le pense pas, j'en suis sûr. Mais c'est à vous de décider de quelle manière vous souhaitez procéder pour ce qui vous concerne. Un homme comme vous a forcément l'habitude de ce genre de chose.

Joss redressa la tête, faisant de son mieux pour ne pas être agressif.

— Que voulez-vous dire par « un homme comme vous », monsieur ?

Le marquis posa la tête en arrière, contre le mur carrelé de marbre.

— Petit-fils de baron. Cousin de baron. Traité comme un domestique à cause de votre sang indien. Tout est dans le *Debrett's*, Everett. Vous pensez peut-être que votre pedigree est secret, mais tout le monde n'est pas aussi bête que votre cousin Sutcliffe.

Chatfield le considéra un instant, les yeux mi-clos.

— Vous ne vous en êtes pas mal sorti.

La chaise de Joss était heureusement très stable. Tout ce qu'il put produire fut un son bizarre, dont il espéra qu'il passerait pour un acquiescement. Il avait tant l'habitude d'être méprisé, de n'être qu'une ombre dans un coin de pièce, qu'il avait oublié que n'importe qui pouvait lire le résumé de son existence dans l'annuaire nobiliaire – en admettant que quiconque puisse s'y intéresser.

À quoi bon regretter les lois sur la transmission du patrimoine, qui favorisaient les héritiers masculins et avaient pris la baronnie à la famille de sa mère pour la donner à Sutcliffe ? À vrai dire, Joss ne souhaitait pas plus être baron qu'il ne souhaitait être roi. Tout ce qu'il voulait, c'était être… Le fait était qu'il n'en savait rien. Faire partie de la bonne société ? Non. Il n'avait pas les ressources nécessaires pour cela, ni l'envie d'une telle existence. Mais il ne voulait pas non plus être exclu. Être un domestique, poussé hors de la maison familiale ? Non.

— Je vois, dit-il, la gorge serrée. Notre connaissance mutuelle avait raison quand elle disait que vous saviez beaucoup de choses.

— Savoir des choses est mon passe-temps favori, dit le marquis. Le plus intéressant, c'est d'apprendre à trouver les informations. Le plus souvent, les gens vous les donnent sans s'en rendre compte. Par exemple, vous avez remercié l'employé à la peau noire qui vous a apporté la chaise. Un membre de la noblesse ne ferait jamais cela, et pourtant, vous êtes d'origine noble. Alors pourquoi ? Est-ce parce que vous reconnaissez son sang en vous ? Ou parce que vous pensez partager le même statut que lui ? Inutile de répondre, ajouta-t-il en levant la main. Les réponses n'ont pas d'importance, seules les questions comptent.

Joss eut un regard oblique en direction de la baignoire et de l'homme déjà âgé qui s'y tenait et disparaissait pour l'essentiel sous la surface de l'eau. Bien que mouillé et en costume de bain,

Chatfield était en position de force, cela ne faisait aucun doute pour Joss.

Qu'avait-il à perdre à demander de l'aide à cet homme ? Les secrets qu'il gardait étaient ceux de Sutcliffe. Peut-être lord Chatfield les aiderait-il tous les deux, mais dans le cas contraire, au moins l'intervention du marquis aiderait-elle Joss à conquérir sa liberté.

— À vrai dire, monsieur, il est une réponse qui a beaucoup d'importance pour moi en cet instant.

Et, brièvement, il évoqua les frasques du baron, la bonne enceinte, les cordons de la bourse tenus par une baronne depuis longtemps désabusée et le chantage auquel Sutcliffe ne pouvait mettre fin sans tout raconter à son épouse.

— À moins que je ne parvienne à vendre son charbon pour réunir l'argent ou, mieux encore, que je ne démasque le maître chanteur, conclut Joss. Mais je n'ai pour cela qu'un indice. La première lettre ayant été envoyée de Londres et la plus récente de Bath, j'en déduis que cette personne est arrivée récemment dans la ville.

— Mais pas de sceau, dites-vous. Juste du papier gommé et un message rédigé en lettres d'imprimerie.

Le marquis s'était redressé pendant le récit de Joss. De larges plis creusaient son front et, une nouvelle fois, il se frotta le menton.

— Voilà un petit problème bien intéressant, assurément. Et nous devons le résoudre avant quelle date ?

— La fin du mois.

— Douze jours, donc. Eh bien, d'accord. De quelle façon envisagez-vous de rémunérer mes services ?

Joss cligna des yeux. Il n'avait pas pensé à cela, mais se rendait compte maintenant à quel point il avait été naïf de supposer qu'un aristocrate aiderait un inconnu par simple bonté d'âme.

— Si ce sont des informations que vous cherchez, je ne crois pas en avoir que vous ne possédiez déjà. S'il s'agit uniquement d'argent, lord Sutcliffe vous paiera ce que vous demanderez, dans la mesure de ses moyens, bien sûr.

Lord Chatfield pencha la tête sur le côté.

— En êtes-vous sûr ? Lequel de vous deux souhaite le plus obtenir cette réponse ? Vous, ou lui ?

— Il... Si...

Une nouvelle fois, Joss se sentit en porte-à-faux et se mit à balbutier. La réponse semblait pourtant évidente, mais l'était-elle tant que cela ? Pour Sutcliffe, le maître chanteur était un problème à résoudre afin que sa femme ne limite pas sa liberté financière. Pour Joss, le maître chanteur représentait sa liberté financière, ou du moins sa promesse.

Le marquis pinça les lèvres.

— Mmm. Oui. Bon, nous nous occuperons de cela lorsque j'aurai découvert ce que je veux savoir. Changeons de sujet. Il semble que vous ayez passé beaucoup de temps en compagnie de Mme Flowers, puisque c'est ainsi que notre jeune amie se fait appeler ces derniers temps.

— Mmm, répondit Joss en croisant les bras.

Chatfield sourit, révélant des dents parfaitement alignées.

— Un silence diplomatique. Ça me plaît. Même s'il n'y a aucune raison d'être diplomate, puisque ce sont des faits établis. Elle se présente comme

Mme Flowers, et vous avez effectivement passé beaucoup de temps avec elle. Pourquoi ?

Joss hésita à demander à quelle partie de la question se rapportait le « pourquoi », mais les réponses se confondaient de la même manière que la question. Il opta pour la prudence.

— J'ai passé beaucoup de temps avec elle surtout parce qu'elle se fait appeler Mme Flowers. Elle ne voulait pas qu'on l'identifie, alors en échange de mon silence, elle m'a proposé son aide.

— Vous aviez l'intention de révéler sa véritable identité, donc ?

— Non, ce n'était pas mon intention.

L'idée qu'on puisse se méprendre sur ce point et le méjuger le hérissa une nouvelle fois. Avec la chaleur humide qui régnait dans la pièce, il sentait la transpiration perler dans son cou, sous sa cravate trop serrée.

— Mais cette fichue tête de mule refusait de me faire confiance, reprit-il. Alors, elle m'a infligé cette... *aide*, dont je n'avais que faire. Et, entre autres, a suggéré que je vous rencontre.

— Mmm.

— J'en profite d'ailleurs pour vous remercier d'avoir accédé à ma demande, conclut Joss, bougon.

— Mmm.

— Mais le fait est que je n'avais rien demandé et qu'elle m'a aidé parce qu'elle n'avait pas confiance en moi.

— Mmm.

Seigneur ! Joss se leva.

— Bien, je ne vais pas abuser de votre temps...

La silhouette sombre du marquis ondula comme celle d'un phoque. Un *splash*, un *flop*, et il apparut assis dans l'immense baignoire, les coudes posés sur les bords.

— Non, non, ne partez pas tout de suite. Nous n'avons pas encore posé la bonne question, qui est : pourquoi se fait-elle passer pour veuve ?

Si leur conversation avait été malaisée jusque-là, elle devenait à présent franchement dangereuse. Joss resta debout, les jambes bien droites, les pieds solidement ancrés dans le sol.

— Je pense qu'il s'agit d'un jeu, auquel elle joue avec elle-même, à cause d'un homme qui se serait mal conduit avec elle.

— Ah, je me demandais si cette histoire la tourmentait encore. Un bien triste épisode, juste au moment du décès de ses parents, ajouta-t-il d'un ton aussi plat que s'il avait lu une réclame dans *The Times*. Les Meredith étaient en route pour Portsmouth, pour affaires. C'était la première fois qu'ils quittaient Londres depuis des années. Et notre demoiselle en a profité pour rencontrer son amant.

Les genoux de Joss exigèrent qu'il se rassoie immédiatement.

— Elle a eu un amant ? demanda-t-il, sa voix se brisant sur le dernier mot comme celle d'un adolescent. Hum, je veux dire… bien sûr, son amant, reprit-il après un raclement de gorge.

Il n'aurait pas dû être surpris. Car, si elle cherchait un amant aujourd'hui – pour se venger, apparemment –, c'était bien qu'elle en avait eu un auparavant. Augusta Meredith était trop intelligente pour jouer les Mme Flowers sans raison.

Et elle était trop adorable, trop passionnée pour qu'un homme sur lequel elle avait jeté son dévolu lui résiste.

C'était du moins ce que Joss supposait. Il savait d'expérience combien il était difficile de lui résister lorsqu'elle jetait un simple « Vous feriez l'affaire » dans sa direction.

— C'était le fils cadet d'un baron, expliqua Chatfield. Pas de fortune personnelle, et aucune chance d'hériter d'un titre. Sans doute en avait-il après sa fortune, même s'il a joué à la perfection le rôle du soupirant enamouré. Il l'a quittée après la mort de ses parents.

— Pourquoi ? S'il l'aimait et qu'elle était riche, pourquoi ne pas lui proposer le mariage ?

Le marquis changea une nouvelle fois de position dans la baignoire.

— M. Meredith était un homme assez retors. Dans son testament, il était précisé que les administrateurs de la fortune de sa fille devaient approuver son mariage si elle décidait de se marier avant l'âge de vingt-cinq ans.

— Et ils ne l'ont pas approuvé ?

— Je pense qu'avec le temps ils auraient fini par accepter ce mariage. Mais le jeune homme ne s'est même pas donné la peine de les convaincre. Il a juste laissé tomber notre amie.

« Pourquoi ? » brûlait de demander Joss. Simplement… pourquoi ? Qu'est-ce qui avait pu pousser un homme à agir aussi bêtement, de manière aussi égoïste ?

Et comment une femme pouvait-elle aimer aveuglément, au point de se tromper complètement sur les sentiments d'un homme ?

Il secoua la tête. Comme l'avait dit Chatfield, les réponses ne comptaient pas. Seules les questions importaient. Ces choses-là étaient arrivées, se demander pourquoi suffisait, car le simple fait de poser la question indiquait qu'elles n'auraient pas dû se produire. Sans doute n'y aurait-il jamais de « parce que » en réponse.

— Dites-moi, que pensez-vous d'elle ? demanda le marquis.

Joss haussa un sourcil.

— Ma réponse n'a pas d'importance, je crois.

— Faites-moi plaisir. Oubliez la diplomatie.

Le ton était sans appel. Joss savait qu'il ne pouvait refuser, et une grande amertume monta en lui. Une amertume née de feux trop maigres, de piécettes mises précieusement de côté et de feuilles de thé utilisées deux, trois, quatre fois, jusqu'à ne plus avoir aucun goût. Une amertume qui n'était pas non plus étrangère à la compagnie d'une femme qui possédait fourrures et robes en soie mais sortait sans manteau, tellement certaine que quelqu'un y remédierait, que le monde ne la laisserait pas avoir froid.

Et elle avait raison. Il n'avait pas pu.

Comment pouvait-elle souhaiter être quelqu'un d'autre ?

Même si elle avait juré qu'elle avait encore froid. Qu'elle avait toujours froid. Mais peut-être ne cherchait-elle pas à susciter la compassion de ses semblables. Peut-être se moquait-elle juste de ce qui pouvait lui arriver.

— Je pense qu'elle ignore ce qu'est la gratitude, dit Joss. Mais elle est intelligente. Et, bien sûr, jolie.

Le marquis eut un sourire approbateur.

— Vous avez raison sur toute la ligne. Est-il juste de lui reprocher son incapacité à voir tous les bienfaits que le destin lui a accordés ? Elle a vécu trop longtemps dans le bonheur pour le trouver anormal. Et elle est bien trop occupée à estimer sa fortune ou le nombre de pas dans une danse.

— Ou le nombre de prétendants qui font la cour à Mme Flowers.

— Certes, même si je l'imagine mal en tirer une quelconque fierté. Puisque, comme vous le disiez, il ne s'agit en réalité que des prétendants de Mme Flowers.

Chatfield connaissait décidément bien des choses, au point que cela devenait un peu effrayant. Malgré cela, Joss insista :

— Mme Flowers et Mlle Meredith ne sont qu'une seule et même personne.

— Pas tout à fait. Mais je ne suis pas sûr de ce qui les différencie. Qu'en pensez-vous ?

Quelques jours plus tôt – une éternité plus tôt –, Augusta avait expliqué à Joss qui était Mme Flowers. *En tant que veuve, elle est plus libre que moi.*

Mais cette explication ne suffisait pas. Il y avait la différence de voix, de rire ; cette façon de regarder les gens, rapide, précise, avant de faire comme si de rien n'était. Chaque fois, c'était la même personne qui agissait, bien sûr, mais une personne qui prenait des décisions différentes en fonction de qui elle s'imaginait être.

Joss secoua la tête.

— Je n'ai pas de réponse à cela.

— La réponse importe moins que la question. Et je pense que vous n'oublierez pas la question.

— Si vous le dites, monsieur, répondit Joss d'un ton un peu cassant – trop de questions, et pas assez de réponses. Si vous voulez bien m'excuser, et si nous en avons terminé, je vais devoir me retirer.

— Non, vous ne vous retirerez pas, dit Chatfield. Vous logez seul dans une chambre en soupente, et chaque minute de plus passée en ma compagnie est une minute de moins de charbon à payer. Restez un peu. Écoutez-moi jusqu'au bout. Ou, si vous préférez, laissez-moi vous écouter jusqu'au bout.

C'était ainsi que le marquis découvrait toutes les choses qu'il savait, songea Joss. Il en apprenait suffisamment sur les rêves et les désirs de chacun pour devenir dangereux et s'immiscer partout où il en avait envie. En cet instant, il savait que, pour Joss, la perspective d'économiser quelques pence – et de passer quelques moments de moins seul dans une pièce glaciale – était terriblement tentante.

— Vous êtes ingrat, vous aussi, dit Chatfield avant qu'il ait eu le temps de manifester son accord.

Joss tourna brusquement la tête et lança un regard noir au marquis, à son visage rond et complaisant, au calme insupportable de son expression. Pourquoi diable restait-il aussi longtemps dans son bain ?

Jamais il n'aurait dû solliciter cet entretien.

— Je pense que vous vous trompez, monsieur, répliqua Joss. Je m'en sors tout seul, même si c'est parfois un peu difficile.

— Mmm.

Chatfield se pencha en avant et remua l'eau d'une main. Le parfum du bois de santal se fit plus intense.

— Travaillez-vous dans une mine, dans un endroit où vous risquez quotidiennement votre vie ? Avez-vous eu soif d'éducation sans pouvoir y accéder ? Êtes-vous une jeune femme célibataire qui doit être accompagnée par un domestique partout où elle se rend, sans quoi sa réputation – son avenir – serait ruinée ?

Joss plissa les yeux jusqu'à voir flou.

— Ce que je vous dis vous déplaît, reprit le marquis. Vous pensez que votre naissance et votre éducation vous ont donné le droit de vous sentir lésé. Je ne peux dire le contraire, mais je ne crois pas non plus que le ressentiment vous fasse du bien.

— Je vous demande pardon, monsieur, répondit Joss, les dents serrées. Mais je vois mal en quoi quelqu'un comme vous pourrait savoir quoi que ce soit du sentiment d'injustice. Ou de celui de frustration.

— Vous voyez mal, dit le marquis d'un ton léger. Mais sans doute avez-vous raison. Enfin, avant de partir, aidez-moi à me lever, Everett. Il y a des serviettes près du mur, si vous voulez bien m'en apporter une.

Encore furieux, Joss prit une serviette en coton doux et s'approcha de la baignoire. Il agrippa les avant-bras du marquis, qui voulut se lever, sans vraiment y parvenir. Il changea de position, son corps massif et lourd frottant contre la pierre tandis qu'il passait ses jambes sous son torse.

Enfin, il se hissa hors de l'eau en tirant pesamment sur les bras de Joss. Et, aussitôt, ce dernier comprit son erreur, et la raison pour laquelle Chatfield faisait tant d'efforts : sa jambe droite était coupée sous le genou.

Oh !

Oh !

La consternation l'empêcha de parler pendant plusieurs secondes. Puis, enfin, il parvint à articuler :

— Je vous prie de m'excuser, monsieur. J'ignorais.

— Quoi, qu'un cheval est tombé sur ma jambe quand je n'étais qu'un gamin passionné d'équitation ? Qu'un chirurgien a mal réduit la fracture ? Que j'ai dû abandonner une jambe pour garder la vie ?

Le marquis luttait pour rester debout et garder l'équilibre, et cela s'entendait dans sa voix, plus tendue.

— Bien sûr que vous l'ignoriez. Mais si vous l'aviez su, je suppose que vous n'auriez pas agi autrement. Vous n'auriez tout de même pas laissé un marquis patauger dans sa propre crasse.

— Parfumée au bois de santal ?

Joss passa un bras autour des épaules du marquis et l'aida à s'asseoir sur le large rebord de la baignoire. Puis il s'installa à côté de lui.

— Nous n'avons pas la même idée de la crasse, vous et moi, monsieur.

— Je ne suis pas sûr que nous différions vraiment sur ce point. Et être sous-estimé n'est pas une si mauvaise chose que cela, Everett. Vraiment. Pensez-y la prochaine fois que vous vous sentirez lésé.

— Pas une si mauvaise chose ? répéta Joss. Sans doute, du moment qu'être sous-estimé ne bride pas vos ambitions.

La jambe gauche de Chatfield trempait encore dans l'eau. Ils restèrent ainsi à côté l'un de l'autre, en silence, tandis que les pensées de Joss bouillonnaient et chauffaient comme l'eau du bain. Tout le monde pleurait quelque chose, non ? Une jambe, un parent, un amant inconstant. Tout le monde avait des raisons de se plaindre.

Chatfield brisa le silence en premier.

— Voici ce que je vous demande en échange de mon aide : si je trouve l'homme qui fait chanter Sutcliffe et que vous obtenez ce que vous désirez, vous viendrez travailler pour moi.

Pour la seconde fois en quelques minutes, les mots manquèrent à Joss.

— Je viendrai... quoi ? Pourquoi ?

Le marquis poussa un long soupir.

— Un homme ne peut pas vivre sur les intérêts de quelques centaines de livres, ou quelle que soit la somme que vous espérez soutirer à Sutcliffe pour le punir. Vous devez penser à trouver un autre emploi. Je vous en offre un, et je double votre salaire.

— Pourquoi ? demanda Joss une nouvelle fois.

Le marquis se tourna pour le regarder en face. Assis côte à côte comme ils l'étaient, ce face-à-face si proche devenait gênant. Dans la lumière tamisée des lampes, les yeux de Chatfield brillaient du même reflet sombre que ceux de Joss.

— Parce que vous ne m'avez pas fait confiance tout de suite, répondit-il. Et parce que, pour me trouver, vous avez accepté l'aide d'une femme. Quand il s'agit de collecter des informations, il n'y a pas de budget pour la bêtise et pas de temps pour l'orgueil mal placé.

— J'y réfléchirai.

C'était peut-être un mensonge. Ou peut-être était-ce vrai. Joss secoua la tête et se leva.

— Mais là, vraiment, je dois y aller, monsieur. Puis-je vous aider en quelque façon que ce soit, avant mon départ ?

Chatfield sourit, avec indulgence, cette fois.

— Réfléchissez-y. C'est tout ce que je vous demande pour l'instant.

Joss prit le chemin le plus long pour regagner Trim Street, emprunta les rues les plus pentues, contourna la place ronde formée par les bâtiments du Circus. Il avait besoin de réfléchir. Pas après pas, il songea à l'argent et à l'orgueil, et à ce qui avait le plus de valeur.

Il ne s'interrompit dans ses pensées que pour réfléchir brièvement à une idée que Chatfield lui avait mise dans la tête. *Me voici, marchant seul dans la nuit, sans crainte.* Jamais il ne lui était venu à l'esprit d'être reconnaissant du simple fait d'être un homme. En bonne santé. Suffisamment grand et mince, mais visiblement pas assez riche pour être la cible de voleurs.

Longtemps, il avait été sans le sou, seul et impatient, mais jamais il n'avait eu peur. Car il avait toujours supposé que rien ne pouvait lui être dérobé. Et peut-être qu'il s'était trompé sur ce dernier point.

« Mmm, aurait dit Chatfield. Mmm. »

Il n'avait pas trouvé sa place dans le beau monde, c'était indubitable. Son sang était trop bleu et son élocution trop élégante pour qu'il fasse partie des domestiques, mais sa peau cuivrée le marquait du sceau de l'étranger. Pourtant, il ne connaissait rien de l'Inde, en dehors des plantes autrefois cultivées dans la serre de Sutcliffe Hall et du carnet à couverture noire laissé par sa grand-mère. Tout ce qui en restait aujourd'hui, c'était la *somalatha*, la plante de lune, qui gouvernait chaque instant de la vie de Sutcliffe.

Peut-être était-ce pour cette raison qu'il voulait connaître les secrets d'Augusta. Qu'il recherchait sa confiance. Ses baisers, aussi, pour être tout à fait honnête.

Ni lui ni elle n'avaient vraiment leur place dans la bonne société. Ni lui ni elle n'étaient vraiment ce que l'on attendait d'eux. Ce qui ne signifiait pas pour autant qu'ils avaient quoi que ce soit en commun.

Et pourtant…

Devenir un autre lui-même, plus libre… N'était-ce pas là tout ce qu'il désirait ?

12

Augusta avait espéré qu'une soirée animée au théâtre lui changerait les idées. Elle avait grand besoin de distraction – pour oublier cette conversation avec Joss, qui n'aurait sans doute jamais dû avoir lieu, mais surtout pour oublier un baiser qui n'aurait *certainement* pas dû être échangé.

Et parce qu'elle s'était rendu compte qu'elle songeait sans cesse aux deux sans parvenir à les regretter.

Sa robe en soie rose poudré brodée de perles de verre et ornée de dentelle paille représentait le summum de l'élégance, et pourtant, Joss l'avait embrassée alors qu'elle ne portait qu'une simple robe en coton froissé. Et, pour son malheur, elle assistait à une représentation d'*Elle s'abaisse pour vaincre*[1], pièce dans laquelle l'héroïne prenait une fausse identité et prétendait être pauvre pour conquérir le cœur du héros capricieux.

Non pas qu'une telle pièce ait un rapport avec elle. D'abord, elle ne cherchait à gagner le cœur de personne. Ensuite, Joss Everett n'était pas plus capricieux qu'Augusta n'était... satisfaite de cette soirée dans la loge d'Emily, passée à murmurer

1. Pièce d'Oliver Goldsmith (1728-1774). (*N.d.T.*)

des inepties à un M. Hereford qui était déjà passé deux fois et semblait très épris de Mme Flowers.

Ah, et enfin parce que Joss n'était pas son héros.

Même s'il avait dit d'elle qu'elle était digne d'estime. Plus tard dans la nuit, alors qu'elle était allongée sans dormir sous son épais couvre-lit, ces mots résonnèrent en elle si longtemps, si souvent, qu'elle finit par se faire l'effet d'être une coquille vide.

Augusta s'était endormie très tard, et son sommeil avait été agité, aussi préféra-t-elle passer la matinée à la maison, la bonne d'Emily se chargeant d'accompagner cette dernière à la Plump Room. Seule dans le salon, confortablement installée sur une banquette, elle feuilleta avec désœuvrement les magazines de mode d'Emily. Il lui fallut un long moment avant de parvenir à détacher ses yeux cernés des gravures colorées et à se débarrasser de ses ruminations les plus pénibles.

Une nouvelle pensée la préoccupait : qu'avaient bien pu se dire Joss et Chatfield ? Quelles questions avaient été posées, et quelles réponses faites ?

Elle referma le magazine qu'elle avait entre les mains, et les projets d'Emily pour sa garde-robe de printemps glissèrent sur l'épais tapis du salon.

Joss et Chatfield ne s'étaient pas rencontrés pour parler d'elle, mais à coup sûr son nom avait été évoqué. Ni l'un ni l'autre n'était du style à éviter un sujet de conversation, et surtout pas un sujet aussi flagrant que « la personne qui nous a mis en relation ».

Sans vraiment savoir pourquoi, elle n'aimait guère l'idée que ces deux hommes – qui la connaissaient *vraiment* – avaient discuté d'elle. Cela la privait de la maîtrise qu'elle chérissait tant et tenait désespérément à conserver.

Aussi, l'après-midi venu, décida-t-elle de chercher à apprendre ce qui s'était dit. Si Chatfield et Joss parvenaient à *savoir des choses*, comme elle l'avait formulé elle-même, elle aussi devait pouvoir y arriver.

Pendant qu'Emily se reposait, Augusta emprunta discrètement une cape en lainage grossier dans la penderie des domestiques, se glissa dehors par la porte de service et s'éloigna d'un pas rapide dans les rues trempées par la pluie. Mais bientôt, ce fut de la neige qui tomba, et même si Augusta empruntait le trottoir partout où c'était possible, ses bottines ne tardèrent pas à être maculées de boue et sa cape mouillée. Elle serra la capuche autour de son visage et pressa encore le pas.

Le gamin qui poussait des chaises roulantes et avait déjà transmis des messages pour Joss avait dit à Augusta où résidait le « milord à la peau foncée ». Trim Street s'étendit bientôt devant elle, rue étroite et bordée de rangées d'immeubles mitoyens. Elle nettoya ses bottines avant de frapper à la porte de celui où habitait Joss et apparut sous un jour raisonnablement présentable lorsqu'une bonne vint ouvrir. Elle donna quelques pièces à tous les domestiques qui répondirent à ses questions et, peu après, fut autorisée à monter dans les étages.

Lorsqu'elle atteignit la porte de la chambre de Joss, elle hésita. *Froussarde.* Sa main toqua au battant.

Des pas firent craquer le plancher, et une voix familière, grave, lança :

— Un instant, je vous prie.

Trente secondes plus tard, Joss ouvrit la porte en se tapotant le visage avec une petite serviette.

— Mmm…

Augusta n'avait pu masquer sa surprise. Car Joss se tenait devant elle en chemise, les manches roulées sur ses avant-bras. Jamais elle n'avait vu un homme ainsi. Ses boucles mouillées n'étaient pas coiffées, sa cravate était défaite, et une goutte d'eau glissa le long de son cou pour aller s'arrêter dans le creux de sa clavicule.

La serviette lui tomba des mains.

— Augusta. Seigneur Dieu.

Il la fixa un moment, puis tenta de renouer sa cravate, sans y parvenir.

— Je… je suis navré. J'ai cru que c'était Sutcliffe.

— C'est ce qu'on me dit toujours, répondit-elle d'une voix trop haut perchée.

Elle se racla la gorge et reprit :

— Vous attendiez Sutcliffe ?

— En ce qui concerne Sutcliffe, je m'attends toujours à tout.

Il posa une main sur son épaule et voulut la repousser, puis secoua la tête et la fit entrer.

— Venez, venez. Laissez-moi juste le temps de me rendre présentable si nous devons nous entretenir.

— Ce n'est pas nécessaire.

Oups. Elle se sentit rougir et espéra que cela ne se voyait pas trop.

— Je veux dire… il n'est pas nécessaire que nous nous entretenions en privé.

— Êtes-vous sûre que c'est bien ce que vous voulez dire ?

Devant le sourire entendu de Joss, Augusta dut se retenir de le bousculer. Oh, comme elle avait envie de l'attraper par ses épaules presque nues et de le secouer ! Brutalement. Qu'il sache de quoi elle était capable...

Mais ce n'était pas de le secouer qu'elle avait envie. De toute évidence, sa mauvaise nuit et cette marche dans le froid avaient affecté son bon sens.

— Peu importe, dit-elle. Si vous y tenez, j'entre.

Le sourire de Joss prit une allure légèrement coquine tandis qu'il s'effaçait pour la laisser entrer dans sa chambre. Ce faisant, elle s'arrêta juste un instant, pour ramasser la serviette. « Tu n'aurais pas dû venir, lui soufflèrent ses plus sombres pensées. Qu'as-tu à y gagner ? Tu ne feras qu'envenimer les choses pour tout le monde. »

Peut-être. Mais au moins le ferait-elle au nom d'Augusta Meredith, et pas en tant que Mme Flowers.

— Asseyez-vous, dit Joss. Euh... au bureau, c'est bien.

Sous la fenêtre se trouvait un petit secrétaire. Joss tira une chaise des plus modestes, la seule de la chambre. Augusta s'assit, puis s'efforça de ne pas regarder le coin de la pièce dans lequel Joss s'agitait pour renouer sa cravate et remettre sa redingote. Sur le secrétaire, une pile de lettres, un petit carnet relié de toile noire, un buvard, des plumes et un encrier avaient été poussés de côté pour faire de la place à une cuvette en faïence et à un nécessaire à raser. Voilà qui expliquait les cheveux mouillés et la serviette, les manches retroussées et cette peau cuivrée exposée aux regards.

Les flocons de neige fondue cinglaient les petits carreaux de la fenêtre. Dehors, le ciel était gris argent. Augusta fit tomber sa capuche sur ses épaules et prit une profonde inspiration.

Bois de santal. Cette odeur la prit par surprise et provoqua des picotements dans ses doigts.

— Aujourd'hui, j'ai écrit aux administrateurs de Meredith Beauté pour leur parler d'une nouvelle huile parfumée dont l'usage se répand dans les milieux à la mode, commença-t-elle d'une voix mal assurée. Cette idée m'est venue grâce à vous. Grâce à votre... enfin, j'ai remarqué... bref. Si l'un de nos savons translucides était parfumé au bois de santal, je suis sûre que les hommes pourraient l'utiliser. Tous les savons ne doivent pas nécessairement sentir la rose.

— Je vous l'accorde, il y a quelque chose de viril dans l'odeur du bois de santal, dit Joss derrière elle. C'est un parfum irrésistible. Chaque fois que j'en porte un peu, des gens de toutes sortes se pressent autour de moi pour faire mes quatre volontés.

Il avait dit cela d'un ton léger, mais en entendant « faire mes quatre volontés », Augusta sentit une onde de chaleur se répandre au creux de son ventre.

— Je venais de terminer de me raser, reprit-il. J'avais prévu de passer chez Sutcliffe après le dîner.

— La plupart des hommes que je connais s'enorgueillissent d'être rasés par un domestique.

— Eh bien, vous connaissez désormais un autre type d'homme. Je ne m'enorgueillis de rien du tout.

— J'oubliais. Votre insupportable fierté. Je ne disais cela que pour faire une remarque, pas pour vous critiquer.

Bien sûr, il n'avait pas de domestique. Il vivait dans cette chambre. Ce qui signifiait qu'il était seul. Jour et nuit.

Cette idée était étonnante. Elle y réfléchit, la savoura, même, comme un bonbon. Se sentait-on seul, parfois ? Ou était-ce au contraire un soulagement de pouvoir vivre sans jouer la comédie ?

Les deux, pensa-t-elle. Presque certainement les deux.

— Est-ce trop espérer que de croire que vous l'entendiez comme un compliment ? demanda Joss. Je vous rappelle que je possède de l'huile de santal, ce qui fait de moi un parangon de virilité. Et un parangon doit assurément pouvoir se raser tout seul.

— Un parangon fait ce qu'il veut, non ?

Il haussa un sourcil ironique.

— Vraiment ?

Pensa-t-il en cet instant, comme elle, à leur baiser ? Et à ce qui adviendrait s'ils s'embrassaient de nouveau ?

Elle sentait sa poitrine comprimée, sensible et impatiente dans son léger corsage rose. Elle inspira profondément, ce qui ne changea rien à son inconfort, puis se détourna. Ses yeux tombèrent sur la cuvette, posée sur le secrétaire.

— Avez-vous fini avec cette eau ? demanda-t-elle.

Il répondit par l'affirmative, et elle vida le contenu de la cuvette par la fenêtre, imaginant que ses palpitations glissaient avec l'eau dans les gouttières. Puis elle tendit la cuvette à Joss. Levant les yeux vers le plafond, il alla la poser par terre dans un coin de la pièce.

— Il arrive que le toit fuie à cet endroit, expliqua-t-il. La cuvette permet de limiter les dégâts. Et je vous prie d'excuser la tenue inappropriée dans laquelle vous m'avez trouvé, ajouta-t-il en lui faisant face de nouveau.

— C'était inattendu, mais cela vous allait bien. Et comme nous le savons tous les deux, vous êtes un parangon de virilité.

Elle se tut, mais ne put réprimer un sourire avant de reprendre :

— Cela fait maintenant deux fois que vous vous excusez pour votre tenue, or tout cela est plus de ma faute que de la vôtre, puisque je suis venue vous rendre visite sans m'annoncer. Je commence à me demander si vous n'avez pas mauvaise conscience, Joss.

— J'ai beaucoup de défaut, ma chère veuve d'opérette, mais la mauvaise conscience n'en fait pas partie.

Elle venait de prononcer son nom, et soudain elle aurait voulu qu'il ne l'appelle que par le sien.

— S'il vous plaît, ne m'appelez plus comme cela.

— Comment ? « Ma chère veuve d'opérette » ?

— Oui. Si vous le dites encore une fois, je vous jette par la fenêtre, comme votre eau de rasage.

Il s'approcha d'elle et la regarda en souriant. Oh, comme elle avait aimé les embrasser, ces incorrigibles lèvres ! Elle les avait embrassées comme si elles avaient été sa seule source d'air, sa seule source possible de chaleur.

— Vous ne me croyez pas ? demanda-t-elle, le souffle court. Je le ferais. Je suis très forte.

— Oh, je n'en doute pas. Mais avez-vous considéré les dimensions de la fenêtre ? Elle n'est pas très grande. Je ne pense pas que vous arriveriez à me pousser à travers. Désolé, vraiment.

Il resta près d'elle, sans bouger, le bout des doigts posé légèrement sur le petit bureau. Ses ongles étaient courts et carrés, ses mains très hâlées. Vu sa proximité, son parfum de santal parvenait de nouveau aux narines d'Augusta, et aussitôt, elle sentit sa peau frémir et exiger des baisers. N'importe où. Partout.

La peur lui fit battre le cœur. *Tu cours à ta perte.*

Augusta ne savait plus où regarder. Ses yeux se posèrent sur les montants de la fenêtre, mais elle ne tenait pas à ce que Joss pense qu'elle était gênée et cherchait à éviter son regard, aussi baissa-t-elle les yeux sur la grille de la petite cheminée qui occupait un coin de la pièce. Les braises ne rougeoyaient presque plus, fournissant peu de chaleur et de lumière. De l'autre côté, une malle avait été poussée contre le mur. Joss avait posé son nécessaire de toilette dessus, révélant malgré lui un peu de son intimité. Un miroir dans un cadre en argent terni était accroché au mur, juste au-dessus. L'objet avait dû être joli autrefois, mais il était désormais fendu horizontalement et fragmentait tout ce qui s'y reflétait.

En dehors de cela, il n'y avait qu'un lit, à l'opposé de la porte. Et près d'elle se tenait Joss, sa tête touchant presque la soupente, ses yeux la fixant, comme s'il attendait un verdict.

— Asseyez-vous, je vous en prie, dit-elle.

Il haussa les sourcils.

— Je suppose que vous ne vous attendez pas que je m'installe sur vos genoux. Serez-vous outrée si je m'assois sur le lit ?

Elle secoua la tête, et il s'installa sur la courtepointe bleu roi, les coudes posés sur la ligne ferme de ses cuisses.

— Je suis bien conscient que cette chambre n'est pas aussi élégante que vos appartements de Queen Square. Vous l'aurez assurément constaté vous aussi.

— Ce n'est pas le même style. Mais... cela me plaît. Tout, dans cette chambre, a une raison d'être.

Des yeux noirs l'observèrent.

— Si vous le dites. Que me vaut l'honneur de votre visite ?

— Je me demandais comment votre entrevue avec lord Chatfield s'était passée. Je suis venue voir si tout allait bien.

— Nous avons beaucoup parlé de vous, si c'est ce que vous cherchez à savoir.

Elle eut un rire surpris.

— Oui. C'est ce que je cherchais à savoir.

M'en voulez-vous ou me trouvez-vous idiote ? Et vous ? Que pensez-vous de moi ? Elle ouvrit la bouche, mais aucune question n'en sortit. Bonnes ou mauvaises, elle n'était pas prête à en entendre les réponses.

Ce n'est pas la réponse qui compte, mais la question. Assise dans un coin du bureau de son père, un crayon à la main, du papier sur les genoux, elle avait souvent entendu le marquis prononcer cette phrase. Son père y répondait d'un grand éclat de rire et déclarait que la réponse était tout aussi importante si elle pouvait être transformée en profit. Et souvent, c'était possible : un profit délicatement parfumé composé d'extrait de rose et d'épices, avec la douceur de l'huile de laine.

Dans ce cas précis, Chatfield avait raison. Les questions avaient plus d'importance, car elles prouvaient qu'Augusta se leurrait elle-même.

— Il sait énormément de choses, dit Joss, sur tout ce qui se passe autour de lui. Je pense que, d'une façon ou d'une autre, il résoudra le problème de Sutcliffe. Et, par là même, le mien.

Augusta fit un effort pour mettre de côté les pensées qui la troublaient.

— De bonnes nouvelles, donc.

— Probablement, oui. Je vous remercie de m'avoir mis en contact avec quelqu'un d'aussi efficace. Mais vous devez me dire comment vous remercier de façon appropriée. Vous accueillez vos visiteurs avec du chapon et des biscuits ; j'accueille les miens avec de l'eau de rasage.

— Un peu de nouveauté ne fait jamais de mal.

Elle posa un coude sur le secrétaire et appuya sa tempe sur la paume de sa main. De l'autre main, elle examina les objets qui se trouvaient devant elle : les plumes avec lesquelles il rédigeait sa correspondance d'une écriture ferme, une bouteille d'encre noire dont ses doigts habiles avaient vissé et revissé le capuchon, un bout de chandelle, un bâton de cire à cacheter. Des objets du quotidien, tous manipulés par Joss. Et désormais effleurés par Augusta.

Elle avait été sincère en disant que chaque objet avait sa place sans cette chambre : tout, ici, était si *concret*. Joss avait un objectif. Il savait toujours ce qu'il devait faire.

— Je n'ai pas besoin que vous remerciiez, dit-elle à voix basse. Mais si cela vous convient, j'aimerais rester ici un petit moment et être Augusta.

— Redoutiez-vous de devenir quelqu'un d'autre ?

— Oui. À moins que je n'aie redouté le contraire. Je ne sais pas comment le formuler.

Elle leva la tête et laissa filer un doigt sur une rayure ancienne, dans le bois du secrétaire.

— Chaque nouveau visiteur que Mme Flowers reçoit m'impose de mentir un peu plus et d'en révéler un peu moins sur moi. Je ne peux rien dire qui parle vraiment de moi ; en fait, je dois faire tellement attention que je ne dis plus rien et me contente de sourire comme une poupée.

— Mon Dieu. Endosser une fausse identité vous aurait-il imposé des contraintes ? Mais c'est impossible, puisque Mme Flowers devait vous libérer du scandale et du péché.

— Tout pécheur a besoin de pouvoir bavarder de temps à autre.

Sa réplique manquait de flamme. Exactement comme la conversation de Mme Flowers manquait d'intérêt et de piment.

— Vous aviez raison, je le reconnais. Cela vous satisfait-il ? Mme Flowers n'est pas la solution à… quoi que ce soit.

— Ah, mais je n'avais pas raison !

Augusta ouvrit de grands yeux. Joss secouait la tête.

— Je me rappelle vous avoir dit que Mme Flowers était toujours vous. Je me trompais. Elle est vous, mais sans ce qui présente le plus d'intérêt chez vous.

Augusta prit le bâton de cire à cacheter et enfonça son ongle dans la substance molle et rouge.

— Je ne suis pas d'accord.

Mme Flowers était ce qu'il y avait de meilleur chez Augusta. La partie d'elle-même qui ne souffrait d'aucun trouble. Et c'était bien cela le problème : cette partie-là n'était pas suffisamment importante pour former un tout, une seule personne.

Elle fit tomber un petit bout de cire sur le sol et le poussa de côté du bout de sa bottine.

— Vous avez tout à fait le droit de ne pas être d'accord, répondit Joss. Mais cela ne me fera pas changer d'avis. Et arrêtez de gâcher ma cire à cacheter, ajouta-t-il en se penchant pour lui prendre le bâton des mains et le jeter sur le bureau, où il roula jusqu'à un petit flacon de verre marron. Ce que je veux dire, c'est que Mlle Meredith est celle qui parle affaires et reconnaît avoir des pulsions scandaleuses.

— Mais je n'ai certainement pas reconnu…

— Et, ajouta Joss, Mlle Meredith est celle qui m'a offert le nom de quatre hommes susceptibles de m'aider. Elle s'y est peut-être sentie obligée, néanmoins le résultat devrait être positif. Mme Flowers, elle, ne peut rien faire d'autre que se rendre invisible et faire comme si elle avait du coton dans les oreilles.

Le petit flacon de verre était joli. Elle le fit pivoter entre deux doigts.

— Ce genre de comportement doit plaire aux hommes de Bath. Je n'ai jamais été aussi populaire en tant qu'Augusta Meredith, mais dans la mesure où ces gentlemen ne me connaissent pas, cela ne constitue en rien un compliment.

— Je ne suis pas de Bath.

Elle redressa brusquement la tête pour le regarder, certaine qu'elle allait saisir une expression moqueuse sur le visage de Joss.

Mais il semblait mélancolique, au contraire. Exactement comme elle, chaque fois qu'elle s'était trouvée dans un coin d'une salle de bal à Londres, avec ses cheveux trop roux, sa robe trop élégante et le sentiment qu'une cloison de verre la séparait de ce qu'elle désirait. À portée de main, et pourtant inaccessible.

— Je ne suis pas de Bath, répéta-t-il. Peut-être est-ce pour cela que je préfère Mme Meredith. Les hommes de Bath sont des moutons, et ils aiment les femmes aussi douces qu'eux.

— Mais je ne suis pas douce.

— Non, vous ne l'êtes pas, Augusta Meredith. Et je ne le suis pas non plus. Donc… ajouta-t-il en posant ses mains l'une contre l'autre, vous ne voulez pas que l'on reconnaisse Mlle Meredith, et vous ne voulez pas non plus que l'on fasse la cour à Mme Flowers. Mais vous l'avez inventée pour vous libérer de… de ce qui vous empoisonnait la vie à Londres.

La tête toujours posée sur sa main, elle pressa sa tempe, comme pour tenter d'écraser ses sombres pensées.

— C'est cela. C'était ce que je voulais.

Mais cela n'avait pas marché. Cela ne pouvait pas marcher. Elle aurait dû s'en douter dès qu'elle s'était surprise à révéler ses secrets à Josiah Everett, tant elle était avide de dire à quelqu'un ce qu'elle avait fait.

Et voilà qu'elle se retrouvait plus prisonnière que jamais, sur ses gardes en compagnie de vieilles connaissances, parfois même méfiante, se cachant sous les larges bords de ses chapeaux ou derrière des sourires minaudiers, qui n'étaient que d'autres cloisons infranchissables. Et le seul homme qui connaissait son secret était celui avec qui elle ne pouvait en aucun cas se laisser aller à être vulnérable. Car Joss n'était pas doux, et il en savait suffisamment sur elle pour la briser.

— Vous êtes toujours vous, reprit-il. Tout cela n'est qu'une question d'apparence, non ? Je suppose qu'il serait peu courtois d'ajouter : « Je vous l'avais bien dit » ?

— Oui, car j'ai déjà reconnu que vous aviez raison.

— C'est vrai.

Joss se leva. L'espace d'un instant, Augusta crut qu'il lui tendait la main, mais non : il avait pris à côté de la cheminée un morceau de papier qu'il enflammait pour allumer la petite lampe à huile posée sur la cheminée.

— Donc, vous n'aviez aucune envie de recevoir des invités, aujourd'hui. Pourquoi ne pas avoir prétexté une migraine et ne pas être restée dans votre chambre avec un bon feu et un plateau pour le repas ?

Elle secoua la tête. Comment lui expliquer que rester dans sa chambre en sachant qu'un plein salon d'invités attendait en bas éveillait en elle un sentiment de solitude plus insupportable encore que le fait d'être vraiment seule ?

Elle prit une feuille de papier sur le secrétaire et s'éventa.

— Je ne me sens pas très bien.

— Retirez votre cape, alors.

Son ton était un peu sec, mais lorsqu'il s'approcha pour défaire le nœud autour de son cou, ses gestes étaient délicats.

— Porter une cape en laine dans une pièce aussi petite… Franchement, madame. Vous devez mourir de chaud.

— Je vais très bien.

Elle leva les yeux vers lui. La lumière de la lampe brunissait sa peau et accentuait les contours de ses pommettes. Le reste, comme les coins de la pièce, disparaissait dans la pénombre. Augusta laissa tomber la cape de ses épaules et sentit l'air sur ses bras et sa gorge. Autour d'elle, le monde parut plus petit.

— Je vais très bien, répéta-t-elle.

— Vous l'avez déjà dit. Mais je vous croirais plus si vous le disiez moins.

De l'index, il longea la ligne de son menton, la forçant à le regarder dans les yeux.

Ce regard sombre, si profond... Elle repensa à sa redingote sur ses épaules, à leur baiser, à la façon dont elle avait baissé la garde et s'était jetée dans ses bras. Le désir brûla au creux de son ventre, la peur fit battre son cœur. Elle avait envie de lui et très peur de faire n'importe quoi pour l'avoir.

— Je n'aurais pas dû venir, dit-elle d'une voix étranglée en repoussant la chaise. Je suis désolée. Pardonnez-moi, je vous en prie. Je ferais mieux d'y aller.

Elle se leva, attrapa sa cape, buta contre un pied de la chaise et trébucha en direction de la porte. Elle y voyait mal, ou bien était-ce le manque de lumière dans la chambre ? Le manque de soleil. Il n'y avait jamais de soleil, ici.

— Attendez, dit une voix qui lui parut lointaine. Je vous en prie, attendez.

Une main se posa sur son épaule, gentiment, mais trop fermement pour qu'elle puisse se dégager.

— Augusta. Attendez.

Devant la porte, la cape trempée sur les bras, elle soupira. Ses épaules s'affaissèrent. Elle voulait qu'il la laisse partir ; elle voulait qu'il la fasse pivoter vers lui et l'embrasse jusqu'à ce qu'elle ne pense plus à rien.

Il ne fit ni l'un ni l'autre, laissa juste sa main sur son épaule. Sans tirer, ni pousser. Sans bouger.

— Il est presque 15 heures, Augusta. Déjeunerez-vous avec moi ?

La cape tomba sur le sol.

— Il semblerait que notre destin soit de lâcher tout ce que nous avons entre les mains, dit Joss en riant. Mais, je vous en prie, faites-moi cet honneur. Je sens que quelque chose vous pèse encore. Et je sais que ce genre de poids est moins lourd lorsqu'on a l'estomac plein.

Elle se retourna pour lui faire face, et il recula, pour éteindre la lampe et éparpiller le charbon dans l'âtre. Il ne la regardait pas, mais elle eut le sentiment qu'il la voyait quand même. Elle, délurée et fière, effrayée et décidée. Double, comme l'image que lui renvoyait le miroir fendu. Il lui laissa le temps de décider de sa réponse.

Sa franchise avait l'éclat du diamant. Précise, irrésistible et belle. Chacune de leur rencontre en devenait lumineuse, précieuse. Qu'il était étrange et agréable de dire et de s'entendre dire la vérité !

— Oui, répondit-elle. Oui, je veux bien déjeuner avec vous.

13

— Malheureusement, ils ne servent pas de chapon, ici.

Joss n'avait pu résister au plaisir de taquiner Augusta tandis qu'ils se dirigeaient vers une table, dans un coin de la salle.

— Je sais que vous êtes habituée aux mets délicats préparés par la cuisinière de lady Tallant, mais j'espère que vous trouverez quelque chose de mangeable.

— Je n'en doute pas un instant, répondit Augusta. J'en ai tellement assez, du chapon. Et des truffes, et du chevreuil, et de la glace à l'eau de rose. Je veux du pain bis et des pieds de porc.

Joss éclata de rire et baissa la tête pour éviter la poutre du plafond. Puis il tira une chaise pour Augusta.

La neige fondue était redevenue de la pluie, et ils avaient essuyé une belle averse en se rendant de chez lui au *White Hart*, une auberge qui se trouvait en face des thermes. Comme toujours, l'endroit était comble. Il servait à la fois de destination pour les voyageurs nouvellement arrivés à Bath, et de lieu de restauration pour ceux qui avaient besoin d'un bon repas chaud. Ça sentait le lainage humide et les bottes trempées, la sueur, le charbon et le chien mouillé, et surtout, surtout la viande rôtie et la bière.

Rustique et confortable, la salle de l'auberge était lambrissée de bois brut, et les planches de ses tables avaient été débarrassées de toute rugosité par des années de service. Côté rue s'ouvrait une longue série de fenêtres qui laissaient entrer avec parcimonie la lumière grise de cette journée. Le plafond était bas, et les voix s'y répercutaient. La seule façon de se faire entendre était de se pencher vers celui ou celle avec qui l'on déjeunait et de parler à voix basse.

Joss rapprocha sa chaise de celle d'Augusta, estimant que c'était mieux ainsi.

— Qu'aimeriez-vous manger ? Je tiens à vous prévenir, le menu est limité.

— Que prendrait Mme Flowers ? Je vous laisse choisir, dit-elle en balayant la salle d'un regard curieux.

— Dans la mesure où Mme Flowers ne contredirait jamais un gentleman, je vais commander ce qui me plaît.

Elle se débarrassa de sa cape et retira ses gants.

— J'ai tellement envie de découvrir ce qui vous plaît, monsieur Everett.

— Faites attention. On pourrait croire que vous envisagez une conversation indécente. Attendez au moins d'avoir l'excuse d'un estomac plein d'alcool.

Il leva la main, et une serveuse s'approcha.

— Une bière pour la dame, une ale pour moi. Et deux assiettes de mouton.

La jeune serveuse, très mince, semblait débordée et usée, comme si, à force de travail, la fatigue avait gagné jusqu'à ses os. Mais, lorsqu'elle regarda

Augusta, elle se redressa, et sa fatigue parut se faire plus légère. Ouvrant de grands yeux, elle fit la révérence.

— Doux Jésus ! Voulez-vous déjeuner dans la salle à manger privée, milady ?

Augusta la regarda, étonnée. Mais Joss ne lui laissa pas le temps de répondre.

— Non, c'est très bien comme cela. Merci, mademoiselle.

Sans quitter Augusta des yeux, la serveuse fit de nouveau la révérence, puis ramena une mèche brune sous son bonnet et s'éloigna d'un pas rapide pour préparer la commande.

Augusta se pencha vers Joss et lui murmura à l'oreille :

— Milady ? Mais pourquoi m'a-t-elle appelée ainsi ? Et pourquoi me regardait-elle comme si j'avais deux têtes ?

— Pas deux têtes, mais probablement la robe la plus jolie qu'elle ait jamais vue.

Ayant ainsi obtenu la permission de la regarder, Joss examina Augusta. Sa robe rose pâle était assez simple, mais sa coupe exquise en faisait un vêtement luxueux – manches courtes bordées d'un pli de satin, et du satin, encore, pour le passepoil qui courait le long du décolleté en V du corsage, au-dessus d'une ceinture rouge. Avec sa chevelure flamboyante et sa peau couleur de lis, Augusta évoquait un jardin d'hiver à elle toute seule. Agréable à n'importe quel moment de l'année, cette image était un spectacle positivement réjouissant en cette froide journée de mars dans une ville boueuse.

Tandis qu'il la contemplait, Augusta avait pris ses gants et, un doigt après l'autre, avait entrepris de les retourner.

— Je ne vois pas ce qu'elle a de spécial. Ma robe, je veux dire.

— Ce n'est pas grave. La serveuse, elle, la trouve spéciale.

Cela sembla la troubler. Elle fronça les sourcils, examina les coutures – parfaites – de ses gants et les tourna entre ses mains jusqu'au retour de la serveuse avec deux chopes. Une pour Joss, l'autre pour Augusta. En les posant sur la table, la jeune fille eut un nouveau regard envieux en direction de la robe.

— Mademoiselle… fit Augusta, hésitante.

Rougissante, plus mal à l'aise que Joss ne l'avait jamais vue, elle tendit ses gants en agneau ivoire à la serveuse.

— Ils iraient tellement bien avec votre peau claire et vos cheveux bruns. Puis-je vous les offrir ?

La jeune fille recula d'un pas.

— À moi, milady ?

— Pas « milady ». Juste « mademoiselle », la corrigea Augusta. Enfin, je veux dire, « madame ». Oui. Je voudrais vous les offrir. Si… si vous acceptez.

— Oh. *Oh*, merci, milady – je veux dire, madame. Oui, merci.

La serveuse posa une main hésitante sur les gants. Pendant quelques instants, elle en caressa juste la peau douce et souple, comme si elle n'osait pas les prendre. Augusta se leva pour se pencher par-dessus la table et les lui mettre entre les mains.

— Profitez-en bien. J'espère que votre bon ami remarquera comme vous êtes jolie lorsque vous les porterez. Mais, en réalité, il devrait remarquer votre beauté quoi qu'il arrive.

Les deux femmes échangèrent un sourire. L'un simple et las, l'autre vif et prévenant. Et, en cet instant de bonheur partagé grâce à une simple paire de gants, toutes deux eurent l'air plus jolies encore.

Mais ce n'était pas aussi simple, n'est-ce pas ? Les gants qu'elle donnait en y pensant à peine étaient à jamais hors de portée de la serveuse. Ou d'hommes comme Joss, s'il avait voulu lui faire un cadeau.

Il avait pensé la rapprocher de lui en l'amenant dans un endroit où il avait sa place. Mais la réalité le rattrapait si facilement, lui rappelant combien le gouffre qui les séparait était profond.

Tandis que la serveuse, ravie, allait chercher leurs assiettes, Joss croisa les bras, furieux.

— Pourquoi étaler votre richesse de la sorte, en faisant un tel cadeau à la serveuse ? Vous ne la connaissez même pas.

— Je sais quelque chose d'elle, répondit Augusta en suivant des yeux la fine silhouette qui circulait entre les tables d'un pas qui semblait plus énergique. Elle aime les belles choses. Et elle n'en possède probablement pas autant qu'elle le mérite.

— Et qui êtes-vous pour savoir ce qu'elle mérite ?

Qu'arriverait-il si elle décidait d'exercer sa bonté sur lui, ensuite ? Si elle essayait de lui faire la charité ? Il ne le supporterait pas – mais ce serait penser qu'il ne méritait rien.

— Je ne le sais pas. Je ne sais rien de ce qu'elle mérite, ou de ce que vous méritez, ou de ce que quiconque mérite en ce bas monde. Tout ce que je sais, c'est ce que je mérite, moi. Je sais aussi que je possède bien plus que cela. Donc que quelqu'un possède bien moins.

Elle fit glisser ses doigts nus sur le bois de la table, sans doute lisse et collant à force de bière renversée.

— Cette paire de gants ne changera pas grand-chose pour la serveuse. Pas vraiment. Mais elle l'a fait sourire pendant quelques instants. N'est-ce pas mieux que si elle ne souriait jamais ?

Peut-être. Mais, une fois le sourire disparu, la réalité n'en serait que plus difficile à supporter. Ce serait comme une promesse non tenue.

— Faire sourire qui que ce soit ne relève pas de votre responsabilité.

Elle haussa les sourcils.

— Josiah Everett, j'ai très peu de responsabilités dans la vie, mais j'ai des gants à ne plus savoir qu'en faire. S'il vous plaît, arrêtez ces récriminations. Vous avez dit que j'étais digne d'estime, ajouta-t-elle avec un petit sourire. Et j'ai envie de l'être, même pour trois fois rien.

En faisant ces cadeaux, elle cherchait à s'aider elle-même autant qu'à aider les autres. La charité, il n'aurait pu la supporter, mais la générosité saupoudrée d'une pointe d'amour-propre – eh bien, cela, il pouvait tout à fait le tolérer.

— Vous êtes digne d'estime quelle que soit votre attitude envers le reste du monde. Et je suis désolé d'avoir été aussi dur. Vous avez été gentille avec elle, vous lui avez montré qu'un autre être humain l'avait remarquée. Et ce n'est pas trois fois rien, comme vous dites.

Quand Joss se tut, Augusta le regarda un long moment, sans voix.

— Comme voilà un joli bouquet de gentillesses. Je vais devoir faire attention à ce qu'elles ne me montent pas à la tête. Cette bière, en revanche…

Elle prit sa chope et but une longue gorgée. Joss connaissait cette bière, l'aigreur sucrée de la levure, la couleur ambrée, l'épaisseur de la mousse.

Il la regarda déglutir. Lorsqu'elle reposa sa chope, il restait un peu de mousse sur sa lèvre supérieure.

Rien ne l'autorisait à tendre le bras et, dans un mouvement léger comme une plume, à passer le pouce sur sa bouche pour l'essuyer. Rien. Pourtant, il en eut tellement envie qu'il dut serrer le poing pour se retenir. « Vous feriez l'affaire, se rappela-t-il pour contrer la montée du désir. C'est tout ce qu'elle a dit. Vous feriez l'affaire. »

Tant qu'elle n'en dirait pas plus – et avec des mots, pas seulement avec un baiser volé –, il devrait garder ses mains où elles étaient.

Du bout de sa petite langue rose, elle se lécha la lèvre.

— Cet endroit me plaît, Joss. C'est… vivant.

— Vivant ? Dans quel sens ?

— Intéressant. Animé. Bruyant.

— C'est certainement ces trois choses à la fois. Mais il n'y a rien de particulièrement romantique ni d'élégant à manger du mouton dans un pub.

— Il n'y a rien de honteux ni d'inapproprié non plus. De la même façon qu'il n'y a rien d'admirable à avoir une cuisinière qui prépare des quantités énormes de nourriture et à la gaspiller par manque d'appétit. C'est la première fois que je mange dans un pub, ajouta-t-elle en balayant la salle d'un regard circulaire, avec autant d'intérêt qu'elle avait goûté sa bière. Vous vous rendez compte ? Mes parents voulaient toujours ce qu'il y avait de mieux pour moi, et quand nous étions en voyage, je prenais mes repas dans la voiture en compagnie d'une bonne. Mais, à vrai dire, je ne voyageais pas beaucoup. Notre vie était à Londres. Les affaires étaient à Londres.

— La vie, c'était les affaires ?

— Oui, répondit-elle doucement. Je suppose que c'était ainsi.

Jamais il ne s'était demandé si une vie aussi privilégiée pouvait brider celui qui en bénéficiait. Comment la richesse pouvait-elle l'empêcher de faire ce qu'il voulait ? Mais chaque classe avait ses propres aspirations et ses propres sphères, en dehors desquelles il n'était pas convenable de s'aventurer.

La serveuse revint avec leurs assiettes, et cela soulagea Joss, qui ne savait comment poursuivre cette conversation.

— Nous avons un bon cheddar, dit la jeune fille. Je vous en ai apporté un morceau, avec le mouton et les pommes de terre. Vous faudra-t-il autre chose, mila... madame ?

On aurait dit que Joss était devenu invisible. C'était souvent le cas lorsqu'il allait au pub à Londres. Ses vêtements simples et son teint foncé se fondaient bien dans les coins sombres, dont il ne sortait que si c'était nécessaire.

Et en cet instant, cela lui convenait tout à fait. Il en profitait pour boire des yeux le visage lumineux d'Augusta, et le sourire qui éclairait maintenant celui de la serveuse.

— Merci, dit Augusta. Ce sera tout.

Après une nouvelle révérence, la serveuse s'éloigna, et Augusta se pencha en avant. Les yeux fermés, elle huma les parfums qui montaient de son assiette fumante.

— Mmm. Ça sent si bon.

Joss coupa un morceau de viande. Elle était dure, mais bien assaisonnée et grasse. Roborative après une longue et froide matinée, et une courte et glaciale promenade.

— J'ai mangé du curry de mouton, une fois, à Londres, dit Augusta en coupant sa viande. Dans un drôle de petit restaurant, sur George Street. Mon père voulait en rencontrer le propriétaire, et je l'ai supplié de m'emmener. L'homme était un Indien hindou qui avait autrefois travaillé pour la compagnie des Indes.

Joss, qui venait de boire une longue gorgée d'ale – épaisse et sucrée d'abord, mais amère quand elle glissait sur la langue –, reposa sa chope plus violemment qu'il n'en avait eu l'intention.

— Qu'avez-vous pensé du restaurant ?

Elle planta sa fourchette dans un morceau de mouton.

— Dans mon souvenir, la viande était tendre et très parfumée. Avec une dominante de clou de girofle, je crois. C'était inattendu, et cela m'a plu.

— Ce devait être délicieux.

Pendant l'enfance de Joss, le cuisinier de sa grand-mère, originaire de Calcutta, avait longtemps travaillé à Sutcliffe Hall. Le vieil homme préparait essentiellement des plats anglais, mais il avait l'autorisation de faire de la cuisine indienne lorsque la famille était absente de la propriété. Ainsi, pendant quelques courtes années, Joss avait-il goûté aux sauces à la cardamome et au clou de girofle, relevées de cumin et colorées de curcuma, et déchiré ce pain plat et souple qui résistait sous la dent. Dans sa mémoire était gravée à jamais la sensation de la pâte farinée sous ses doigts et du mordant des épices sur sa langue.

— Comme j'étais encore petite, mon père ne m'a pas autorisée à parler moi-même au propriétaire, ajouta Augusta. Mais il semblait beaucoup apprécier cet homme. Mon père aimait beaucoup discuter avec les gens qui avaient su transformer une idée en source de revenus. Des gens qui avaient su faire de leurs rêves une réalité.

Elle mâcha longuement, pensive.

— Je crois que ce restaurant n'existe plus, hélas.

— Oh, dit Joss. Savez-vous ce qu'est devenu cet homme ? Est-il resté en Angleterre ?

— Je l'ignore, mais j'étais contente d'avoir pu accompagner mon père. J'ai toujours aimé apprendre, découvrir, voir des lieux et des choses que les femmes ne voient pas en général. Les salons d'essayage ou les coins d'une salle de bal, cela ne me suffisait pas. En voulez-vous un morceau ? demanda Augusta en coupant un bout de fromage dans son assiette.

— Certainement, répondit Joss. Je suppose que ce que vos parents considéraient comme étant le mieux pour vous n'était pas toujours ce que vous auriez voulu ?

Elle haussa les épaules.

— Existe-t-il des enfants qui soient toujours d'accord avec leurs parents ?

— Bonne question. Et la réponse est probablement non.

Elle ne lui rendit pas son sourire. Une moue inquiète était apparue sur son visage. Il avait espéré la chasser, mais sans succès.

— Augusta… vous êtes passée chez moi aujourd'hui – et c'était très osé de votre part, si je puis me permettre – parce que de sombres pensées vous tourmentent. Je pensais que manger vous apaiserait, mais rien n'y fait. Alors, si vous souhaitez vous libérer de ces sombres pensées, mes oreilles sont à votre disposition.

Du bout des doigts, elle suivit les cercles métalliques qui donnaient sa forme à sa chope en bois.

— Je n'ai pas vraiment envie de parler, pour le moment. Je préférerais écouter.

Joss lâcha son couteau, feignant la surprise.

— Sûrement pas.

— Mais si, c'est vrai. Un parangon de virilité m'a dit autrefois que je devrais parler moins, et écouter plus.

— Il était beaucoup trop dur avec vous. À vous entendre, on dirait que c'est le genre d'homme à être souvent plus dur qu'il ne le devrait.

— Il est franc, dit Augusta. Et c'est une caractéristique que j'ai fini par… apprécier.

Un sourire se dessina sur les lèvres de Joss.

— Que voulez-vous, alors ? Un conte ? Avec une fée qui offre des gants en agneau à tout le monde, jusqu'à ce que les stocks de peau d'agneau soient épuisés au pays des fées ?

— Non, pas de conte de fées. Je veux une réponse. Une réponse franche à une simple question.

Les réponses n'ont pas d'importance, seules les questions comptent. Les mots de Chatfield résonnèrent dans l'esprit de Joss. Dans ce coin sombre, à l'abri derrière un mur de bruit et d'animation, ils étaient presque aussi seuls que si la salle avait été vide.

— Une réponse, donc.

Il n'avait pas la moindre idée de la question qui l'attendait.

Elle rapprocha sa chaise un peu plus encore, jusqu'à pouvoir lui murmurer, les yeux fermés, en inspirant profondément :

— Pourquoi portez-vous de l'huile de bois de santal ?

Lorsqu'elle rouvrit les yeux, elle était si près de lui qu'il n'aurait eu qu'à se pencher pour l'embrasser.

Il ignorait le nom de sa fleur préférée. Il ne savait même pas s'il s'agissait d'un vrai parfum ou d'un mélange concocté par un parfumeur talentueux. Tout ce qu'il savait, c'était que l'odeur de cette fleur se trouvait là, au creux de la gorge d'Augusta, et qu'il avait envie de s'en approcher encore un peu. Pour la respirer, la prendre dans ses bras, pour qu'elle lui appartienne et qu'il lui appartienne en retour.

Mais c'était impossible. Son destin était d'être seul, toujours. De vivre en dehors de cette clique que l'on appelait le beau monde et du groupe de camarades que formaient les domestiques. Moitié anglais, moitié étranger. Moitié respectable, moitié méprisé.

Il ne voulait pas être seul.

Il suivit une fissure dans le plateau de la table, caressa le bois fendu par les années.

— J'ai choisi le bois de santal parce qu'il me rappelle mes origines, dit-il. Ma grand-mère était née en Inde, et ma mère était à moitié indienne.

14

Le coude d'Augusta glissa sur la table, et ses yeux lourds de sommeil s'ouvrirent brusquement.

— Vous êtes d'origine indienne ?

Comme il s'y attendait, elle était surprise – bien que, secrètement, il eût aimé que la vérité n'ait pas d'importance.

— En partie, oui, répondit Joss en s'adossant à sa chaise.

— Je l'ignorais.

— Qu'auriez-vous voulu que je fasse ? Que j'écrive « Josiah Everett a du sang indien » dans le livre d'or de la Pump Room ?

— Voilà qui aurait suscité la curiosité.

— Je vous demande de noter le regard avec lequel je vous fusille. Car je ne trouve pas cela drôle.

— Très bien, très bien.

Elle arrangea sa cape, posée en tas sur une chaise, puis la laissa retomber.

— Mais je trouve injuste que votre secret en soit toujours un alors que le mien est évident.

— Que vous ne soyez pas veuve n'a rien d'évident. Comment voulez-vous que je cache mon métissage, quand il est partout sur ma peau ?

— Honnêtement, jamais je ne m'en suis fait la réflexion. Je connais des Gallois aussi foncés de teint que vous, alors cela ne m'avait pas frappée. On vous a déjà pris pour un Gallois ?

Joss eut un rire narquois et croisa les bras pour ce qui sembla être la millième fois depuis le début de cet étrange déjeuner.

Augusta haussa les sourcils.

— Ne vous mettez pas en colère. Cela m'intéresse, c'est tout. Vous venez de me donner de nouvelles informations, un peu comme si vous m'aviez révélé que vous aviez un jumeau. Il faut juste que j'ajoute cela à la liste des choses que je connais sur vous.

Malgré sa méfiance, cette remarque attisa la curiosité de Joss.

— Vraiment ? Et qu'y a-t-il d'autre, sur cette liste ?

Elle réfléchit.

— Une langue acérée. Deux yeux, un nez, une bouche. Des épaules, des bras…

— Ah bon. Donc, votre liste ne concerne que mon corps.

Le cramoisi qui s'empara des joues d'Augusta le disputa au roux de ses cheveux.

— Euh… bref. J'aurais dû négocier l'autorisation de poser plus d'une question. Car, en fait, ce que je voudrais réellement savoir, c'est si c'est pour cette raison que vous ne logez pas avec votre cousin à Queen Square.

— Quoi, le fait que ma grand-mère soit née sur un autre continent ? dit Joss d'une voix légère, comme si la question était ridicule.

Mais la vérité était qu'il n'en savait rien.

La part de sang bleu qui coulait dans ses veines lui entrouvrait les portes étroites de la bonne société, mais il était beaucoup trop carré et cassant pour s'y couler en douceur. Pourquoi n'y trouvait-il pas sa place ? Était-ce à cause de sa relative pauvreté ? Du mariage précipité de ses parents et du scandale qu'il avait provoqué ? Ou était-ce à cause de son sang indien ? Sa seule existence était l'illustration de tant de tabous brisés que jamais il n'obtiendrait l'absolution totale.

Cela avait-il de l'importance ? Il était reçu dans le salon de lady Tallant quand cela lui plaisait. Une fois, il avait même été invité par la chère amie de la comtesse – aujourd'hui la duchesse de Wyverne – à visiter la propriété des Wyverne dans le Lancashire.

Assurément, il n'était pas nécessaire de gagner les cœurs de toute la bonne société, du moment que l'on pouvait compter sur quelques visages amicaux. Assurément, il n'était pas nécessaire d'être traité comme un membre de la famille par un individu tel que Sutcliffe, qui n'avait de sentiments que pour lui-même. Un homme aussi vain aurait dû être incapable d'infliger une blessure profonde.

Et pourtant…

— Mon sang indien n'a aucune incidence sur ce que je suis, dit-il. Je n'y pense jamais.

Ce n'était pas vrai, bien sûr. Comme il venait de l'avouer à Augusta, il y pensait chaque fois qu'il ouvrait son flacon d'huile de bois de santal et humait son parfum si exotique. Chaque fois qu'il feuilletait le carnet de botanique de sa grand-mère et se demandait quand la *somalatha* avait été plantée pour la première fois à Sutcliffe Hall.

Chaque fois que Sutcliffe s'adressait à lui comme à un domestique plutôt que comme à un parent.

Mais il se voulait rassurant, pour qu'Augusta voie en lui de nouveau un vrai gentleman anglais.

Enfin. Presque un vrai. Un peu gentleman quand même.

Mais, comme il l'avait déjà remarqué, avec Augusta, la conversation n'allait jamais de soi. Loin de sembler rassurée, elle parut horrifiée.

— J'espère que ce n'est pas ce que vous voulez dire. Ni même que vous pensez ce que vous dites.

— Pourquoi ? Quel argument pourriez-vous opposer à ma détermination à être anglais ?

— Ce n'est pas cela qui me dérange. Ce que sous-entendent vos propos, c'est que vous tirez un trait sur un de vos grands-parents. Comme si cette grand-mère n'avait aucune importance pour vous.

Il s'en voulut aussitôt.

— Je ne l'ai pas connue, répondit-il d'un ton d'excuse. Elle est morte avant ma naissance.

— Mais vous ne seriez jamais né si elle n'avait pas donné la vie à votre mère. Votre grand-mère est une partie de vous.

Il la regarda, étonné par la véhémence avec laquelle elle avait parlé.

— Vous pensez que je n'ai jamais été gênée par mes parents ? demanda Augusta en rajustant une de ses épingles à cheveux. Mon père avait un accent de Portsmouth à couper au couteau. Ma mère ne pensait qu'à la dentelle, aux galons – toujours plus de froufrous, de perles, partout sur ses robes, ses vêtements. Ils avaient été pauvres et étaient devenus riches. Ils voulaient ce qu'il y avait de mieux pour moi et ne s'y sont pas toujours pris de la meilleure façon. Mais ce sont eux qui ont fait de moi ce que je suis. S'ils avaient été lord et lady, ils auraient eu honte de mes cheveux roux si peu… à la mode. Si j'avais été élevée comme la fille d'un comte, jamais je n'aurais été autorisée à apprendre autant de choses sur le monde des affaires.

Joss comprit soudain que si Augusta se confiait ainsi, c'était moins pour lui dire quelque chose que pour essayer de guérir une blessure dans son propre cœur. Une chose qu'elle avait déjà évoquée, une perte qui la faisait encore souffrir.

Dites-moi autre chose sur vos parents. Augusta avait passé plus de vingt ans à leurs côtés. Suffisamment pour accumuler des souvenirs par centaines – par milliers. Des souvenirs heureux, du quotidien. Des souvenirs que l'on considère comme normaux. Le genre de souvenirs dont Joss manquait cruellement.

Mais non, une telle question aurait été dangereuse. Elle les aurait réunis dans une intimité plus forte encore que celle partagée lors de leur baiser : l'intimité des souvenirs que l'on se raconte.

Alors, il opta pour une pirouette.

— Je croyais que vous vouliez écouter, pas parler.

Elle fit la moue.

— C'était le cas, en effet. Mais il fallait que je vous dise cela. Et peut-être fallait-il que vous l'entendiez.

Augusta avait décidément son franc-parler. Pourtant, son discours à propos de la famille qui faisait d'un être ce qu'il était – psychologiquement et physiquement – avait du sens. Il avait toujours trouvé normal que le mélange des races fasse de lui quelqu'un de différent. Mais elle avait raison :

cela l'avait façonné, *lui*. Et le fait d'être unique ne devait pas être source de honte. Il n'y avait qu'un roi, après tout. Un seul Premier ministre. Un unique vainqueur chaque année du derby d'Epsom.

Ces comparaisons idiotes le firent sourire. Il remit en place une mèche de cheveux échappée du chignon d'Augusta.

— Merci. Je pense que j'avais besoin de l'entendre, effectivement. Votre remarque me permet d'aborder la question sous un angle nouveau.

L'espace d'un instant, elle s'abandonna à la main qui la recoiffait et, à la manière d'un chat, ferma les yeux. Puis elle redevint l'Augusta énergique et vive qu'elle était d'ordinaire.

— Et si vous y réfléchissez, Joss, le Premier ministre a lui aussi du sang indien. Lord Liverpool. Et il est reçu partout dans la haute société. Il est puissant.

Joss retira sa main, reprit son couteau et, de la pointe, piqua un morceau de cheddar.

— Lord Liverpool est également riche et noble. Il pourrait prendre la parole au Parlement en jupons et bonnet de dentelle que personne n'y trouverait rien à redire. Je ne vise pas aussi haut que le niveau du Premier ministre. Les roturiers sans famille, comme moi, restent au niveau du sol.

Elle pencha la tête sur le côté, et sa mèche retomba.

— Peut-être, mais vous êtes le seul Joss Everett. Faites-vous ce que vous désirez ?

Faisait-il ce qu'il désirait ? Certainement pas. En cet instant, il aurait aimé qu'elle sourie de la même façon que lorsqu'elle avait donné ses gants à la serveuse. Il aurait aimé oublier sa conscience et la supplier de faire de lui son amant. Il aurait aimé retirer les épingles de sa chevelure flamboyante pour voir tomber ses boucles en cascade sur ses épaules nues. Il aurait aimé l'embrasser et interrompre son baiser uniquement pour l'entendre crier de plaisir.

Mais, comme toujours, en réponse à ce que l'on souhaitait, se posait la réalité la plus prosaïque. Une table en bois usé, une assiette de mouton et de pommes de terre, un morceau de fromage. Un feu modéré et un toit au-dessus de la tête. Cette réalité était tout à fait acceptable, même si elle ne possédait pas l'éclat d'un rêve précieux.

— J'essaie de désirer ce que je sais être à ma portée, dit-il d'une voix calme. Un emploi respectable pour un salaire raisonnable, au service d'un employeur honnête.

Un léger sourire se dessina sur les lèvres d'Augusta, mais n'y resta pas.

— C'est un rêve bien petit.

— Qu'entendez-vous par là, bonté divine ? C'est un rêve très convenable.

— Mais ce n'est pas vraiment un rêve, si ? C'est ce que vous avez aujourd'hui, à quelque chose près.

Une nouvelle fois, il croisa les bras. Elle leva les mains en signe d'apaisement.

— Comme vous dites, c'est parfaitement convenable. Et si vous m'affirmez que c'est exactement ce que vous voulez, alors je suppose que cela en fait un rêve, après tout.

Évidemment non, ce n'était pas un rêve. C'était du bon sens. Il fallait être pragmatique.

— Je ne vois pas ce que je pourrais désirer d'autre. Ma vie est ainsi. Je suis l'homme d'affaires d'un aristocrate.

Se rappelant les paroles de Chatfield, il ajouta :

— Je ne cours aucun danger physique, ma vie n'est pas en péril. Les choses pourraient être bien pires.

— Elles pourraient l'être, en effet. Mais si vous désirez qu'elles soient meilleures…

— Tout le monde n'a pas les moyens d'acheter le bonheur.

Augusta retourna sa fourchette sur la table et appuya. Les dents entamèrent le bois.

— Personne n'a ces moyens-là. Je sais que le bonheur ne s'achète pas. Sinon, je l'aurais acheté.

Ce qui l'assombrissait remontait lentement à la surface, Joss le sentit. Et il saisit cette occasion pour détourner la conversation.

— Est-ce le souvenir de l'homme que vous avez aimé qui vous revient ?

Dans la main d'Augusta, la fourchette ripa. Quatre petits trous apparurent dans le bois de la table.

Joss s'attendait à une réplique cinglante, le genre de réponse fulgurante qui les aurait entraînés dans une nouvelle joute verbale. Mais Augusta se contenta de froncer les sourcils.

— Nous ne devrions sans doute pas parler de lui en ces termes. Il n'était pas question d'amour dans notre relation, c'est ce dont j'ai fini par me rendre compte. Lord Chatfield vous a parlé de lui, je suppose.

Comme ce n'était pas une question, Joss estima qu'il n'avait pas à répondre. Augusta pinça les lèvres.

— Je me doutais qu'il le ferait. Chatfield aime savoir des choses en grande partie parce que cela lui donne le pouvoir de les répéter. C'est pour cette raison qu'il ne pouvait pas être votre maître chanteur. Il n'accumule pas les secrets pour l'argent. Il en retire d'autres avantages.

Vous viendrez travailler pour moi. Chatfield voulait faire de Joss une extension de lui-même. Mais c'était ce que devenait tout homme d'affaires, s'il était compétent.

Devant son silence, Augusta poussa un léger soupir.

— Cet homme que j'ai cru aimer a toujours pensé qu'il pouvait trouver mieux que moi. J'étais sans doute son assurance contre une existence pauvre. Mais on espère toujours ne jamais avoir besoin de faire jouer son assurance, n'est-ce pas ?

— Pardonnez ma stupidité, dit Joss en coupant tranche après tranche de cheddar. Mais vous m'avez dit que vous cherchiez un amant. Donc, vous voulez remplacer un homme qui, lorsque vous n'alliez pas bien, vous a fait sombrer un peu plus.

— Exactement.

La ferveur, dans la voix d'Augusta, lui fit lever les yeux avec étonnement.

— Je vais le *remplacer*. Si quelqu'un d'autre joue ce rôle – quelqu'un que j'aurai choisi moi-même et que je contrôlerai –, alors il disparaîtra de mes pensées.

Qu'on s'abandonne corps et âme à un espoir aussi vain bouleversa Joss.

— Ce n'est pas la seule issue possible.

Elle vida sa chope et la reposa, le visage dur.

— Très bien. Oublions le terme « remplacer », alors. Je ne veux pas de quelqu'un qui feigne d'attendre autre chose de moi que des relations sexuelles. Je sais désormais que l'amour, le sexe et le mariage n'ont rien à voir les uns avec les autres.

— J'aurais tant aimé que vous l'ignoriez.

— Pourquoi ? Parce que je suis trop fragile ?

Il hésita.

— Parce que j'aurais aimé que personne ne vous traite aussi mal.

Elle se rembrunit.

— Vous êtes sérieux ?

— Rarement.

Elle leva les yeux au ciel.

— Là, maintenant, je veux dire. Vous... vous pensez vraiment ce que vous dites ?

— Ce serait méchant de ma part de penser le contraire.

Elle l'observa un instant. Par la fenêtre, le jour finissant projetait sur son visage une lumière rosée.

— C'est vrai. Je vais finir par penser que vous êtes un homme bien.

— Je ne suis rien de tel, réussit-il à répondre d'un ton hautain, même si une onde de chaleur parcourait sa poitrine.

« Bien. » Jamais on n'avait dit cela de lui. « Intelligent », peut-être. « Amusant », parfois. « Sacrément utile », même. Mais jamais « bien ». C'était un mot ancien, simple et lourd de sens.

— Quoi qu'il en soit, Joss, voici ce que je désire. Voici mon rêve.

Elle avait prononcé ces mots avec délicatesse, comme si elle testait leur résonance dans une langue étrangère.

— À la mort de mes parents, il n'est plus resté personne pour m'aimer telle que je suis. Je voudrais retrouver cela, un jour. Même si je sais que c'est impossible, je voudrais qu'on m'écoute sans que j'aie à recourir à un quelconque subterfuge. Je voudrais que les gens découvrent mon esprit sans être distraits par mon…

— Avant-scène ?

Il n'avait pas pu résister.

— Oui. C'est ça. Ou par mon argent. Ou par cette féminité insupportable qui fait que, pour les hommes, ma tête ne peut servir qu'à porter un chapeau. J'aime les chapeaux, mais je déteste voir ma personne tout entière réduite à ce que je porte.

— Est-ce pour cela que vous avez donné vos gants à la serveuse qui admirait votre élégance ?

Elle se renfrogna.

— Peut-être. Zut, cela ferait de mon geste un acte égoïste plutôt que généreux, n'est-ce pas ?

C'était exactement ce que Joss avait pensé, mais il ne l'en aima que plus.

— Quelle que soit la raison de votre geste, ce cadeau l'a fait sourire.

Retirerait-elle d'autres vêtements, si on l'admirait plus encore ? se demanda-t-il. Mais il se contenta de lui faire une remarque.

— Si vous ne souhaitez plus recourir à des stratagèmes pour attirer l'attention, feindre d'être une veuve nommée Mme Flowers n'était peut-être pas une très bonne idée.

Elle posa les coudes sur la table et le menton sur ses mains.

— Si je vous dis encore une fois que vous avez raison, grommela-t-elle, promettez-vous de ne plus aborder le sujet ?

— Non.

Elle eut un petit rire.

— Très bien. Je ne ferai donc pas de promesse non plus. Je me contenterai d'admettre que j'attendais de Mme Flowers qu'elle me libère, mais qu'elle m'a en réalité confinée aux espaces idiots de l'existence, dont j'ai plus qu'assez. Pourtant, elle, on l'apprécie plus qu'on n'a jamais apprécié Augusta Meredith. C'est pour le moins décourageant.

— Je me demande, commença lentement Joss, qui sentait le rythme de son cœur s'accélérer, s'il vous est venu à l'esprit que je vous écoute, Augusta, et que vous n'avez à recourir à aucun stratagème pour m'y obliger.

Elle se redressa vivement et, s'emparant de sa fourchette, la planta dans les marques qu'elle avait déjà faites dans le bois, comme s'il venait de la féliciter d'avoir abîmé la table.

Devant une telle réaction, Joss se sentit flatté et poursuivit :

— Et en cet instant, je pense moins à votre avant-scène qu'à la réaction de l'aubergiste s'il vous voit sculpter son mobilier avec vos couverts. Il nous mettra dehors avec pertes et fracas.

Elle planta le métal si profondément dans le bois que la fourchette resta verticale, vibra quelques instants puis retomba dans un claquement.

— Quelle force.

Son cœur battait à tout rompre, maintenant. Ces yeux ambre étaient irrésistibles.

— Je me demande aussi si vous vous rendez compte que les choses dont vous dites qu'elles ne sont pas vous – votre admirable avant-scène, déjà, ou votre indéniable féminité – le sont en réalité. Vous ne seriez pas la magnifique Augusta

Meredith si la nature avait fait de vous une petite créature brouillonne. Ou un homme.

— Je ne sais jamais si vous vous moquez de moi ou pas.

— D'une manière générale, mieux vaut partir du principe que je me moque, mais avec vous, je n'y arrive pas. Et tout comme je ne peux renier mon sang indien, vous ne pouvez renier ce que vous êtes. *Vous.* Élevée par des parents aimants, en marge de ce monde policé, vous êtes devenue belle et riche, et cela vous a façonnée plus que ne l'ont fait pour moi ces gouttes de sang étranger léguées par une aïeule que je n'ai pas connue.

Des paroles osées, prononcées avec audace. Elles n'étaient pas tout à fait justes, bien sûr ; son sang lui venait pour moitié de sa mère, qu'il avait très bien connue. Pauvre femme ! Personne n'avait aimé Kitty Everett pour ce qu'elle était, en dehors de son fils. Et que pouvait faire un enfant ?

— Peut-être avez-vous raison, finit par dire Augusta.

Elle prit sa chope et en examina le fond d'un air déçu, jusqu'à ce que Joss pousse la sienne dans sa direction.

— Oh. Merci.

Elle but une longue gorgée, qui sembla l'encourager à reprendre :

— Je n'ai pas eu assez d'imagination pour trouver un nom intelligent à mon alter ego, et j'en manque cruellement pour m'imaginer aussi pauvre que mes parents quand ils étaient enfants. Et… je pense que c'est ce qu'ils désiraient. Ils tenaient à ce que j'aie ma place dans la société qui est la mienne. Ils voulaient une vie meilleure pour moi. Surtout, ils pensaient que je serais heureuse de faire mon chemin dans ce monde. Oui, je crois que c'était avant tout cela qu'ils souhaitaient : que je sois heureuse.

Probablement, en effet. Et quel rêve c'était, n'est-ce pas ? Le bonheur... Si seulement il avait vraiment pu s'acheter ! Pendant longtemps, il avait espéré que cent livres lui suffiraient à être heureux, mais – ainsi qu'Augusta le lui avait cruellement fait remarquer – cette somme lui permettrait tout juste de poursuivre la même existence ailleurs.

— Puisque nous en sommes à nous poser des questions difficiles, dit-il, à votre avis, quelle est la chose qui pourrait assurer votre bonheur ?

Tendant les bras devant elle, Augusta inspecta les manches bouffantes de sa robe.

— Pour cela non plus, je n'ai pas d'imagination. J'ignore totalement ce qui pourrait assurer mon bonheur pour le restant de mes jours, ni même pour une année.

— Pour une journée ? Ou même une heure ?

— Une heure ? Je ne sais pas. Mais une minute, peut-être...

Elle passa les doigts sur les marques laissées par sa fourchette dans le bois, puis lui tendit la main.

— Voulez-vous bien me tenir la main, pour une minute ?

— Je serais un monstre de refuser.

Les doigts de Joss enlacèrent ceux d'Augusta et les réchauffèrent. Elle avait dit vrai : elle était gelée.

— Dois-je me retenir de tout commentaire inapproprié ?

Un sourire se dessina sur les lèvres d'Augusta.

— Non. Vous pouvez dire ce que bon vous semble. Vous empêcher d'être heureux vous aussi serait injuste.

Il allait lui falloir un peu plus qu'une main dans la sienne pour accomplir cet exploit…

Mais, pendant une minute, ce fut agréable d'être là à lui tenir la main à une table du *White Hart*, au milieu des gens qui mangeaient, buvaient, allaient et venaient dans un tourbillon de couleurs et de voix, avec l'odeur du poêle à charbon, les restes encore appétissants de leur repas dans les assiettes et la douceur d'un parfum floral dans le cou d'Augusta. Joss avait fini par s'habituer à la vie en bordure des grandes salles, et en cet instant, il appréciait cet espace confortable. Avec la main d'Augusta dans la sienne, ses doigts longs et fins contre sa peau… il aimait cet endroit encore plus.

Et il voulait que cela dure plus d'une minute.

— Vous m'avez demandé ce que je souhaitais, dit-il. J'ai envie de choses que je ne peux pas vous dévoiler, des choses qui vous feraient rougir si je les murmurais à votre oreille. Des choses qui vous feraient me regarder avec pitié ou surprise. Des choses passionnées, ou quotidiennes, et surtout, des choses simples.

Pendant qu'il parlait, les yeux d'Augusta s'étaient emplis de larmes. De sa main libre, il sortit son mouchoir et lui essuya les joues.

— Des choses comme le droit de sécher vos larmes. Ou de tenir votre main lorsqu'elle est froide.

— Mes mains sont toujours froides.

— Alors, je veux les tenir tout le temps.

Il avait cru qu'admettre tout cela serait difficile, mais finalement, non.

Ce qui l'était, en revanche, c'était de voir son expression changer. Elle se durcissait de seconde en seconde. Il pouvait presque voir Augusta endosser son armure, épaisse, robuste et brillante, derrière laquelle il ne savait plus ce qui se cachait.

— C'est impossible, dit-elle.

Il eut le sentiment que le silence qui suivit était vivant : bouillonnant, rouge sang, débordant de mots à peine articulés.

— Bien sûr que c'est impossible, répondit-il d'une voix qu'il espérait calme, posée. Ce n'était qu'un souhait. Qui n'a rien à voir avec la réalité.

Des larmes brillèrent de nouveau dans les yeux d'Augusta.

— Non. Ce n'est pas ça. Mais je ne peux pas. Je ne peux pas.

Cette fois, elle semblait accablée, et c'était bien pire que de la voir disparaître derrière une armure.

Alors seulement, elle retira sa main puis se leva, repoussant sa chaise. Joss n'eut d'autre choix que de se lever lui aussi. Il sortit quelques pièces de sa poche et les laissa sur la table.

— Merci de m'avoir tenu compagnie pour le déjeuner. Ce fut un repas tout à fait agréable. Permettez-moi de vous raccompagner jusqu'à Queen Square, madame Flowers.

Sur ses lèvres, le sourire était impeccable, et traduisait tout sauf le bonheur.

Augusta connaissait toutes les rues qu'ils empruntèrent pour retourner vers Queen Square, mais pour la première fois depuis son arrivée à Bath, elle eut le sentiment de marcher dans une ville inconnue.

Les salles de bal de Bath étaient magnifiques, mais on y trouvait les mêmes jeunes filles nerveuses, les mêmes mères anxieuses que dans n'importe quelle salle de bal de Londres. Les jardins de Queen Square lui avaient offert les mêmes allées gravillonnées, le même paysage soigné que les parcs londoniens.

Puis elle avait eu la surprise de découvrir la chambre de Joss. Là, elle s'était sentie... différente. Ensuite, il y avait eu le *White Hart*, si animé, si bruyant, ouvert à tous.

Jamais elle n'avait rien entendu de plus séduisant que la voix de Joss lui déclarant dans un souffle qu'il voulait lui tenir la main tout le temps.

Jamais elle n'avait eu aussi peur. Elle ne pouvait lâcher prise une nouvelle fois, et la personne la plus susceptible de lui faire perdre la maîtrise d'elle-même était Joss Everett. Elle le laisserait faire, elle le savait. Elle en mourait d'envie.

Il fallait qu'elle soit très prudente.

Ils marchaient en silence, le bruit des pas de Joss presque inaudible dans la foule de l'après-midi. Ici et là, on tirait et on poussait des chaises roulantes dans la boue ; des enfants vendaient des journaux, des petits pains, et les fruits que la campagne hivernale parvenait encore à produire. Quelques hommes saluèrent Mme Flowers ; Augusta leur sourit, incapable de se rappeler si elle leur avait déjà adressé la parole une fois, ou dix.

Elle n'avait pas envie de parler et n'attendait pas de Joss qu'il le fasse. Ils avançaient perdus dans leurs pensées, chacun retranché dans le silence, et il en serait ainsi jusqu'à la porte d'Emily. Moment attendu ou redouté ?

« Seule importe la question », aurait dit lord Chatfield.

Elle sursauta lorsque Joss prit la parole, tout en marchant.

— Vous avez dit que vous ne trouveriez plus personne pour vous accepter telle que vous êtes. Mais il existe quelqu'un, en ce bas monde, qui vous aime comme vous êtes.

Elle trébucha, s'écarta un peu de lui. Il la rattrapa par le bras et l'aida à recouvrer son équilibre.

— Ne vous inquiétez pas. Je n'aurais pas l'outrecuidance de parler de moi. Je parle de lady Tallant. C'est une véritable amie que vous avez là. Elle souhaite votre bonheur. Vous n'êtes pas seule.

Il avait raison. Pourtant, et bien qu'il fût à ses côtés, elle se sentit plus seule que jamais. Un fossé s'était creusé entre eux, froid comme le brouillard qui tombe.

Encore quelques pas, et ils débouchèrent sur Queen Square. Elle leva les yeux vers lui. Avec son profil taillé à la serpe, il aurait fait une magnifique pièce de monnaie. Il n'eut pas un regard pour les jardins manucurés où ils avaient passé de joyeux instants, quelques jours plus tôt. Il marchait d'un pas décidé, et elle sentait la cape en laine collée à ses jambes, lourde, trempée.

Au pied du perron de la maison d'Emily, il s'arrêta et la salua.

— Prenez soin de vous, madame Flowers.

Avant qu'il ait eu le temps de s'éloigner, une main jaillit de sous la cape et le retint par la manche.

— Pourquoi m'avez-vous embrassée lorsque nous étions dans la ruelle, derrière la maison ?

Joss eut un sourire dur, sec.

— Parce qu'il était impensable de ne pas le faire.

— Et maintenant ? demanda-t-elle, le souffle court.

Il détourna les yeux, comme si la regarder lui était douloureux.

— Je ne suis pas stupide. Il serait impensable de le refaire.

Oui. C'était le bon sens qui parlait, et il n'y avait rien d'autre à répondre que :

— Je vois. Merci pour le déjeuner. Et merci de m'avoir raccompagnée.

Elle le lâcha, puis grimpa les marches d'un pas rapide. Elle venait d'actionner le heurtoir lorsqu'elle se souvint que personne n'était au courant de sa sortie.

Quand la porte s'ouvrit, elle se glissa à l'intérieur sans laisser le temps au majordome de lui poser des questions et s'autorisa un seul regard en arrière avant que la porte se referme.

Et voici ce qu'elle vit : Joss Everett, les épaules droites, les mains dans le dos, qui la fixait d'un air malheureux, avec la tête d'un homme affamé qui vient de comprendre que jamais on ne le nourrira.

Elle sentit le froid dans ses mains et se rendit compte qu'en marchant avec lui elles s'étaient réchauffées.

L'embrasser de nouveau était impensable. Et pourtant, elle ne pensait qu'à ça.

15

Cette pensée troublante toujours à l'esprit, Augusta monta en courant à l'étage et, d'un geste énergique, ouvrit la porte du petit salon.

— Emily, Joss Everett dit qu'il veut me tenir la main tout le temps. Tout le temps !

Puis elle regarda autour d'elle et comprit son erreur. Il est de notoriété publique que lorsqu'on entre en trombe dans une pièce en hurlant quelque chose de très personnel, cette pièce sera occupée par plus de gens que ce à quoi l'on s'attend.

Heureusement, il n'y avait qu'une autre personne présente en dehors d'Emily. Assises l'une à côté de l'autre sur le long canapé recouvert de velours se trouvaient la comtesse et une femme légèrement plus âgée aux cheveux noirs tirés en arrière et au visage rond. Elle portait une robe en serge bleu foncé magnifiquement coupée et avait une pile de livres sur les genoux.

Les lampes avaient été allumées, car la lumière de cette fin d'après-midi pâlissait. L'une d'elles, sur une petite table, jetait son halo sur la couverture du volume qui se trouvait au sommet de la pile. Emily tendit la main pour tourner une page, révélant le dessin d'une femme en robe de soirée.

— J'aime beaucoup cette robe aussi. Mais peut-être pourriez-vous la faire avec de la gaze rouge plutôt que rose.

Puis elle leva les yeux en direction d'Augusta, avec un sourire exaspérant tant il reflétait le calme le plus absolu.

— Augusta, je te présente Mme Rougier, créatrice de robes. Une des meilleures. Madame Rougier, je vous présente ma chère amie, madem... madame Flowers. Nous aimons pratiquer toutes les deux le petit jeu qui consiste à annoncer chacune à notre tour des faits relativement peu intéressants, mais aussi absolument évidents. Tu viens de dire que M. Everett veut tenir ta main tout le temps. Alors, voyons... L'attraction terrestre nous retient sur Terre. Le jour est plus clair que la nuit. La boisson préférée de mon mari est le chocolat. À toi, maintenant.

— Tu es incorrigible.

Le froncement de sourcils d'Augusta se termina en sourire tandis qu'elle échangeait un léger salut avec la couturière.

— Encore un point pour toi, dit Emily. Mais peut-être ma chère amie a-t-elle envie de quelque chose de chaud, après ses pérégrinations... Mme Rougier et moi avons presque terminé, et j'allais sonner pour qu'on serve le thé. À moins que tu ne préfères un déjeuner froid ?

— Inutile. J'ai déjà déjeuné.

Emily eut un regard étonné. Sans plus de commentaires, elle referma le livre qu'elle avait entre les mains et se tourna vers la couturière.

— En fait, je ne suis plus très sûre de moi à propos de la couleur qui conviendrait le mieux pour cette gaze. Rediscutons de cela une autre fois, voulez-vous ?

Visiblement curieuse d'en entendre un peu plus, Mme Rougier fit tout ce qu'elle put pour rester plus longtemps.

— Votre jeune amie souhaite-t-elle jeter un coup d'œil à mes modèles avant que je m'en aille ? proposa-t-elle d'une voix grave à l'accent français. Elle aussi a peut-être besoin d'une nouvelle robe ?

Augusta baissa les yeux et se rendit compte qu'elle portait encore l'épaisse cape en laine. Aussitôt, elle en défit les liens et la laissa tomber à terre. La couturière ne put retenir un cri d'horreur.

— Non ! Il faut toujours suspendre un vêtement en laine !

Emily toussota.

— Repassez demain, madame Rougier, et nous prendrons une décision pour la gaze. Pour le moment, mon amie semble désemparée, et je me dois de l'aider. Aimeriez-vous prendre un rafraîchissement dans la cuisine avant de partir ?

La Française peina à cacher sa déception, mais se leva et les salua d'une révérence parfaite.

— Mais bien sûr, madame. Volontiers.

— Un valet vous rapportera vos livres de modèles un peu plus tard, dit Emily. Je vous remercie vraiment d'être passée me voir.

Lorsque la porte se referma sur la couturière, Emily et Augusta se tournèrent l'une vers l'autre.

— Alors ? demandèrent-elles en chœur.

Augusta fut la moins polie, ou la plus nerveuse. Elle posa sa question la première.

— Tu te fais faire de nouvelles robes ?

Emily haussa les épaules.

— Que veux-tu que je fasse d'autre ? Il faut bien que j'occupe mon temps.

— Mais ta santé...

— Il y a une limite au nombre de verres d'eau minérale qu'un être peut boire dans une journée. Et par « limite », j'entends : « C'est terminé, je ne veux plus en boire une goutte. » Un bain, c'est agréable, mais cela n'occupe qu'une heure. Et la plupart des visites, dans cette maison, sont pour Mme Flowers. Si elle n'est pas là, les visites s'espacent.

Dans sa robe en soie jaune canari, avec une chaîne d'or autour du cou et des bagues glissées à ses doigts fins, Emily était l'incarnation du luxe. Pourtant, à côté d'elle, jamais Augusta ne s'était sentie ordinaire. Et, même en cet instant, elle souriait.

— C'est à cause de toi, ma chère amie. C'est toi qui m'as soufflé l'idée de faire venir quelqu'un qui créerait une nouvelle robe pour moi. Tu as jeté mon *Lady's Magazine* par terre, et lorsque je l'ai vu, je me suis dit : « Mais oui, voilà de quoi m'occuper un ou deux jours. » Alors, j'ai fait venir la couturière que tout le monde s'arrache en ce moment. Mme Rougier est extrêmement occupée, mais je l'ai retenue pendant presque deux heures. Maintenant, elle sera plus occupée encore, et nous perdrons encore plus de mon temps en essayages interminables, petites erreurs à rectifier, galons à changer et je ne sais quoi encore.

— Elle te fera perdre ton argent aussi.

— Oh, Jemmy m'a dit de ne pas m'inquiéter pour cela, répondit Emily, faisant référence à son accommodant mari. Ce qui me préoccupe vraiment, c'est de trouver le moyen de perdre mon temps.

— Se faire faire des robes, c'est très... londonien, comme distraction, non ? demanda Augusta.

C'était sa façon de lui demander : « Est-ce que tu te sens mieux ? Aimerais-tu rentrer chez toi ? »

Emily comprit aussitôt le sous-entendu.

— Quand on ne peut être à Londres, le mieux est d'essayer d'en retrouver ici et là certains aspects, répondit-elle, ce qui signifiait : « Pas encore. Mais en attendant, je m'efforce de faire bonne figure. »

Augusta se laissa tomber sur le canapé, à la place qu'avait occupée Mme Rougier.

— Comment et pourquoi tenterait-on de retrouver des aspects de Londres ?

— Parce qu'il faut bien remplir ses journées, et elles sont longues... À Bath, au moins, je peux dépenser mon temps sans compter en organisant une nouvelle maisonnée. En cherchant la meilleure façon d'empêcher la gouvernante de se disputer avec la cuisinière, et la femme de chambre de flirter avec les valets de pied. Jemmy n'est pas là pour être trop laxiste avec les domestiques, les enfants ou... moi.

Lorsqu'elle cilla, les yeux verts de la comtesse brillèrent de larmes. Pourtant, ce fut d'une voix assurée qu'elle ajouta :

— Je suis très heureuse que tu sois avec moi. En plus, tu es deux invitées à toi seule. Essayer de faire la différence entre Mlle Meredith et Mme Flowers me distrait beaucoup. Sans cela, je perdrais mon entrain.

— Loué soit mon penchant pour le mensonge, alors. Car la gaze rouge ne t'irait pas du tout au teint si tu perdais ton entrain. Et, du coup, tes nouvelles robes ne serviraient à rien.

Elle essayait de continuer la conversation sur le ton léger qu'avait adopté Emily, mais saisissait ce que son amie ne disait pas, et peut-être ne comprenait pas. Les distractions de la comtesse, si superficielles puissent-elles paraître, aidaient les autres, au bout du compte. Sa gaieté faisait de sa maisonnée un endroit agréable où travailler, et de sa conversation dans une salle de bal un moment dont on se souvenait. Elle aurait pu facilement s'abandonner au chagrin et ressasser son deuil, mais, au lieu de quoi, chaque heure du jour, elle s'employait à se distraire. On ne savait jamais quand un moment de bonheur pouvait passer, léger, voletant dans l'espoir d'être capturé.

Les nuits étaient plus difficiles, bien sûr. Augusta savait combien ces heures-là pouvaient sembler s'étirer à l'infini, et comment le deuil pouvait les assombrir plus encore. Mais, avec le temps, le chagrin s'allégeait. Ce qui était noir devenait gris.

Et puis, il y avait ces moments précieux, lumineux au point qu'Augusta les évitait autant qu'elle les guettait. Comme un baiser si doux qu'elle ne pouvait en supporter le goût, si ardent que le simple fait d'y penser la brûlait. Une invitation à déjeuner, des mains qui se serraient, un adieu qui ne faisait pas l'effet d'un adieu.

— Je suis heureuse que tu aies fait venir la couturière, dit-elle enfin à Emily. Tu seras ravissante dans ses créations.

— Encore un point pour toi. Est-ce à mon tour de dire quelque chose d'évident, alors ? Que penses-tu de : « Tu as quelque chose à me dire » ?

Augusta rit, et la comtesse en profita pour ajouter :

— Crois-tu réellement que tu peux entrer en trombe dans mon salon en clamant que tu donnes la main à un gentleman célibataire sans t'attendre que je sois au moins un peu curieuse d'en savoir plus ?

Elle remit un petit coussin à pompons en place et cala son coude dessus.

— Je t'écoute.

Augusta lui raconta tout : l'exaspération que lui inspirait le personnage de Mme Flowers, sa visite chez Joss Everett – elle omit de mentionner la tenue... légère dans laquelle elle l'avait trouvé, mais rougit malgré tout. Elle eut même un peu chaud, soudain.

— Et alors il m'a invitée à déjeuner au *White Hart*, ajouta-t-elle. Et j'ai donné mes gants à la serveuse. Et il m'a dit qu'un de ses grands-parents était indien.

Elle s'interrompit un instant, en se rendant compte qu'elle avait dit tout cela d'une traite.

— Mais tous ces faits n'ont rien à voir les uns avec les autres. Je crois. Et je pense qu'il n'avait pas l'intention de me parler des origines de sa grand-mère.

— Pourquoi cela ?

— Peut-être parce que c'est très personnel. Je lui ai fait remarquer que le Premier ministre était en partie indien, et il m'a répondu d'un ton bourru que le Premier ministre pouvait porter une robe et un bonnet de dentelle si cela lui chantait.

— Je suppose que tu ne me racontes pas tous les détails de votre conversation, dit Emily. Tu as tout à fait raison à propos des origines du Premier ministre. Peut-être que les mêmes règles ne s'appliquent pas à ton M. Everett et à lord Liverpool, mais personnellement, je pense qu'avoir du sang indien dans les veines prouve qu'il vient d'une famille aventureuse et voyageuse, dans laquelle on aime et on épouse qui bon vous semble.

Augusta fit un clin d'œil à Emily.

— Peut-être. Oui.

— Et il ne t'en aurait sûrement pas parlé s'il n'avait pas voulu que tu le saches. Or, il le souhaite, puisqu'il a déclaré vouloir tenir ta main tout le temps – ou quelque chose d'approchant. Doux Jésus ! conclut Emily en secouant la tête. Le moins qu'on puisse dire, c'est que tu as trouvé à t'occuper, pendant que je ne faisais rien de mon après-midi.

Elles restèrent silencieuses un moment, songeuses toutes les deux. L'esprit d'Augusta bouillonnait ; les idées s'y emmêlaient, se défaisaient pour en faire émerger d'autres.

Joss n'avait pas semblé souhaiter qu'elle connaisse ses origines indiennes. Mais sa réticence concernait-elle ce sujet en particulier, ou s'agissait-il simplement d'une hésitation à lui confier quoi que ce soit d'intime ? Il n'avait pas beaucoup parlé de son cousin Sutcliffe non plus.

Et pourquoi n'aurait-il pas voulu parler de lui ? Au déjeuner, elle avait eu l'intention d'écouter, pas de parler, et pour finir, c'était elle qui en avait trop révélé, comme toujours.

Elle savait très bien que Joss et elle n'avaient rien à faire à la même table. Il était petit-fils de baron, là où les grands-parents d'Augusta avaient été respectivement portier et bonne à tout faire avant de se frayer ensemble un chemin vers des cercles plus favorisés. Quant à son père, il avait travaillé sur les docks de Portsmouth pendant sa jeunesse. Un jour, il avait mis au point une lotion destinée à réparer les mains des marins, abîmées et brûlées par les cordages. À quelques pence le pot, cela avait pris, et après un moment, sa jeune épouse l'avait convaincu d'y ajouter des essences de fleurs et de la proposer chez les apothicaires de la ville comme crème pour les jeunes femmes.

Ainsi avait vu le jour Meredith Beauté, plus de trente ans auparavant. Une grande idée versée à la louche dans de petits pots, dans un petit appartement au cœur d'un grand immeuble. Ses parents lui avaient raconté un jour que, depuis leur fenêtre, ils voyaient Victory Gate, l'entrée des chantiers navals, flanquée de deux grosses sphères dorées. La reine Anne était passée sous son porche en fer forgé, une fois. Dans un sens, on s'embarquait pour la Manche ; dans l'autre, on s'acheminait vers une autre sorte d'existence.

C'était en tout cas ce qu'elle avait entendu dire. Elle n'était jamais allée à Portsmouth. Et ses parents n'étaient jamais revenus de leur dernier voyage là-bas.

Du coin de l'œil, elle remarqua qu'Emily avait cessé de jouer avec le petit coussin à pompons.

— La vraie question est de savoir pourquoi il a bien voulu te parler de ses origines familiales. Ça, c'est intéressant, ma chère.

Augusta comprit à quel point Joss occupait son esprit lorsque, quand Emily dit « ma chère », elle attendit qu'elle termine par les mots « veuve d'opérette ». Pendant quelques instants, elle dut fermer les yeux pour revenir d'un voyage sur la côte, d'un déjeuner au *White Hart*.

— Je pense qu'il imaginait me devoir un secret, dans la mesure où il connaît le mien, dit-elle lentement.

— Mais oui, cela semble tout à fait logique, répondit Emily en tapant des mains. Et cela explique aussi pourquoi il voudrait tenir tes mains pour l'éternité, ou je ne sais quoi de ce genre.

— Vraiment ?

D'un mouvement fluide, Emily reprit le petit coussin et en donna un coup à Augusta.

— Mais non, bien sûr que non, ça ne l'explique pas. Non, soit il était ivre, soit il était sincère. Quelle quantité d'ale a-t-il bue ?

— Rien qu'une chope, dit Augusta en se frottant l'avant-bras. Et aïe. Sois un peu plus gentille avec tes coussins. Et avec mon bras.

Ignorant la remarque, la comtesse plia les jambes sur le canapé.

— Une seule chope… Voilà qui est très, très intéressant, dit-elle avec un plaisir non dissimulé, comme si elle savourait des bouchées de sandwich au concombre.

— Je trouve cela plutôt… déroutant.

Elle n'était pas sûre d'avoir employé le bon mot, mais elle n'en trouvait pas d'autre.

— En dehors de ce moment, il a paru vouloir me tenir à distance. Et il n'aime pas Mme Flowers.

— L'insolent !

— Mais je ne suis pas sûre de l'aimer non plus.

Emily se rembrunit.

— Est-ce le moment où je dois te contredire et te convaincre du contraire ? Ou dois-je me concentrer sur la critique de M. Everett ?

— Non. Ni l'un ni l'autre, dit Augusta en ramassant le coussin en soie. Je pense que j'ai été assez horrible avec lui.

Elle le pensait, mais n'en était pas sûre. Qu'était-ce, d'être horrible avec un homme qui ne faisait jamais aucun compliment et ne tolérait aucune folie – sauf lorsqu'elle venait de son employeur ? Sans parler de ce maudit sourire qui lui donnait envie de l'embrasser et de le fuir en même temps, aussi astringent et tonifiant qu'un thé trop infusé.

— Il ne me connaît pas aussi bien qu'il le croit.

— À qui la faute ?

Augusta oubliait parfois qu'Emily était maman de deux jeunes garçons. Mais à cet instant, transpercée par son regard intraitable, elle s'en souvint.

Elle caressa le coussin du plat de la main, savourant la douceur de la soie sous ses doigts, aussi lisse que le bois de la table, au pub. Elle avait planté sa fourchette dans ce bois. Pourquoi ne pas laisser une marque ici aussi ? Elle trouva une couture et, du bout des ongles, usa le fil jusqu'à ce qu'il casse.

— C'est ma faute, dit-elle enfin. Mais je ne veux pas qu'il me connaisse. *Je* ne me connais pas, après tout. Plus depuis la mort de mes parents.

Crac. Un autre point venait de céder.

Le regard intraitable d'Emily s'était fait compatissant.

— Ah. Donc, cette Mme Flowers qui t'accompagne, elle est là pour t'aider à retrouver Augusta ?

— Elle était censée me libérer de tout le noir qui m'habite. Mais elle me coupe de la réalité.

— Elle est comme une meringue, décréta Emily, alors que toi, ma chère, tu es comme un délicieux cake aux fruits, plein de couleurs, de goûts différents et de rhum qui enivre.

Cette comparaison arracha un sourire à Augusta, et Emily ajouta :

— À mon avis, M. Everett préfère le cake aux fruits, Augusta. Il n'aime pas la meringue. Qu'en penses-tu ?

— Ton analogie ne convient pas, car je ne suis jamais douce comme un dessert, avec lui. Je me sens trop… déstabilisée.

— Bath est l'endroit idéal pour être déstabilisé. J'espère que c'est aussi le bon endroit pour retrouver sa stabilité.

Sous les yeux d'Emily, les cernes trahissaient son épuisement.

— Tu n'as toujours pas mangé de viande rouge, n'est-ce pas ? la gronda Augusta. Tu es encore l'ombre de toi-même.

— Si je mange encore une bouchée de viande rouge, je vais me transformer en vache et je te piétinerai, répliqua Emily un peu sèchement, avant d'ajouter, plus doucement : Mais c'est vrai, je ne suis pas tout à fait moi-même.

Augusta prit la main de son amie et la serra. Elle était encore plus froide que la sienne. Peu de gens en dehors de la famille de lady Tallant savaient ce qui était arrivé. Après la naissance d'un héritier et d'un deuxième garçon, quelques années après leur mariage, le comte et elle n'avaient plus attendu d'autres enfants, jusqu'à ce que, quelques mois auparavant, Emily retombe enfin enceinte.

Amie de la comtesse depuis la saison précédente, Augusta avait pris l'habitude de lui rendre visite plusieurs fois par semaine. En plus du thé et des biscuits, les visiteurs qui s'arrêtaient chez les Tallant pouvaient goûter l'amitié d'Emily, pure et chaleureuse. Joss ne s'était pas trompé : c'était dans le salon d'Emily qu'Augusta s'était sentie elle-même pour la première fois depuis cette première semaine de 1815, quand ses parents avaient perdu la vie et que Colin l'avait quittée comme on se défait d'un secret honteux.

Un jour de janvier, alors qu'Emily servait le thé à Augusta, elle avait été prise de violentes douleurs.

Augusta avait fait venir le comte, avait soutenu son amie et prié pour elle et son bébé. Un médecin était venu, aussi, mais n'avait rien pu faire. Quelques terribles heures plus tard, c'était fini.

— Il semblerait que vous ayez eu une fille, madame, avait dit le médecin. Pas de quoi vous tourmenter, surtout avec déjà deux petits garçons en bonne santé dans la famille.

Blême malgré son teint hâlé, le comte avait raccompagné l'homme. Augusta avait regardé Emily, si petite dans son grand lit, qui détournait les yeux.

Quelques semaines plus tard, quand Emily avait recouvré suffisamment de forces pour voyager, elles étaient parties pour Bath. Pour toutes les deux, en l'espace d'une journée, la vie avait pris un tournant terrible. Et prétendre le contraire était inutile.

Pourtant, Emily réussissait à créer des moments lumineux – en dirigeant sa maisonnée, en se faisant faire une nouvelle garde-robe. En s'occupant de la vie sentimentale de ses amies. Dans la maîtrise de ces activités, elle trouvait une paix nouvelle.

Cette paix qui manquait à Augusta depuis déjà quelque temps.

Je dois vraiment trouver un amant.

Son projet n'avait rien à voir avec l'amour et encore moins avec le sexe. Tout était une affaire de contrôle. Sans cela, impossible de faire reculer le chagrin ou la honte de ne pas être désirée.

Joss mettait cette maîtrise à mal, et la question devenait : par quoi la remplacer ? Leur conversation avait pris un tour intime, et elle ne pouvait s'empêcher d'imaginer leurs corps le devenant aussi. Déjà, elle avait expérimenté son baiser, avait vu sa cravate défaite, avait suivi la ligne de son cou jusqu'aux poils sombres de son torse, avait deviné là une force virile, libérée de l'entrave des vêtements.

L'idée d'un amant anonyme avait perdu de son charme sulfureux. Non, ce dont elle avait besoin, c'était de contrôle.

Et si elle ne parvenait pas à se maîtriser en présence de Joss… alors peut-être devait-elle tenter de maîtriser Joss en sa présence. Pas facile, mais pas impossible, assurément. Pas avec quelqu'un qui avouait autant de choses après une seule chope d'ale.

Et même pas une chope entière, d'ailleurs. Elle en avait bu un peu. Elle aurait dû en boire plus.

Augusta porta une main à sa tempe, où une épingle lui tirait les cheveux au point de lui donner un léger mal de tête.

— Ferai-je servir le thé, Emily ? Ou quelque chose d'un peu plus fort ?

Les yeux verts croisèrent les siens, bien trop complices.

— Nous avons toutes deux besoin de quelque chose de fort, non ? De beaucoup plus fort.

16

Après avoir regardé Augusta disparaître dans la maison de lady Tallant, Joss fit les quelques pas qui le séparaient de celle de Sutcliffe. Sur Queen Street, les vagues de passants affluaient à la manière de rouleaux de tissu jetés sur une table, colorés et brillants. Joss coupait cette foule d'un trait noir et net, le pas aussi tranchant qu'une paire de ciseaux.

Il ne croisa personne de sa connaissance. Et c'était très bien ainsi.

Jamais, jusque-là, il n'avait avoué à une femme tout ce qu'il attendait d'elle pour, en retour, voir ses paroles durcies et renvoyées vers lui d'un coup de pied. Mais comment aurait-il pu le lui reprocher ? Ils n'avaient rien à faire ensemble. C'était une héritière, et lui ne valait guère mieux qu'un domestique.

Un valet vint lui ouvrir, la perruque de travers et la livrée pleine de poussière.

— Monsieur Everett ! s'exclama-t-il en le saluant. Dieu merci, vous voilà. Il est monté dans le grenier, monsieur, et refuse d'en descendre.

Guère mieux qu'un domestique était peut-être même trop. Qu'y avait-il de « mieux » à courir après Sutcliffe comme un enfant jouant à cache-cache ?

Au prix d'un réel effort, Joss afficha une expression de patiente indulgence.

— Au grenier, dites-vous ? Et où est le majordome ?

Même dans le monde étrange qui était celui de Sutcliffe, il n'était pas courant qu'un valet échevelé ouvre la porte à la place du majordome.

— Coincé sous une armoire, au grenier, mais les autres valets s'occupent de le sortir de là. M. le baron nous a fait ramper sous les meubles relégués là-haut.

Joss ne fit aucun commentaire.

— Monsieur a-t-il mangé quelque chose aujourd'hui ?

Le valet rajusta sa perruque, tentant de reprendre un peu contenance.

— Je l'ignore, monsieur. Je sais qu'il a jeté une théière dans la rue, mais ce n'était pas son intention. Il visait un conduit de cheminée.

« Comment diable pensait-il arriver à faire une chose pareille ? » aurait été, bien sûr, une question logique. « Pourquoi ? » en aurait été une autre.

Mais il était inutile de chercher du sens à tout cela. Par conséquent, tout ce que Joss répondit fut :

— Il semblerait donc qu'il soit plutôt bien disposé. J'espère que l'objet n'a heurté personne dans sa chute.

— Non, monsieur, répondit le valet.

— Très bien. Demandez à la gouvernante de tenir la liste de tout ce que M. le baron casse ou endommage.

— Bien, monsieur. Merci, monsieur, dit le valet en s'inclinant.

— Et prenez quelques minutes pour vous ressaisir. Ensuite, vous viendrez me chercher s'il vous faut des bras supplémentaires pour libérer le majordome. De mon côté, je m'occupe de retrouver le baron.

— Merci, monsieur, fit le valet, reconnaissant au point d'en être pathétique. Nous ne devrions pas tarder à le libérer, je pense. Merci. Je… je vous souhaite bonne chance avec M. le baron, monsieur.

Tandis que le valet se retirait en courant, Joss se lança dans la longue ascension des marches qui menaient au grenier. Cet épisode coûterait probablement son majordome à Sutcliffe. Il payait bien ses domestiques, mais aucun salaire ne pouvait compenser le fait de se retrouver coincé sous un meuble.

— Sutcliffe ? appela-t-il en arrivant sur le palier du dernier étage.

— Everett ? Je suis là ! Venez voir, c'est tellement amusant !

Joss pencha la tête pour tenter de localiser l'endroit d'où venait la voix. Ce n'était pas d'au-dessus, dans le grenier, mais d'en dessous. Du deuxième étage. Redescendant d'un pas lourd, il s'engagea dans le long corridor, ouvrant les portes des chambres à coucher les unes après les autres, jusqu'à ce qu'il trouve le baron.

Des tissus luxueux dans des tons clairs et un tapis épais l'accueillirent. Plusieurs chandelles avaient été allumées, de même qu'un bon feu. Le baron, resplendissant dans une redingote de satin pervenche et dentelle crème – Seigneur Dieu ! –, avait noué les rideaux de velours pour pouvoir s'asseoir sur le rebord d'une fenêtre et regardait dehors à l'aide d'une longue-vue de la taille de son bras.

— Regardez, Everett. Je peux voir jusqu'aux fenêtres des maisons de l'autre côté de Queen Square ! Si seulement les rideaux étaient ouverts, je pourrais voir à l'intérieur !

— On s'est beaucoup inquiété pour vous, dit calmement Joss. Qu'est-ce que c'est que cette histoire de domestiques coincés sous des meubles dans le grenier ?

Sutcliffe baissa sa longue-vue et cligna des yeux en direction de Joss.

— Quoi ? Mais c'est absurde ! Cela fait au moins un quart d'heure que je ne suis plus dans le grenier. Que font-ils encore là-haut ?

Ignorant la question, Joss demanda :

— Aviez-vous une raison particulière de jeter une théière par la fenêtre ? Simple curiosité.

Le baron s'illumina et passa une main dans ses cheveux blonds.

— Eh bien oui, figurez-vous ! J'en avais une ! Avec un peu d'entraînement, je suis sûr de pouvoir lancer quelque chose depuis une fenêtre du grenier dans un conduit de cheminée ! Exactement le genre d'exploit improbable sur lequel je pourrais parier, non ? Je suis certain de pouvoir trouver quelqu'un prêt à parier vingt livres que je n'y arrive pas. Non, cinquante ! Même chez ce tas d'éteignoirs que sont les Bathiens.

— Bathoniens, murmura Joss. Et vous perdriez, puisque les objets que vous avez lancés ont fini dans la rue.

— Je réessaierai. Je n'avais plus rien à lancer sous la main.

Se désintéressant du sujet, Sutcliffe retourna à sa longue-vue.

— Je vous ai vu avec ma lunette. Vous étiez avec cette femme, Mlle Meredith. Elle portait une cape atroce, mais j'ai reconnu ses cheveux roux. Des mèches dépassaient de sa capuche.

Le cœur de Joss fit un bond.

— Mlle… qui ?

Il aurait juré que Sutcliffe ne se souviendrait pas d'avoir rencontré Augusta, mais l'esprit de son cousin fonctionnait parfois de la plus inattendue des manières.

— Oh, attendez, vous m'avez dit qu'elle venait de se marier. Non, qu'elle était veuve ! C'est bien ça ? Elle n'a pourtant pas du tout l'air d'une veuve, dit le baron en secouant la tête.

— À quoi devrait ressembler une veuve ? demanda Joss précautionneusement.

— Eh bien… une veuve, c'est habillé tout en noir, et ça pleure. D'ailleurs, elle donnait l'impression d'être sur le point de pleurer, dit Sutcliffe en se penchant tellement en avant que sa lunette toqua contre la vitre. A-t-elle pleuré ?

Elle avait pleuré, oui. Quelques larmes, au *White Hart*.

— Non, répondit Joss d'un ton ferme. Vous avez dû mal voir.

Sutcliffe posa sa lunette sur le rebord de la fenêtre avec un soupir agacé.

— Je ne vois rien, avec ça. J'ai besoin d'un vrai télescope.

Il sortit sa blague en cuir, la secoua pour faire tomber quelques feuilles séchées au creux de sa paume et les mit dans sa bouche. Tandis qu'il mâchait, l'inspiration sembla lui revenir, car il sauta du rebord de la fenêtre et traversa la pièce.

— Everett, aidez-moi à pousser cette armoire jusqu'à la fenêtre, que je puisse grimper dessus.

— Dans quel but ?

Le baron le gratifia d'un regard apitoyé.

— Pour être plus haut, tiens. Allez, aidez-moi, dit-il en levant un pied pour que Joss lui fasse la courte échelle.

— L'armoire n'étant pas encore devant la fenêtre, il est inutile que vous grimpiez tout de suite.

La botte de Sutcliffe chercha tout de même un appui sur le côté du meuble. Joss décida de revenir à Augusta, pour changer de sujet.

— Je ne pensais pas que vous auriez reconnu Mme Flowers.

— Eh bien, vous aviez tort. Enfin, je pense que... *oups*... je l'ai reconnue.

Le baron glissa, partit en arrière.

— Elle était jolie, reprit-il en se redressant. Elle l'est toujours, d'ailleurs. Mais elle l'était déjà quand je l'ai rencontrée pour la première fois. Il m'a fallu un moment avant de me souvenir où. J'ai dû danser avec elle la saison dernière. Elle s'habillait comme une catin.

— J'ignorais que ce genre de choses vous dérangeait.

Sutcliffe réfléchit.

— À vrai dire, cela ne me dérange pas. Vraiment. Pensez-vous qu'elle aimerait un shilling ?

— Si par « shilling », vous entendez « douze pence », probablement. Si vous entendez « recevoir l'attention d'une partie de votre anatomie », alors non.

Sutcliffe éclata de rire, retourna vers la fenêtre et se laissa tomber sur le rebord.

— Comme vous y allez, Everett ! Je ne proposerais pas moins d'une guinée pour cela.

— Je vous prie de m'excuser, je vous ai sous-estimé. Mais je ne suis pas ici pour épier les gens d'en face, ni pour discuter de vos relations avec la voisine d'à côté.

— Il doit y avoir une fenêtre qui donne sur leur maison ! s'écria le baron en prenant sa lunette avec tant d'empressement qu'elle faillit lui échapper des doigts.

— Il n'y en a pas. Les maisons sont mitoyennes.

— Je pourrais percer un trou dans le mur.

— Pourquoi souhaitez-vous tant voir ce qui se passe chez les autres ? Vous êtes-vous lancé dans l'étude du comportement humain ?

— Quoi ? Non ! Ne soyez pas ridicule.

La lunette faillit tomber une nouvelle fois. Il la rattrapa au vol.

— Je veux juste voir quelqu'un qui se déshabille. Une femme, bien sûr.

Joss porta les doigts à ses tempes, regrettant de n'avoir pas bu plus d'ale lorsqu'il en avait l'occasion.

— Pour l'amour de Dieu, mais faites venir votre épouse à Bath !

— Pourquoi ?

Joss fut incapable de répondre : « Pour pouvoir la déshabiller et cesser d'épier les voisines. » Parler en ces termes d'une femme à l'éducation aussi irréprochable que lady Sutcliffe lui était impossible.

— Je pensais qu'elle vous manquait, répondit-il simplement.

Sutcliffe pointa la lunette vers Joss.

— J'ai besoin d'un verre. Qu'en dites-vous ?

— Seigneur, oui, répondit Joss, tout en sachant ce qui allait arriver sur le plateau : rien d'autre qu'une théière d'eau chaude, dans laquelle Sutcliffe ferait infuser sa *somalatha*. Au fait, si je suis passé vous voir, c'est pour vous faire part d'une bonne nouvelle : j'ai rencontré un homme qui pense pouvoir localiser votre maître chanteur.

— Oh. Très bien. Merci, Everett. Je savais que vous trouveriez la solution.

Il replia puis déplia la longue-vue, ses gestes agitant la dentelle de ses poignets dans la lumière des chandelles. Puis il sonna.

Les minutes qui suivirent confirmèrent ce qu'avait prévu Joss : Sutcliffe commanda de l'eau et une seule tasse. Ainsi qu'il s'en doutait, « Qu'en dites-vous ? » signifiait : « Veuillez confirmer ma suggestion », et non : « Si vous souhaitez vous joindre à moi, nous boirons ensemble. »

Dès que le valet fut parti chercher ce qu'on lui demandait, Joss reprit la parole.

— Quelqu'un utilise-t-il cette chambre à coucher ?

Sutcliffe se renfrogna.

— Bien sûr ! C'est ma chambre d'espionnage.

Ladite chambre d'espionnage était plus grande que la pièce qu'occupait Joss sur Trim Street. En dehors de l'épais tapis et des tentures en velours maltraitées par Sutcliffe, elle était meublée d'un grand lit en acajou, de l'armoire sur laquelle le baron n'avait pas réussi à grimper et d'une coiffeuse avec un miroir. Qui n'était pas fendu, bien sûr. Une légère odeur de renfermé flottait dans la pièce, comme si elle n'avait pas été aérée depuis longtemps, mais certainement pas une odeur de moisi. Et il n'y avait apparemment aucune fuite au plafond.

— Votre chambre d'espionnage, répéta Joss. Et les autres chambres à coucher de cet étage ?

— Quoi, les autres chambres ?

— Sont-elles occupées ? Y a-t-il une raison particulière qui m'empêche d'y loger ?

Sutcliffe le regarda.

— Pourquoi voudriez-vous une chose pareille ?

— Parce que cela serait plus pratique, pour vous comme pour moi, répondit Joss sans desserrer les dents. Et parce que cela m'économiserait un loyer. Et, bon sang, Sutcliffe, parce que je suis votre cousin.

— Issu de germains, seulement, il me semble. Ah ! Voilà mon plateau !

Son attention entièrement concentrée sur l'arrivée de la théière, le baron s'installa à la coiffeuse et mit un peu de son herbe chérie dans tous les récipients. Joss prit sa place sur le rebord de la fenêtre. Assis, la situation lui pesait toujours autant, mais au moins ses pieds étaient plus légers.

Autrefois, il aurait abandonné le sujet, attribuant l'égoïsme de Sutcliffe à la même raison qui faisait qu'on n'en voulait jamais très longtemps au baron : il fonctionnait à coups de caprices, exactement comme un enfant, et s'il provoquait des problèmes, ne cherchait jamais à faire du mal. Mais cela posait une autre question.

— Avez-vous réellement besoin de moi parmi vos employés ?

Le baron but une gorgée de son breuvage favori, et une expression de profond soulagement détendit ses traits.

— Mais bien sûr ! Vous faites mon courrier. Qui répondrait à mon courrier, si vous n'étiez pas là ?

Joss regarda par la fenêtre. D'où il se trouvait, la vue était tellement différente de celle qu'il avait de sa chambre ! Larges trottoirs, va-et-vient de chaises roulantes, et surtout, le jardin si soigné, derrière un mur impeccable.

— Bien des hommes pourraient se charger de cette tâche. Vous compris.

Sutcliffe éclata de rire.

— Everett, j'aime beaucoup votre humour. Tenez, voulez-vous un peu de mon thé ?

Joss savait qu'il s'agissait là d'une proposition généreuse.

— Non, mais je vous remercie, dit-il avant de toussoter. Pour en revenir à la raison de votre présence à Bath, voulez-vous savoir ce qu'il vous en coûtera de retrouver votre maître chanteur ? Je ne peux pas promettre que cela mettra un terme à ses exigences, même si, une fois son identité connue, d'autres mesures pourront être prises.

— Comment ça, ce qu'il m'en coûtera ? Vous avez dit que vous vous occuperiez de cette affaire.

Joss se tourna vers le baron et ne vit que son regard étonné, juste au-dessus de sa tasse en porcelaine. Lui faire des reproches était aussi inutile que d'en faire à son jeune fils, Greg. Sutcliffe ne comprenait tout simplement pas les conséquences de son attitude.

La responsabilité de cette situation revenait un peu à toute la famille. Enfant, Sutcliffe avait été asthmatique, et la santé de l'unique et ô combien précieux héritier de la baronnie de Sutcliffe avait dû être préservée à tout prix. Kitty Everett avait hérité de sa mère sa connaissance des plantes et, à la demande du père de l'enfant, avait préparé une teinture de *somalatha* qui avait eu raison des symptômes les plus effrayants – et les pires – de la maladie.

Sutcliffe était depuis longtemps guéri de son asthme, mais jamais il n'avait pu se débarrasser de son goût pour les effets stimulants du médicament. À son niveau, Joss avait tenté de briser cette dépendance, mais Sutcliffe ne pouvait pas plus envisager de renoncer à la *somalatha* qu'il n'était capable de tirer un trait sur toutes ses autres addictions.

D'où le triste sort de Jessie, la pauvre bonne. Sutcliffe ne lui avait voulu aucun mal, mais lui en avait causé néanmoins.

Un emploi respectable chez un employeur respectable. Tel était le rêve de Joss – du moins était-ce ce qu'il avait déclaré à Augusta. Elle lui avait reproché la médiocrité de ses ambitions, mais en cet instant, son aspiration semblait aussi lointaine que l'Inde elle-même.

À moins qu'il ne décide d'accepter la proposition de lord Chatfield. Obtenir des secrets afin de satisfaire les caprices d'un marquis serait-il plus gratifiant ou pire que de réparer les dégâts après le passage d'un baron, qu'il fallait également protéger de lui-même ?

— Vous avez raison, répondit Joss. Je vous ai dit que je réglerai ce problème, et je le réglerai. Dès que j'en saurai plus, je vous tiendrai au courant.

Il s'en alla peu après, laissant Sutcliffe à son joyeux abandon, entre longue-vue et tasse en porcelaine. Conscient que le baron l'observait, il agita même la main en passant, avant de poursuivre son chemin en direction de Trim Street.

Le soir tombait, et il regagna son logement en suivant son instinct autant que les panneaux des rues, perdu dans ses pensées.

Il avait grandi non pas dans l'ombre de Sutcliffe, mais dans *le rôle* de cette ombre. Alors que la mère de Joss servait de dame de compagnie et de chaperon aux six sœurs du futur baron, l'héritier du domaine avait eu un précepteur. Peu studieux, ne tenant pas en place, il avait été stabilisé par la présence de son jeune cousin qui, lui, avait manifesté un goût prononcé pour les études.

Les garçons étaient devenus des jeunes gens, puis des hommes, et chacun avait pris la compagnie – et le comportement – de l'autre pour acquis. Sutcliffe n'en faisait qu'à sa tête ; Joss en assumait les conséquences. Pourtant, jamais sa présence n'avait été considérée comme essentielle. Consacrer une chambre à coucher à l'espionnage du voisinage, en revanche, l'était.

Mais Joss n'avait pas d'autre famille que Sutcliffe. Les sœurs du baron n'avaient aucune relation avec lui. Toutes vivaient dans le nord du Lancashire, sur des terrains qui leur avaient été dûment légués.

À cet égard, elles avaient eu de la chance. Kitty Sutcliffe Everett en avait eu moins qu'elles. Elle et Joss avaient toujours été seuls au sein de leur propre famille, et rejetés.

De l'extérieur, on voyait les choses sous un angle différent. On en voyait beaucoup plus. Peut-être autant que certains avec une longue-vue.

Un sourire triste se dessina sur ses lèvres. Puis la maison où il logeait apparut au coin d'une rue. Une lampe était allumée à la fenêtre du salon, scintillant au loin à la manière de l'étoile polaire. En entrant, Joss chercha quelques pièces dans sa poche, se demandant s'il avait assez pour commander du thé. Non, mieux valait s'abstenir. Il avait déjà trop dépensé aujourd'hui, en payant le déjeuner d'Augusta.

Son invitation avait été sincère. Et le repas s'était bien passé. Pendant un moment, du moins. Il la désirait, ou désirait ce qu'elle représentait pour lui : une femme intelligente et belle, avec des moyens illimités. Il n'existait pas beaucoup de femmes comme elle.

Mais, assurément, elle le savait. Savait aussi qu'elle pouvait trouver mieux. Et ils en étaient restés là, n'est-ce pas ?

Ses doigts gelés eurent du mal à actionner le loquet de sa porte. Retirant ses gants, il vint enfin à bout du mécanisme récalcitrant et ouvrit. Au lieu du froid et de l'obscurité auxquels il s'attendait, un feu crépitant et la lumière l'accueillirent.

Augusta Meredith était assise sur le lit étroit, vêtue de soie pâle. Sa chevelure brillait, tentatrice.

— J'ai commandé du thé et des biscuits, dit-elle. Mais nous ne sommes pas du tout obligés de manger.

17

Si Augusta avait pu décrire l'expression qui passa sur les traits de Joss lorsqu'il la vit, voici ce qu'elle aurait dit : « Il a ouvert grand les yeux et a souri. » Mais, très vite, cette expression s'évanouit, et son visage se ferma.

— Comment êtes-vous entrée ? La porte était fermée à clé.

— L'argent. J'ai donné la pièce à tous les domestiques. Ils se souvenaient de moi comme de votre cousine, et je leur ai dit que c'était votre anniversaire et que je voulais vous faire une surprise.

Il claqua la porte derrière lui.

— Ma cousine, vous dites. Et mon anniversaire. Je possède bien des choses, tout à coup.

— Mais vous ne me possédez pas, moi. Enfin, pas encore, dit-elle en se levant pour lui faire face.

— Voilà qui est pour le moins inattendu de la part d'une femme qui voulait bien me tenir la main, mais pour une minute seulement, et qui s'est échappée dès que je suis devenu trop franc à son goût. À quoi diable voulez-vous en venir, ma chère veuve d'opérette ?

Elle méritait sa méfiance, et pourtant, celle-ci lui fit mal.

— Je vous ai demandé de ne plus m'appeler comme cela, dit-elle d'un ton suffisamment froid pour être crédible. C'est très insultant.

— Il ne faut pas prendre cette expression au pied de la lettre.

Joss fit quelques pas, et ils se retrouvèrent l'un en face de l'autre. Presque l'un *contre* l'autre. Elle avait les yeux au niveau de son menton, de cette ligne droite, nette, qu'il avait rasée l'après-midi même et qui, déjà, affichait un début de barbe. Elle eut envie de le toucher, de poser la tête contre son torse et d'inspirer son parfum de bois de santal, de laisser les battements de son cœur l'emporter loin, loin…

— Je ne suis pas veuve. Donc, est-ce le « ma » ou le « chère » que je ne dois pas prendre pour argent comptant ?

— Je ne pourrai jamais dire que vous m'appartenez. Vous venez de m'en informer.

— Et « chère » ? demanda-t-elle dans un murmure, en vacillant.

— Seigneur Dieu… Non, Augusta… Je ne peux pas.

Il recula si vite qu'il trébucha, mais se ressaisit et traversa la pièce pour aller près du feu.

— C'est une mesure généreuse de charbon qu'ils ont mise là. Avez-vous payé un seau supplémentaire à Mme Jeffries, ou vais-je devoir mettre quelque chose en gage pour rembourser ma dette après votre départ ?

— J'ai payé le charbon. De même que le thé. Je pensais…

Augusta inspira profondément avant de poursuivre :

— Je pensais que nous aimerions avoir chaud au moment de nous déshabiller, si vous voulez tout savoir.

Il se figea, puis posa les mains sur la planche de bois qui garnissait le manteau de la cheminée.

— C'est effectivement le genre de choses que je veux savoir.

Sans la regarder, il se dirigea vers le secrétaire, se servit une tasse de thé et la vida d'une gorgée, en grimaçant.

— Je...

Il reposa brusquement sa tasse, qui cogna contre le plateau.

— Que se passe-t-il, Augusta ? Pourquoi me tourmentez-vous ? Vous rejetez mes façons trop policées et piétinez mon honneur, puis vous m'offrez l'intimité absolue comme si elle ne signifiait rien pour vous.

Elle s'assit de nouveau sur le lit.

— Nous n'avons pas la même idée de ce qui constitue l'intimité absolue.

Ce n'était pas la réponse idéale, mais qu'aurait-elle pu dire d'autre ? « Je sais que je vous tourmente. Je me tourmente moi-même. » Elle ne se sentait pas très sage en cet instant, mais suffisamment tout de même pour garder cela pour elle.

— Vraiment ? demanda-t-il d'une voix grave, maîtrisée, tout en déplaçant et replaçant d'une main nerveuse les objets posés sur le plateau. Peut-être que si, au contraire. Pour moi, il peut effectivement s'agir de déshabillage, comme vous l'avez mentionné. Mais l'intimité peut exister sans qu'un seul vêtement soit retiré. L'intimité absolue, c'est lorsque deux personnes ne veulent rien d'autre qu'être ensemble, et quand être ensemble est un plaisir en soi. Quand l'union de deux corps est plus qu'un désir satisfait. Quand c'est un cœur à cœur. Une communion d'esprits.

Ses paroles firent à Augusta l'effet d'une incantation. Il y avait sa voix grave, l'odeur chaude du charbon, la soupente qui formait comme une caverne au-dessus de leurs têtes, la douceur de l'édredon élimé entre ses doigts. Ils étaient seuls, ils étaient ensemble, et la voix de Joss se frayait un chemin jusqu'aux profondeurs gelées de son être, libérant des éclats de glace aussi pointus que de petits couteaux.

Elle ferma les yeux, mit cette sensation de côté, laissa son esprit en sommeil.

— Votre conception de l'intimité absolue n'est pas si différente de la mienne, en effet, dit-elle. Mais ce n'est pas ce que je vous offre.

La tasse en porcelaine qu'il avait entre les doigts retomba sur sa soucoupe. Il se mit à trembler, et Augusta savait ce que signifiait ce tremblement quand le visage de Joss restait impassible. Il était blessé. Elle l'avait blessé.

Son cœur battant protesta.

— Je ne peux l'offrir à personne, s'empressa-t-elle d'expliquer. J'en suis incapable. Mais je veux…

Comment le dire ? « Faire l'amour » sans amour, non, c'était impossible. « Baiser » était si vulgaire…

— Vous voulez… répéta-t-il en lâchant la tasse. Ah, vous rougissez. Permettez-moi donc de deviner ce dont vous avez envie. Vous voulez vous venger de votre précédent amant en vous servant de moi, alors que ce misérable n'en saura rien ou que, s'il l'apprend, il s'en fichera royalement. Vous voulez être désirée mais n'éprouver aucun désir en retour. Vous voulez le pouvoir pour vous seule, vous voulez avoir l'avantage. Et ensuite, vous voulez pouvoir vous retirer et en finir avec moi.

— Vous avez raison sur toute la ligne, dit-elle. Excepté sur une chose. J'ai envie de vous. À un point que vous n'imaginez pas.

C'était la vérité. C'était pour cela qu'elle avait couru dans les rues de Bath et distribué des pièces à tous les étages de cette pension. Parce qu'elle voulait qu'il la possède. Et pas une seconde elle n'avait imaginé qu'il y verrait un inconvénient.

Mais il en voyait un, et cela la blessait elle aussi. Tant de choses devenaient blessantes quand la glace se mettait à fondre.

Pouvait-il s'agir de la même journée qui l'avait vue s'éclipser de la maison d'Emily drapée dans une cape de domestique ? Elle avait couru vers Joss, puis l'avait fui, avant d'être de nouveau attirée vers lui. Elle n'arrivait pas à rester loin de cet homme, quoi qu'elle fasse.

De toute évidence, elle n'avait pas envie de rester loin de lui.

En silence, il avait traversé la pièce et se trouvait maintenant assis à côté d'elle, sur le lit étroit, dont le sommier grinçait.

— Seigneur, dit-il doucement. Que vous a-t-il donc fait, cet homme qui hante votre passé ?

Sous leur poids, le matelas s'affaissa, et ils penchèrent l'un vers l'autre.

— Il m'en a trop fait, dit-elle. Ou pas assez. Le résultat est le même. Mais il n'y a pas de place pour lui en cet instant. Pas ici.

Joss pinça les lèvres.

— La présence d'un autre homme, que ce soit en chair et en os ou dans votre esprit, m'est insupportable. Parviendrez-vous à l'oublier pendant que vous serez avec moi ?

Avec personne d'autre que vous.

— C'est la raison de ma visite, répondit Augusta d'une voix rauque.

Elle avait le souffle court ; ses seins étaient lourds, son sexe palpitait. Et son cœur battait à tout rompre. Comment avait-elle pu penser qu'elle saurait contrôler Joss ? Elle peinait à se contrôler elle-même.

D'un index délicat, il lui prit le menton et lui fit tourner la tête. Des yeux de quartz noir la scrutèrent, plongèrent en elle, lui donnant le sentiment qu'il devinait les pensées qu'elle n'osait exprimer. Il se pencha vers elle, et lorsque ses lèvres s'entrouvrirent, elle ferma les yeux. *Oui.* Enfin, cela allait arriver. Il allait l'embrasser encore, elle l'embrasserait en retour, et ils seraient réunis.

Mais les lèvres de Joss ne se posèrent pas sur les siennes, et elle rouvrit des yeux stupéfaits. Des doigts voletaient au-dessus de sa tempe.

— Cette épingle doit s'en aller.

Il tira d'un petit coup sec, libéra l'épingle et la déposa au creux de la paume d'Augusta.

Aussitôt, quelque chose en elle se détendit. À son tour, elle scruta le visage de Joss, sombre, intelligent, impatient, désabusé. Son regard était bon. Trop bon. Presque compatissant.

Il ne lui avait pas dit oui. Mais il ne lui avait pas non plus dit non.

Elle inspira profondément.

— Allez-vous retirer d'autres épingles ?

— Certainement.

Joss glissa les doigts dans ses cheveux, libérant d'autres épingles qui tombèrent sur le sol, tintant à la manière de petits grêlons contre une vitre.

— Être une femme est si difficile, dit-elle. À l'époque où je me préparais à faire mes débuts en société, ma mère disait souvent : « Il faut souffrir pour être belle. » Et je lui répondais : « Ça n'en vaut pas la peine ! » Mais bien sûr que ça l'a valu, pendant quelque temps.

Ting. Une autre épingle tomba sur le plancher. Le bruit qu'elle fit était si délicat qu'un frisson parcourut la poitrine d'Augusta, descendit jusqu'à son ventre. Elle n'était pas préparée à l'érotisme d'un son aussi discret : le son d'un déshabillage.

La dernière fois qu'elle s'était déshabillée pour un homme, elle se croyait amoureuse et aimée. Elle était si innocente, à l'époque… Maintenant qu'elle avait goûté à l'honnêteté, courageuse et stimulante à la fois, elle ne souhaitait rien d'autre.

Mais elle aussi devait être honnête.

— Je vais vous raconter ce qui s'est passé, dit-elle tandis que sa chevelure flamboyante cascadait sur ses épaules. Cet homme était un maître de l'illusion, qui feignait si bien l'amour que pas un instant je n'ai soupçonné qu'il me trompait. Mais je l'ai aidé, il faut bien le dire. Je voulais tant être aimée que j'étais prête à me laisser convaincre que je l'étais.

Cette fois, ce furent ses propres paroles qui eurent l'effet d'une incantation, tandis qu'elle racontait la vérité à Joss. Les rendez-vous secrets qui lui semblaient si romantiques. Les baisers et les promesses qu'il lui avait soutirés, la passion physique qui n'avait pas tardé à faire d'elle une esclave. Elle avait accepté de l'épouser, mais le voyage à Gretna Green, ce village d'Écosse où l'on pouvait se marier sans l'autorisation de ses parents lorsqu'on était mineur, avait été annulé, pour une raison, puis une autre.

Elle s'était retrouvée prise au piège, incapable de penser à autre chose qu'à lui. Elle cédait à toutes ses suggestions, tombant de plus en plus bas sans s'en rendre compte.

— C'était ma faute, dit-elle. J'ai été idiote de le croire.

— Et aujourd'hui, vous ne croyez rien de ce que l'on vous dit, sauf si c'est une horreur, soupira Joss. Je suppose que vous n'avez jamais mis les pieds à Gretna Green. À moins que vous ne l'ayez fait éliminer et que vous ne soyez réellement veuve ?

À cette idée, Augusta sentit un sourire ironique, presque féroce naître sur ses lèvres.

— Le faire disparaître, c'était courir le risque d'être exécutée. Il n'en valait pas la peine. Non, nous ne nous sommes jamais enfuis ensemble. Et je n'ai jamais été… hum… enceinte. Je me dis aujourd'hui que j'ai eu beaucoup de chance.

Elle secoua la tête pour écarter les mèches qui barraient son visage et regarder Joss. Jusque-là, la douleur de la franchise avait été semblable à des picotements. Supportable, en somme. Alors, elle poursuivit :

— À la mort de mes parents, quand ma fortune est tombée sous le contrôle des administrateurs, il a mis un terme à sa cour. Apparemment, il poursuivait une autre femme de ses assiduités depuis le début. Quelqu'un de mieux.

Ces détails clairs, nets suffisaient à Joss pour se faire une image de la situation. Mais, dans l'esprit d'Augusta, le souvenir de cette épreuve se répandait à la manière d'un trait d'aquarelle absorbé par le papier. La nouvelle de l'accident arrivant à la maison de Londres à la place de ses parents. Leurs vêtements encore dans les placards, leurs chaussures, leurs bottes nettoyées, cirées et soigneusement alignées, attendant qu'ils glissent leurs pieds à l'intérieur. C'était ça, le pire. Le souvenir de leur disparition si brutale.

Elle rentrait juste de chez Colin lorsque le coursier était arrivé de Portsmouth avec toute l'histoire. Ses parents avaient décidé de faire un petit tour en mer. Citadins, ils n'avaient pu résister à cette occasion de sentir le vent du large qui leur manquait tant. Mais une bourrasque inattendue, ou peut-être rien de plus que le sillage d'un gros bateau, avait fait chavirer leur voilier.

Des citadins, portant de luxueux vêtements, épais, lourds. Ils n'avaient pas réussi à nager jusqu'à la rive.

Alors qu'elle écoutait le récit qui allait bouleverser son existence, elle sentait encore les caresses de Colin sur sa peau. À certains endroits, sa barbe naissante l'avait irritée tandis qu'il la déshabillait, embrassait, léchait chaque parcelle de son corps, mais ce n'était pas pour cela qu'elle avait eu le sentiment d'être à vif. Les marques n'avaient pas complètement disparu, quelques jours plus tard, lorsqu'un domestique avait mentionné que ce « charmant M. Hawford » était fiancé à l'héritière d'un empire sucrier.

Elle s'était sentie embarrassée. Elle avait eu honte. En cet instant, elle avait compris qu'elle avait jeté son cœur en pâture à quelqu'un qui n'en voulait pas. Elle avait perdu tous ceux qu'elle aimait en même temps ou presque, et avait le sentiment de s'être perdue elle-même.

Au comble du désespoir, elle avait tenté de repartir vers la vie en lui donnant des couleurs plus vives. Vêtements, fêtes, flirts l'avaient occupée pendant quelque temps. Puis la bonne société s'était affadie à ses yeux, et elle s'était retrouvée seule avec l'obscurité qui la rongeait.

Inspirant profondément, elle expliqua à Joss :

— Personne n'avait pensé à me cacher ses fiançailles avec une autre, parce que personne ne savait qu'il avait une relation avec moi. Je pense qu'il nous courtisait toutes les deux et qu'il avait décidé que celle qui lui céderait le plus facilement deviendrait sa femme. À moins que ce ne soit l'inverse et que je n'aie cédé *trop* facilement.

Joss avait toujours la même expression : à la fois désabusée, triste et diabolique.

— Êtes-vous certaine de ne pas vouloir sa mort ? demanda-t-il.

Il glissa une main dans les cheveux d'Augusta. Une nouvelle épingle tomba.

— J'aimerais qu'il n'existe plus, dit-elle. Voilà ce que je voudrais. Mais c'est moi qui ai disparu.

Elle espérait que Joss comprendrait ce qu'elle voulait dire, lui dont l'existence était suspendue aux caprices d'un parent qui ne faisait pas grand cas de lui. Il était facile de disparaître, bien plus facile qu'on n'aurait pu l'imaginer.

— Je comprends, dit-il. Mais vous êtes ici, bien réelle. Et vous êtes digne d'estime. Telle que vous êtes.

Cette femme serait sa fin.

Si Joss avait eu un principe dans sa vie, ç'aurait été : « Les femmes ne sont pas là pour ton seul plaisir. » Les hommes qui n'observaient pas cette règle finissaient tous par ruiner des vies. Celle de la mère de Joss. Celle de Jessie, la petite bonne. Augusta avait eu de la chance de s'en sortir le corps indemne. Malgré cela, son cœur, son âme et sa réputation avaient souffert.

Et ce soir, elle plaçait les trois entre ses mains. Elle avait d'abord eu l'intention de se servir de lui – cela ne signifiait-il pas qu'elle le croyait capable de remettre sa vie d'aplomb ? Mais que faire de cette confiance ?

En attendant de trouver une réponse à cette question, il se concentra sur les épingles qui retenaient encore les cheveux d'Augusta, les retirant pour les laisser tomber sur le sol, tentant d'ignorer le délicat parfum floral que dégageait chacune de ses boucles mais laissant glisser ses doigts entre ces mêmes boucles à la douceur soyeuse et dont chaque mèche, en tombant, évoquait des fils de la Vierge.

Il essaya. Il essaya de ne pas entendre le souffle plus rapide d'Augusta, le léger « Oh » de plaisir lorsqu'il retira une épingle particulièrement bien accrochée. Mais c'était difficile. Cette voix légèrement éraillée vibra en lui, minant sa résolution. Défaire la coiffure d'une femme, pouvoir passer la main dans sa chevelure – Seigneur. Peu nombreuses étaient les partenaires qui lui avaient autorisé une telle intimité, ou à qui il aurait aimé le demander.

À son tour, après son esprit, son corps lui désobéissait. Brûlante, impatiente, son érection menaçait de disperser ses pensées pour les remplacer par le désir.

Il recroquevilla ses orteils dans ses bottes, appuya sur la semelle, à la recherche d'une sensation d'inconfort. Car c'était ce dont il avait besoin. D'inconfort et de sang-froid. *Seigneur, mais pourquoi ses cheveux sentent-ils si bon ?* On aurait dit un parfum de campagne au printemps, frais, doux.

Il inspira longuement, puis expira en faisant mine de soupirer.

— Je crois qu'il n'y a plus d'épingles.

— Que faisons-nous, maintenant ? demanda-t-elle en le regardant.

Ses yeux avaient la couleur du luxe : un excellent cognac, un cabochon d'ambre sur une monture d'or.

— Vous connaissez le plan d'ensemble, dit-il d'une voix rauque. Donc c'est vous qui décidez.

— Je vous fais confiance.

Et c'en fut fait de ses bonnes résolutions. Ou alors celles-ci se transformèrent-elles, lourdeur et détermination cédant le pas à la douce clarté de l'espoir.

Je vous fais confiance. Était-elle consciente de l'effet que ces mots avaient sur lui ? Se rendait-elle compte que cela changeait tout ? Les raisons qui l'avaient poussée à venir jusqu'ici étaient obscures et tristes, mais elle lui faisait confiance, et la confiance était lumineuse et belle.

Et elle le désirait. Seigneur, il la désirait tant lui aussi ! Il luttait contre ce désir depuis son premier « vous feriez l'affaire ». Maintenant qu'il savait combien Augusta était intelligente, volontaire, généreuse, « vous feriez l'affaire » résonnait comme une bénédiction !

— Je ferai tout ce que vous voudrez, dit-il. Tout.

Un large sourire illumina le visage d'Augusta, puis elle hésita, se tourna vers lui.

— J'aurais dû réfléchir à la suite des événements quand j'ai échafaudé ce plan. Maintenant, je suis désemparée.

— Puis-je faire une suggestion ?

Il avait réussi à prendre un ton léger, mais jamais il n'avait posé de question plus lourde de sens.

— Oui, très bien, répondit-elle. Suggérez, et je vous dirai ce que j'en pense.

— Naturellement. Ainsi, vous contrôlerez cette rencontre.

Le sourire d'Augusta se fit légèrement mélancolique.

— Naturellement.

Joss toussota.

— Bien. Étant donné que nous nous sommes déjà embrassés, il ne semble pas y avoir de raison pour que nous n'échangions pas un autre baiser. Cette barrière est déjà tombée, n'est-ce pas ?

— C'est tout à fait vrai. Embrassons-nous, donc.

Ils se regardèrent sans bouger, chacun attendant que l'autre fasse le premier pas. Et, soudain, ils éclatèrent tous deux d'un rire nerveux.

— C'est à peu près aussi érotique que d'aligner des chiffres dans un livre de comptes, finit par dire Joss. Peut-être ne devrions-nous pas discuter de chaque étape avec autant de précision.

Augusta noua ses cheveux en une longue corde cuivrée qu'elle rejeta par-dessus son épaule.

— Vous avez raison. N'en discutons pas.

Et, posant une main sur l'épaule de Joss, elle poussa, poussa, jusqu'à ce qu'il soit forcé de poser un coude en arrière ou de s'allonger.

— Je crois que j'ai une idée, finalement, dit-elle. Voulez-vous bien fermer les yeux ?

Il haussa un sourcil – il savait qu'elle détestait cela. Mais peut-être cela lui plaisait-il, au contraire, car elle éclata d'un petit rire coquin tandis que, du bout des doigts, elle parcourait son visage. Au creux de son ventre, il sentit naître une joie profonde, secrète, et il ferma les yeux, prêt à découvrir ce qu'elle avait en tête.

Des mèches folles dansèrent sur son visage, aussi légères que des fils de soie. Elle savait s'y prendre. Seigneur, elle rampait sur sa cuisse. Il remua le bassin, et elle lâcha un autre de ces petits gémissements qui le rendaient fou, comme lorsqu'il avait passé la main dans sa chevelure.

Tiens, c'était une idée. Les yeux toujours clos, il se laissa renverser sur le lit et remonta une main sur sa taille, jusqu'à sa poitrine, avant de glisser – à contrecœur – sur la gauche, pour grimper le long de sa chevelure bouclée et atteindre sa joue. Puis, délibérément, puissamment, il fit aller et venir le bout de ses doigts sur son cuir chevelu, libérant la tension, massant les points sensibles. Et approchant son visage du sien.

— Oh... gémit-elle encore.

D'un mouvement déterminé, rapide, il la plaqua sur lui, écrasant sa poitrine sur son torse. La soie de sa robe était aussi lisse qu'une pièce de monnaie, son souffle chaud dans son cou aussi enchanteur qu'une brise d'été.

Ensuite, tout fut tellement facile, naturel. Il trouva ses lèvres, les goûta, les tourmenta aussi joliment qu'elle l'avait tourmenté. Il l'aspira pleinement, goulûment, puis ses mains disparurent sous les jupons qui lui entravaient les jambes. Elle poussa un nouveau gémissement de plaisir, et peut-être gémit-il lui aussi, tandis que leurs bouches se fondaient l'une dans l'autre, que leurs mains parcouraient des corps bien trop couverts. Il leva la tête pour prendre sa bouche plus profondément encore, mordillant ses lèvres, collant son bassin contre le sien. Jamais il ne pourrait mettre un terme à ce baiser, renoncer à cette déesse au parfum de fleur.

Puis elle lui prit la main et la posa sur sa poitrine.

— Vous pouvez regarder mon avant-scène, haleta-t-elle. Si vous en avez envie.

Il ouvrit brusquement les yeux.

Augusta occupait tout son champ de vision, peau dorée par la lumière du feu, yeux d'ambre encadrés d'or cuivré. Il y avait tant d'or dans ce visage qu'il dut cligner des yeux. Lorsqu'il les rouvrit, elle avait bougé. Ce n'était plus une déesse précieuse, mais une femme magnifique, avec la bouche entrouverte et une question dans le regard.

— En ce qui me concerne, vous avez à jamais modifié le sens de ce mot, dit-il. Je ne pourrai plus aller au théâtre ni lire la gazette des spectacles londoniens sans être submergé par une vague de désir.

— Vraiment ?

Elle déposa un baiser sur sa gorge, desserrant sa cravate pour donner un petit coup de langue sur sa peau sensible.

— Est-ce ce que vous éprouvez en ce moment ? Vous vous sentez submergé par une vague de désir ?

— Pas tout à fait. Pas complètement submergé. Je sais très bien ce que je fais, de quoi je parle, et ce à quoi je pense. Ce que je *vous* fais. Ce dont je parle avec *vous*. Ce que je pense de *vous*.

— Oh ! Dans ce cas, si vous voulez bien me le prouver…

18

Si vous voulez bien me le prouver.

C'était un ordre, mais aussi un abandon, et le mélange des deux donna à Augusta une sensation de pouvoir qu'elle n'avait jamais éprouvée jusque-là.

Jusqu'à ce que Joss se moque d'elle. Bien sûr. Elle n'avait même pas besoin de voir son visage pour deviner la courbure de ses lèvres, l'accent circonflexe de ses sourcils.

— Que dois-je prouver ? Que je peux vous retirer votre corsage en un éclair ?

— Ce serait acceptable, murmura-t-elle, la tête toujours lovée dans le creux de son épaule, contre sa gorge.

Jamais elle ne se lasserait de sentir son odeur, unique, et pourtant familière.

— Acceptable, dites-vous. Voilà qui n'est guère encourageant. Je vais devoir trouver autre chose.

— Montrez-moi ce qu'il me faut faire pour vous submerger.

Elle se tut. Ses pensées se dispersaient comme les pétales d'une fleur de pissenlit soufflés par le vent.

Elle leva la tête, le regarda et se coula, se frotta contre lui. Ses yeux noirs étaient aussi profonds qu'un ciel nocturne plein d'étoiles.

— Pas grand-chose, dit-il. Pas grand-chose, vraiment.

Ses mains coururent dans le dos d'Augusta, trouvèrent les minuscules boutons de sa robe et descendirent jusqu'à sa taille, soulignée d'une rangée de perles. Comme elle sentait ses doigts glisser sur les précieuses petites sphères, Augusta se demanda si elle n'avait pas dépensé trop d'argent en ornements superflus.

Mais, comme l'avait dit Emily, c'était le temps qu'elle désirait réellement vaincre, la pensée qu'elle voulait interrompre, un souvenir qu'elle s'efforçait de réduire à l'état de coquille de verre afin de la piétiner, victorieuse.

Et, sous les doigts de Joss, le temps semblait enfin s'avouer vaincu. Ce n'était pas elle le vainqueur, mais lui, tandis que la soie s'ouvrait et que ses puissantes mains couraient sur ses dessous. Ou peut-être gagnèrent-ils tous les deux, au moment où il fermait les yeux et où elle les écarquillait, surprise par le plaisir inhabituel des mains d'un autre étreignant son corps avec tendresse. Joss tira son corsage vers le bas, et l'air frais sur sa peau lui fit un bien fou. Car, enfin, son désir et le corps de Joss contre le sien avaient réussi à la réchauffer.

En quelques instants, il réussit à délacer son corset et le lui retira. Sa chemise subit le même sort, et elle se retrouva torse nu, le haut de sa robe autour de la taille comme un jupon retroussé. Frissonnant d'impatience, elle posa un genou sur le lit.

Alors, il ne fit plus que regarder, et regarder encore, comme si elle était un festin interdit – pour le moment en tout cas. La pointe de ses seins durcit ; son sexe palpita, humide.

— On dirait un mets délicieux, finit-il par souffler. Qu'il faut savourer.

— Comme une pêche ?

C'était idiot de dire cela. Mais elle était nerveuse, délicieusement nerveuse. Et cet état était en lui-même source d'excitation.

Il eut un sourire, doux et sincère.

— Non, en fait, tu es bien plus appétissante et désirable que n'importe quel mets.

— Mais j'avais tout de même une robe couleur pêche, dit-elle tandis qu'il tendait la main vers elle. Pour que tu aies envie de me mordiller.

— Ou de te lécher ?

Un doigt effleura la pointe d'un sein. Ce contact fit courir en elle une onde puissante de plaisir, si rapide, si vite évanouie. Puis il baissa la tête, prit un sein dans le creux de sa main et déposa ses lèvres sur l'autre, en aspira la pointe, la goûta, la titilla délicatement du bout des dents.

— Oui, murmura-t-elle, ou de me lécher. Ce que tu voudras... oh...

— Pourquoi sens-tu toujours si bon ? murmura-t-il.

— J'utilise... aaah.

Elle eut un petit hoquet – il venait de faire quelque chose de particulièrement inventif avec ses lèvres.

— J'utilise le savon le plus doux de chez Meredith Beauté, fabriqué avec de l'extrait de chèvrefeuille. Il est cher et peu pratique, mais il peut, après tout.

— Il peut quoi ?

Il leva vers elle des yeux malicieux. Lorsqu'il lui pinça doucement la pointe d'un sein, elle se laissa tomber contre le mur.

— Je ne sais pas. De quoi parlions-nous ?

— De rien d'important. Laisse-moi te caresser encore.

Et il reporta toute son attention sur ses seins.

Elle était parcourue de décharges électriques, d'éclairs de plaisir dont l'intensité la stupéfiait. Le froid qui la glaçait en permanence avait disparu. Avec ses mains puissantes et sa bouche brûlante, Joss l'avait fait fondre. Sa langue se glissa entre ses deux seins. Sans réfléchir, elle se plaqua un peu plus encore contre ses mains et sa bouche. Elle voulait qu'il la possède tout entière.

Les mains de Joss glissèrent vers sa taille, empoignèrent les épaisseurs de coton et de soie et tirèrent vers le haut. De la soie pêche recouvrit le visage d'Augusta, qui ne put s'empêcher de rire. Pour échapper à ce luxueux voile, elle se laissa tomber en arrière sur l'édredon froissé, sentant sous son corps le matelas à la fois ferme et souple.

Joss luttait toujours contre les épaisseurs de tissu, mais un sourire se dessina bientôt sur ses lèvres.

— Ma chère veuve d'opérette, vous ne portez pas de culotte.

— En général, non.

Le sourire s'élargit.

— Augusta, tu me tueras.

Son nom dans sa bouche était une autre source de plaisir, bien plus intime que n'importe quel surnom.

— Ce n'était pas mon intention, mais si tu meurs de plaisir, ce ne sera pas une fin si terrible.

Il parcourut l'extérieur de ses cuisses d'une caresse appuyée sur sa peau sensible, et les genoux d'Augusta s'ouvrirent, comme s'il avait débloqué un verrou. Mais, après tout, il avait toujours su trouver la clé de son mystère.

Sous la soie et le coton fripés, il la prit par les hanches.

— J'ai envie de te goûter, souffla-t-il en la fixant d'un regard intense.

Derrière lui, le feu dans la cheminée brûlait, vivace, projetant un halo de lumière dans lequel il ressemblait à un magnifique ange déchu.

— Qu'il soit bien noté que c'est toi qui l'as proposé. Je ne peux qu'accepter, mais avec grand plaisir.

— Je constate que la femme d'affaires avisée n'est jamais bien loin, dit-il en riant, avant de retrouver son sérieux. Je vais te donner le plaisir que tu cherches, avec grand plaisir moi aussi. Puis nous verrons si tu désires encore quelque chose de moi.

— Bien sûr que je...

— Ne réponds pas tout de suite. Même si tu es certaine que c'est la vérité. Tu ne le sauras vraiment qu'après avoir pris ton plaisir. Alors... attends. Et voyons ce qu'il en est.

Il la regardait sans la toucher – maudit soit cet homme !

— Très bien, dit-elle. Nous verrons.

Elle aurait dit n'importe quoi pour le conquérir.

S'abandonnant au confort du matelas, elle ouvrit largement les cuisses. Qu'il fasse comme bon lui semblait ; il avait sa permission. Quoi qu'il prenne ou donne, ce serait selon ses termes à elle.

Il ne la toucha pas tout de suite, et elle finit par lever la tête pour le regarder.

— Je suis prête.

— C'est peut-être ce que tu crois, dit-il d'un ton amusé. Mais c'est à moi de m'en assurer.

Il y eut un léger bruit de frottement. Tissu contre tissu. Puis il posa quelque chose sur les yeux d'Augusta. Passant une main sur l'étoffe, elle en sentit les plis, l'amidon et, surtout, l'odeur de santal.

— Ta cravate ?

— Je te la confie pour un petit moment. Prends-en soin.

Bizarre. Il ne voulait pas qu'elle le voie, comme s'il était plus important que tout pour lui de la surprendre.

Cela plut à Augusta. Elle aimait l'idée qu'il veuille la surprendre et qu'il ait lui aussi retiré un vêtement. Une image lui revint : Joss, sa chemise entrouverte révélant la naissance de ses clavicules et quelques poils noirs sur son torse.

— Je veux te voir, dit-elle en portant une main à son visage pour retirer la cravate.

Il la saisit par le poignet.

— Je suis heureux d'avoir deviné ce que tu désirais, et peut-être pourras-tu l'obtenir dans un moment. Mais, pour l'instant, prends le plaisir que je te donne.

Ses mains glissèrent sur elle, épousant ses courbes, pour s'arrêter à l'intérieur de ses cuisses. Cela faisait si longtemps que personne ne l'avait caressée que le simple passage du doigt de Joss sur sa peau lui arracha un frisson. Lorsqu'il arriva à sa toison, elle se raidit, et quand un doigt écarta lentement ses plis intimes, elle gémit.

Oh, qu'il était séduisant de contrôler le désir de l'autre ! Elle se sentait excitante et en manque à la fois. Mais qui avait le contrôle ? Il était à elle ; elle se servait de lui pour son plaisir – et pourtant elle était nue, offerte, et son corps hurlait son besoin de caresses. Le rire de Joss s'éleva lorsqu'elle plaqua une main sur ses yeux. La tension redoubla en elle lorsqu'il joua avec son sexe, plongea un doigt en elle, le retira pour en plonger deux. Elle aurait voulu pouvoir écarter les cuisses plus largement encore, le prendre en elle plus loin. Elle le voulait tout entier, désespérément…

Et soudain, il se retira.

— Te souviens-tu de ce que je veux ?

Elle poussa un grognement.

— Non. Ne t'arrête pas, sinon je te tue.

— Oh, je n'ai pas l'intention de m'arrêter !

Il changea de position, faisant bouger le matelas et craquer le sommier.

— Je vais te goûter, maintenant.

Et il posa sa bouche sur elle. Cette sensation fut si intense qu'elle ne la reconnut pas tout de suite comme du plaisir. Choquée, elle voulut bouger, se dégager. Quand Joss posa une main sur son ventre, elle tremblait. Mais, sous l'effet de sa chaleur, elle s'apaisa.

Alors, il lui fit lâcher prise. L'ouvrant de ses doigts, il caressa son sexe de sa langue, posa ses lèvres ici et là. Chaque petit mouvement éveillait en elle une vague de plaisir qui la soulevait tout entière. Puis ses doigts entrèrent en elle, la poussèrent jusqu'à la crête de l'extase tandis que sa bouche brûlante la buvait. Partout, il voyait une possibilité de plaisir, et touchait, caressait, léchait. Être ainsi possédée lui procurait un ravissement auquel elle ne s'était pas attendue.

Elle n'était plus qu'une coque de noix sur un océan déchaîné, ballottée sur les flots du plaisir, submergée par la vague de l'extase, jetée sur la rive après l'orage. Bientôt, imaginer que cela continue fut aussi insupportable qu'en imaginer la fin. Et, dans un dernier coup de langue conjugué à une ultime poussée de ses doigts en elle, il déclencha son orgasme, puissant, fulgurant. Elle eut le sentiment de s'envoler vers la liberté absolue, définitive.

Lorsque la vague reflua, la laissant haletante, luisante de transpiration, il fut là pour la rattraper.

— Tu es merveilleuse, souffla-t-il avant de déposer un baiser sur l'intérieur de sa cuisse.

Cette intimité la fit frissonner, et elle l'attira vers elle, pour sentir ses bras autour d'elle.

Il se lova contre son dos et l'enlaça. Elle sentait son cœur battre à tout rompre, comme s'il revenait lui aussi de ce vol extatique. Mais non. Son sexe en érection était plaqué contre ses reins et palpitait avec l'insistance du désir insatisfait.

Qui s'était servi de qui ? Et que devaient-ils penser l'un de l'autre, désormais ? Elle lui appartenait d'une façon qu'elle n'avait jamais imaginée jusque-là. Dans cette étreinte, elle n'avait rien maîtrisé.

Elle était encore dans ses bras, mais Joss avait le souffle court. Peut-être ne voulait-il pas qu'elle s'en aille.

Peut-être. Ce mot éveilla en elle une pensée désespérée, une incertitude terrifiante. Elle se sentit tomber, tomber, tomber si vite qu'elle dut fermer les yeux pour que la tête ne lui tourne pas. La soie couleur pêche, si légère et luxueuse, lui parut soudain trop chaude, étouffante, et elle se sentit stupide d'être ainsi dénudée.

Le mieux était qu'il soit nu lui aussi. Elle se tourna pour lui faire face sur le lit étroit. Si elle retirait la cravate qu'elle avait encore sur les yeux, il lui serait impossible de ne pas l'embrasser, impossible de ne pas scruter son regard pour tenter d'y voir son cœur. Et qu'arriverait-il si elle ne le trouvait pas ?

Elle garda la cravate, donc, et inspira pour sentir son odeur. Celle du désir, mêlant le musc et l'intime, flottait partout dans la pièce. Cette modeste chambre était un cocon improbable, mais elle ne se rappelait pas avoir jamais souhaité si intensément rester quelque part.

Elle devait faire en sorte qu'il y reste, lui aussi.

— J'aime ta façon de manifester tes sentiments, murmura-t-elle. Maintenant, manifestons-les ensemble.

Sa main glissa jusqu'à l'entrejambe de Joss, s'arrêta sur la braguette dont la toile était tendue par son évidente érection.

Il s'écarta brusquement, et elle sentit qu'il se relevait.

— Pas ça.

Un peu perdue, Augusta retira la cravate de ses yeux et se redressa. Joss était recroquevillé au pied du lit, tendu, noué.

— Non, Augusta, je ne peux pas relever ce genre de défi.

— Tu n'as pas besoin de relever quoi que ce soit. Tu peux rester allongé.

Sa peau moite, sans le contact du corps de Joss, lui parut poisseuse. Lorsqu'elle se pencha vers lui, il descendit du lit.

— Vraiment, non, Augusta. Je ne peux pas. Je ne peux pas faire… ça avec toi.

Il se secoua comme un animal sortant de l'eau, des pieds à la tête. Le col de sa chemise était ouvert, laissant deviner sa peau cuivrée, le creux de son épaule. Allait-il refuser qu'elle le touche ? Elle en avait pourtant tellement envie.

— S'il te plaît.

Elle tendit les mains, sans vraiment savoir ce qu'elle lui demandait. Tout. Ses mains sur lui. Son corps en elle. Une communion charnelle absolue.

Il se dirigea vers le secrétaire, y prit le flacon de verre marron et le leva en direction du feu dans la cheminée.

— Tu m'as bien demandé de te montrer ce que je voulais de toi, n'est-ce pas ? Je pense l'avoir fait. Il n'a jamais été question de mon propre désir.

Reposant le flacon, il croisa les bras.

— Plus je te connais, plus j'ai envie de toi. J'en arrive à croire que ce désir m'anéantira.

— Tu peux me posséder, dit-elle d'une voix tremblante. Je veux que tu me possèdes. S'il te plaît.

Était-elle en train de le supplier ? Elle se sentait au bord des larmes.

— Je ne te parle pas de désir charnel, Augusta. Je te parle de désir absolu. Tu es intelligente, futée, belle, courageuse. Je désire ton corps, mais je désire tout le reste aussi.

— Que veux-tu dire ?

— Nous sommes ensemble en apparence, toi et moi. Tu me connais, et je te connais, mieux que quiconque. Je veux… je veux faire des projets avec toi et rire avec toi. Je veux être l'homme aux côtés de qui tu te réveilles tous les matins. Je veux t'inviter à manger dans une gargote et te regarder offrir tes gants. Je veux retirer toutes les épingles de tes cheveux et passer mes doigts dedans.

Elle eut soudain conscience de sa chevelure sur ses épaules et sa poitrine, éprouva une étrange sensation de chatouillis. Et lorsque, d'un mouvement de tête, elle ramena ses cheveux en arrière, une expression proche de la douleur traversa le visage de Joss.

— Tu veux beaucoup de choses, dit-elle doucement.

— Oui. Et j'ai déjà obtenu bien plus que ce à quoi j'ai droit. Mais as-tu jamais rencontré un homme qui soit satisfait de ce qu'il a ?

— Je...

Elle secoua la tête, cherchant ses mots. Que voulait-il ? Quel était le sens de tout cela ? Et surtout, que désirait-elle, elle ? Elle avait voulu se débarrasser des stigmates de sa vieille blessure, mais c'était là une description inadaptée, et bien peu ragoûtante de ce qui venait de se passer entre eux.

Devant son silence, Joss eut un sourire triste. Puis il se tourna vers le feu et s'accroupit pour regarder danser les flammes.

L'atmosphère se fit pesante. La tension était palpable, comme si Augusta était de nouveau au bord de la falaise, mais tombait dans le vide, cette fois. Il n'était plus question de flotter, désormais, juste de chuter et de disparaître. Entre ses mains, la cravate de Joss n'était plus qu'une bande de tissu froissé. Qu'elle froissa un peu plus en serrant les poings.

— Lord Chatfield estime que la question importe plus que la réponse, dit brusquement

Joss. Mais je pense que, dans certaines circonstances, la réponse est tout aussi importante.

Il se retourna pour lui faire face.

— Est-ce que tu m'aimes ?

L'espace d'un instant, alors qu'il se tenait là, encore habillé ou presque, douloureusement excité et d'une vulnérabilité ridicule, Joss crut qu'elle ne lui répondrait pas.

Puis elle plia les genoux, qui disparurent sous un ballot de coton et de soie froissés, et demanda :

— Et toi, est-ce que tu m'aimes ?

Peut-être Chatfield avait-il raison. Cette question lui disait tout ce qu'il avait besoin de savoir : que sa réponse n'était pas « oui ».

— Dieu me vienne en aide, dit-il. Je crois que oui.

Le reconnaître était à la fois plus fort et moins bouleversant que ce qu'il avait imaginé. Les mots avaient facilement franchi ses lèvres, mais le silence qui suivit fut de plomb. Il n'avait jamais aimé auparavant, ne s'était jamais autant abandonné à une femme. Et apparemment, c'était un peu trop pour Augusta.

Mais même si cette constatation le dévastait, il se refusait à trahir sa confiance. Il ne pouvait qu'espérer qu'un jour elle arriverait à la lui accorder pleinement.

Il tira la chaise et se laissa tomber dessus. Se rasseoir sur le lit à côté d'Augusta lui était impossible. Il savait qu'il ne pourrait pas se retenir d'écarter le rideau cuivré de ses cheveux pour contempler cette peau magnifique, parsemée de taches de rousseur. Jamais il ne pourrait résister à l'envie de la toucher, et si elle tendait la main vers lui encore une fois, en le suppliant de lui faire l'amour…

Mais c'était bien là le problème. Si elle ne l'aimait pas, ce ne serait pas faire l'amour.

— Que faisons-nous, maintenant ? demanda-t-elle, interdite.

— Ce que j'ai envie de faire ne compte pas.

Il changea de position. Ses pantalons comprimaient son érection, ce qui était très inconfortable.

— Ce que tu veux faire, reprit-il, je l'ignore. Et ce que nous allons faire ? Je n'en ai pas la moindre idée non plus.

Augusta leva les bras et, dans le mouvement, sa poitrine se redressa. Nouant ses cheveux en une épaisse queue-de-cheval, elle offrit à son regard la pointe de ses seins, tentatrice.

— Puis-je au moins essayer de te convaincre ?

— Je suis sûr que tu y parviendrais. Toute ma volonté travaille en cet instant à résister, à ne pas t'arracher ta robe pour te goûter de nouveau, te prendre et plonger en toi jusqu'à ce que nous hurlions tous les deux de plaisir.

Elle ravala un petit cri de surprise et lâcha ses cheveux.

— Pourquoi résistes-tu ? Qu'y a-t-il ?

Il ferma les yeux, tenta d'énumérer les raisons qui l'en empêchaient. Il y en avait tant ; toute une vie.

— Si tu tiens vraiment à ce que je te le dise… c'est à cause de mes origines.

En quelques mots, Joss esquissa l'historique de sa famille. Sa naissance, peu après le mariage précipité de Kitty Sutcliffe avec le charmant mais dépensier Jack Everett, qui avait très vite quitté sa femme et son fils pour mener une vie de débauche en France, où il avait fini par mourir.

— C'est pourquoi je pense que badiner avec une femme ne devrait pas être autorisé, conclut-il.

Ses maîtresses passées avaient badiné avec lui. Ces liaisons passagères et sans avenir lui avaient permis de relâcher sa tension sexuelle, mais l'avaient toujours laissé avec un sentiment de vide.

— Même si j'en ai envie ?

Il soupira.

— Même si tu en as envie. S'il arrivait quoi que ce soit – un scandale, un enfant –, tu en souffrirais bien plus que moi. Il te faudrait supporter la ruine de ta réputation ou le fardeau d'un enfant non désiré. Je refuse de t'enchaîner de cette façon. Je refuse de te forcer à t'engager dans une direction qui n'est pas la tienne.

Car si elle souffrait, il savait qu'il souffrirait aussi. La douleur d'Augusta serait la sienne. Et souffrir de savoir qu'elle ne l'aimait pas en retour lui suffisait.

— Mais c'est à moi de décider, insista-t-elle.

— Pas seulement. C'est à moi aussi.

Et les choses s'arrêtaient là, il le savait. Il lui avait offert son amour, et elle s'était dérobée. Elle voulait un rapide moment de plaisir, il voulait l'éternité.

Augusta Meredith pouvait acheter le monde, et la liberté de choix qu'elle possédait lui avait fait oublier les limites de sa propre existence. À quoi un homme comme lui pouvait-il aspirer ? Ses rêves étaient nécessairement modestes. Quand il cherchait à les dépasser, il était certain d'être mis à terre.

— Allez, viens, je vais t'aider à remettre ta robe, dit-il. Il faut que je te raccompagne chez toi.

Sa seule réponse fut le silence. Était-elle triste, en colère, déçue ? Dieu seul le savait. Sans résister, elle le laissa la rhabiller, remontant la robe fripée sur sa taille, puis sur sa poitrine. Les épingles à cheveux posèrent plus de problèmes. Il ramassa celles qui étaient tombées sur le sol, mais ignorait comment les remettre en place. Pour finir, il prit un mouchoir propre et les enveloppa dedans, puis posa le petit paquet sur les genoux d'Augusta.

— C'est tout, dit-il.

— Oui, répondit-elle d'une petite voix.

La porte de la chambre s'ouvrit alors brusquement.

— Everett ! J'ai trouvé comment revenir jusqu'à votre pension tout seul !

Une seule personne pouvait être fière d'un exploit aussi inepte.

— Sutcliffe, dit Joss en se tournant pour accueillir son cousin.

Le baron, qui s'était changé pour passer une redingote à rayures rouges et blanches évoquant une confiserie, donna une claque sur l'épaule de Joss.

— J'ai reçu une autre lettre du maître chanteur ! Et j'ai réussi à voir la personne qui l'a déposée ! Donc maintenant, je sais d'où elles viennent !

Aussi abruptement qu'il était entré, il changea de sujet, jetant un coup d'œil derrière Joss.

— Votre logeuse a dit que vous receviez de la famille, mais je savais que ce n'était pas moi, parce que je n'étais pas encore là. Alors, j'ai pensé qu'une de mes sœurs avait dû faire le déplacement. Je ne m'attendais pas à vous trouver ici, mademoiselle

Meredith. Non, attendez, c'est quoi, déjà, votre nom ?

Joss avait essayé de bloquer le passage pour que Sutcliffe ne voie pas la femme assise sur son lit, sans succès.

— Elle aime se faire appeler Mme Flowers.

— C'est une de vos cousines indiennes ?

— Nous n'avons aucun lien de parenté, dit Augusta d'une voix blanche.

— Vous forniquiez ! Ça alors ! En avez-vous terminé ? J'ai pris ma longue-vue, mais jamais je n'aurais pensé la diriger vers votre fenêtre !

— Nous en avons terminé, en effet, affirma Joss.

— En êtes-vous sûr ? Je peux vous prêter un shilling, dit le baron en faisant un clin d'œil à Joss.

— Je doute que vous puissiez mettre un prix à cette entrevue. Allez-vous-en, Sutcliffe, s'il vous plaît. Je vous retrouverai chez vous.

Tendant le cou pour en voir plus, le baron hésita.

— Peut-être voulez-vous vous-même un shilling ? dit Augusta.

Quand il éclata de rire, elle plongea une main dans son réticule et lui lança une pièce.

Ce fut efficace. Sutcliffe s'inclina et tourna les talons.

— Je vous attends à Queen Square, alors ! dit-il à Joss avant de s'élancer dans l'escalier en sifflotant.

Joss claqua la porte et s'y adossa.

— Je suis navré. J'avais oublié de tirer le verrou. Je devais être... distrait. Te découvrir assise là...

Les mots sortaient difficilement de sa bouche. La fatigue, le désir refoulé, la détresse de ne pas être aimé faisaient battre le sang à ses tempes.

— Inutile de la fermer maintenant. Je dois m'en aller.

— Reste, si tu veux. Je peux demander à un domestique de te commander une chaise roulante que tu prendras dans un moment, si tu as besoin d'un peu de temps pour retrouver tes esprits. Moi, je dois y aller. Si Sutcliffe a réellement identifié le maître chanteur…

Joss n'aurait plus de raison de prolonger son séjour à Bath.

— Tu me quittes bien facilement, dit Augusta d'une voix toujours aussi blanche.

Il encaissa comme on encaisse un coup donné après la fin du combat.

— Pour quelle raison devrais-je rester ? Sutcliffe a des choses à me demander dans l'immédiat, et tu as assez clairement dit que tu n'en avais pas.

— Je n'ai pas à m'excuser de ce que je veux de toi.

— Et je suis désolé de ce que j'ai fait, ou pas fait. Mais tu m'accorderas le droit d'éprouver un peu de peine.

Il avait vraiment besoin qu'elle s'en aille, maintenant. Était-elle venue avec un manteau ? Ah, oui. Là, jetée sur sa malle, il y avait une cape. Il sentait la colère et l'impatience monter en lui – elle avait tout et voulait encore plus –, aussi attrapa-t-il le vêtement d'un geste rageur pour le lancer en direction d'Augusta.

— Je sais que tout ce que tu voulais, c'était me posséder. Tu peux peut-être acheter les autres hommes, mais mon orgueil est trop cher. À la place, j'ai décidé de m'offrir à toi, et c'est moi qui en paie le prix.

Elle se leva, mit la cape sur ses épaules, fourra le mouchoir avec ses épingles dans une poche. La capuche recouvrit ses cheveux – personne ne pourrait deviner ce qui s'était passé entre eux.

— Je pourrais te dire la même chose, rétorqua-t-elle. Mais tu as refusé de prendre ce que je voulais t'offrir. As-tu la moindre idée de ce que cela me coûte ?

Cette fois, elle allait trop loin. Il éclata d'un rire cynique.

— Tu es une héritière. Tu as les moyens, non ?

Elle le fixa un long moment de son regard d'ambre. Puis, sans dire un mot, elle s'enveloppa dans la cape et se dirigea vers la porte.

Au moment où elle passait devant le secrétaire, un pan du lourd vêtement renversa le flacon d'extrait de bois de santal, qui roula et tomba sur le sol, où il vola en éclats.

19

En marchant dans les rues de Bath baignées par le crépuscule, Joss sentit son excitation céder progressivement le pas à une humeur beaucoup plus sombre. S'il avait dû mettre un mot dessus, cela aurait peut-être été déception. Il était déçu qu'Augusta lui ait fait confiance, mais pas complètement. Déçu d'avoir espéré le début de quelque chose, quand ce qui s'était passé lui laissait une impression de fin. Il lui avait offert son cœur, mais parce qu'elle ne pouvait décider de sa valeur, elle n'en avait que faire.

Il n'avait néanmoins pas le temps de lécher ses blessures et de s'apitoyer sur son sort. Il avait du travail.

Chez Sutcliffe, il décida qu'il ne verrait pas le baron dans la chambre d'espionnage et déclara au majordome stupéfait :

— Je vais l'attendre dans le salon. Après tout, c'est là que les barons ont pour habitude de recevoir leurs visiteurs. Et non dans une chambre choisie au hasard qui n'abrite rien d'autre qu'une longue-vue.

Une fois installé dans la pièce tapissée d'un papier peint floral, il demanda du thé, une assiette de biscuits et un plateau de sandwichs. Après tout, un peu de gourmandise, de temps en temps, ne pouvait pas faire de mal. Déjà, il n'était que luxure, orgueil, colère et envie. Cupidité, aussi, si l'on comptait son désir de posséder Augusta Meredith, son cœur, sa main, son corps et son esprit.

La paresse était le seul péché capital dont il ne fût pas coupable aujourd'hui. C'était toujours ça.

Après coup, il commanda un pot d'eau chaude pour le baron.

Quand Sutcliffe arriva, furieux d'avoir dû quitter son poste d'observation, Joss se leva.

— Il fait trop sombre pour espionner les gens, Sutcliffe. Et je suis de très mauvaise humeur. Mais comme vous n'y êtes pour rien si tout me semble horrible aujourd'hui, je vais vous poser la question calmement : qu'avez-vous appris sur votre maître chanteur aujourd'hui ?

— Oh, oh ! Enfin une chose que je sais et que vous ignorez ! Un secret !

— S'il le reste en ce qui me concerne, vous aider me sera beaucoup plus difficile. Or j'ai promis de vous aider.

— Je n'ai plus besoin de votre aide. J'ai tout compris seul, grâce à ma longue-vue.

Le thé, les sandwichs et les biscuits arrivèrent sur ces entrefaites, plongeant le baron dans la perplexité.

— Mais qu'est-ce que c'est que ce plateau ? Je n'ai pas commandé toute cette nourriture. Remportez ça, ordonna-t-il au domestique.

— Non, attendez, dit Joss au jeune garçon qui s'était figé, ne sachant s'il devait ou non poser son plateau. C'est moi qui ai commandé cela, et vous pouvez tout laisser. Merci.

Tandis que le jeune valet en livrée s'inclinait, Joss ajouta :

— Il y a de l'eau chaude pour vous, Sutcliffe. Je savais que vous apprécieriez une tasse fumante de votre décoction favorite.

— Seigneur Dieu, oui, dit le baron en sortant sa blague en cuir, qu'il secoua au-dessus d'une tasse.

Une fois l'habituelle cérémonie terminée, Joss revint à la charge.

— Alors, cette nouvelle lettre ?

Sutcliffe but une gorgée.

— Avec ma longue-vue, j'ai vu une jeune femme la déposer. Elle était habillée comme une bonne. Vu qu'elle était mignonne, je suis descendu en courant et je lui ai donné un shilling.

— Évidemment.

— Et quand elle est repartie, elle est allée dans la maison voisine. Elle ne m'a pas vu, car sitôt la porte refermée, j'étais remonté dans ma chambre d'espionnage. Je suis très rapide.

— Bien sûr.

— Donc, le maître chanteur est forcément lady Tallant. Ou un de ses domestiques. Peut-être même cette femme rousse avec qui vous forniquiez.

— Je parlais. Je ne forniquais pas, grogna Joss.

Enfin… Peut-être forniquait-il, après tout. Cela se nommait-il ainsi lorsqu'on n'avait en tête qu'amour, mariage et éternité ? Et quand on modérait franchement ses ardeurs ?

— Et de quoi parliez-vous ? demanda Sutcliffe.

— De rien d'important.

Ce n'était pas loin de la vérité et faisait une réponse convenable. Les sentiments que Joss éprouvait pour Augusta n'étaient pas importants pour elle, et assurément, les sentiments d'Augusta pour lui ne l'étaient aucunement.

Il s'approcha de l'âtre et tendit les mains vers le feu, laissant la chaleur lui lécher les doigts. Sur le manteau de la cheminée, un vase en porcelaine fine comme une coquille d'œuf contenait quelques fleurs orange et rouges. Elles dégageaient un parfum capiteux et sucré qui le surprit chez des fleurs de serre. Il détourna le visage.

Le feu crépita, projetant une étincelle hors du foyer. Joss s'écarta de la cheminée et se dirigea vers le canapé dont Sutcliffe s'était plaint une fois parce que le velours dont il était recouvert montrait des traces d'usure. Sa structure était en bois de citronnier sculpté de feuilles d'acanthe et doré à la feuille.

Meuble luxueux, il n'en était pas confortable pour autant. À moins que l'inconfort que Joss éprouvait ne vienne de lui-même.

— Tout cela n'a aucun sens, Sutcliffe.

— Je suis d'accord, acquiesça son cousin. Pour quelle raison lady Tallant ferait-elle chanter qui que ce soit ? Elle est riche comme Crésus.

— Êtes-vous absolument certain que la bonne est entrée dans cette maison ?

— Je vois tout, avec ma lunette.

— Cela ne répond pas à ma question.

Sutcliffe cligna des yeux et reposa sa tasse sur le plateau.

— Quel grincheux vous faites, Everett.

— En général ? Ou juste en ce moment ?

Sutcliffe considéra la question et, après mûre réflexion, répondit :

— En général. Mais en ce moment plus encore que d'ordinaire.

Joss ne put s'empêcher de sourire.

— Oui, je dois reconnaître que vous avez raison. Montrez-moi donc la lettre qu'a apportée la bonne.

Le baron lui lança une feuille de papier épais, qu'il avait apparemment fourrée dans sa poche à côté de sa précieuse réserve d'herbes séchées. Comme il l'avait indiqué, elle ne comportait aucune trace d'acheminement par la poste. Elle avait été fermée par un papier collant, et lorsqu'on l'ouvrait, le texte en était d'une grande simplicité.

Le dernier jour de mars, votre femme saura tout. Il faut souhaiter, coureur impénitent, qu'elle soit plus indulgente que moi.

— Pas de demande d'argent, dit Joss. C'est étrange.

— Mais c'est plutôt une bonne nouvelle, non ? S'il n'est plus question d'argent, nous pouvons quitter Bath dès maintenant.

Joss replia la lettre et se leva pour la rendre au baron.

— Vous êtes libre de partir quand bon vous semble. Mais si une bonne de lady Tallant dépose des missives menaçantes à votre porte, moi, je dois aller parler à ses domestiques.

— Ou à la rousse.

— Elle aime qu'on l'appelle Mme Flowers. Mais il se trouve que je connais son écriture et que ce n'est pas la sienne.

Augusta occupait toutes ses pensées. Était-elle déjà arrivée à Queen Square, ou se trouvait-elle encore à Trim Street ? Il l'avait laissée chez lui, pierre précieuse dans un écrin de crasse, l'avait fuie pour aller s'asseoir sur le velours de Queen Square, tout près de chez elle.

L'espace de quelques instants, ils avaient échangé leurs mondes respectifs. La vie n'allait pas tarder à reprendre son cours, mais il refusait de se considérer comme un crasseux au milieu de pierres précieuses, et il était temps de mettre les choses au clair. Avec Sutcliffe, pour commencer.

Il se servit d'abord une tasse de thé, y ajouta plusieurs sucres, puis se prépara une assiette de sandwichs. Ensuite seulement, il prit la parole.

— À la fin de ce mois, Sutcliffe, je quitterai votre service.

Cette phrase avait été aussi facile à prononcer que sa déclaration d'amour à Augusta. Et, cette fois, il n'avait pas besoin d'attendre une réponse. Car ce n'était pas une question.

Sutcliffe le considéra longuement, puis éclata de rire.

— Et moi qui trouvais que vous étiez d'humeur grincheuse ! Comme vous êtes drôle, Everett !

— Merci. Si vous souhaitez recruter mon successeur immédiatement, je ferai de mon mieux pour le former à vos...

Excentricités ? Caprices ? Addictions ?

— ... préférences avant de quitter mon service.

Le baron rit encore, avant de vider sa tasse. Joss but une gorgée de thé parfumé et grimaça. Il avait mis trop de sucre, un luxe dont il n'avait pas l'habitude. Mais comment aurait-il pu laisser passer cette occasion ? Il vida sa tasse et se concentra sur son assiette de sandwichs.

Sutcliffe suivait tous ses mouvements d'un regard inquiet.

— Vous ne plaisantez pas ?

— Pas du tout, non.

Joss mordit dans un sandwich, savoura le moelleux du pain, la viande parfaitement assaisonnée. Pourquoi n'avait-il jamais commandé un plateau comme celui-ci ? Le baron s'en fichait. La surprise passée, il n'avait pas protesté. Pourquoi Joss s'était-il résigné à avoir faim ?

Il était en partie responsable de sa propre servitude. Il s'était laissé mettre sur le côté, n'avait pas lutté, n'avait pas protesté.

Il reposa son sandwich. Il n'avait plus faim.

Sutcliffe, d'ordinaire incapable de tenir en place, était immobile. On eût dit une marionnette dont les fils avaient été coupés.

— Everett, comment pouvez-vous faire cela ?

— Ne cherchez aucun sens particulier à ma décision, dit Joss en souriant. Je ne vous quitte pas en mauvais termes, mon cousin. Mais je pense que nous n'avons plus rien à nous apporter l'un à l'autre.

Sutcliffe se servit une nouvelle tasse d'eau chaude. Ses mains tremblaient, et la porcelaine tinta.

— Vous avez dit « mon cousin ». Pourquoi m'appeler ainsi maintenant ?

Joss posa son assiette et se pencha en avant.

— C'est ce que vous êtes pour moi. C'est ce que je suis pour vous. J'aurais dû vous appeler ainsi plus souvent. J'aurais dû détruire la *somalatha* quand vous étiez encore jeune, dès que vos crises d'asthme ont cessé de vous mener la vie dure. J'aurais dû… j'aurais dû agir différemment à tant d'égards. Et vous aussi. Mais je suppose que nous nous sommes formés l'un l'autre avec le temps.

Le baron semblait déconcerté.

— Mais… que vais-je devenir ?

« Que vais-je devenir ? » se demandait Sutcliffe. Pas : « Qu'allez-vous devenir ? » Tout était là. Mais comment attendre d'un éternel enfant gâté qu'il s'intéresse soudain à l'autre ?

— Vous serez un baron. J'espère que vous rentrerez auprès de Mme la baronne et que vous la traiterez avec bonté. C'est une bonne épouse.

Sutcliffe eut un regard surpris.

— C'est vrai. C'est une bonne épouse, n'est-ce pas ? Pensez-vous que…

On frappa à la porte, et il s'interrompit. Le majordome entra avec un petit plateau d'argent sur lequel était posé un pli.

— Un message pour M. Everett.

— Merci, dit Joss en prenant le mot, le ventre noué.

Augusta lui avait écrit, elle acceptait, il allait la retrouver ce soir…

Non, elle ne lui avait pas écrit. Il ne connaissait pas cette écriture anguleuse. Il se détendit, mais les doigts qui brisèrent le sceau étaient encore tremblants.

Pour M. Everett, qui se trouve en cet instant en compagnie de lord Sutcliffe.

Conformément à votre demande d'enquête relative aux difficultés de lord Sutcliffe, j'ai procédé à quelques investigations, en conséquence de quoi j'ai fait venir lady Sutcliffe à Bath. Elle arrivera à la Pump Room par voiture particulière demain matin. Les difficultés de lord Sutcliffe devraient, j'en suis persuadé, se régler à cet instant.

Il est possible que la baronne souhaite rester à Bath après cela ; il est également possible qu'elle souhaite rentrer chez elle.

À votre convenance, nous nous rencontrerons pour discuter de la façon dont vous comptez rémunérer mes services.

Amicalement,
Chatfield

— Chatfield, murmura Joss. Seigneur, il travaille vite. Et il sait vraiment tout.

La détermination et l'argent permettaient de telles prouesses. Travailler pour lord Chatfield comme pourvoyeur d'informations devait assurer une vie riche en rebondissements, à tout le moins.

— Laissez-moi voir ça, demanda Sutcliffe en lui prenant le mot des mains.

— Si Chatfield sait que je suis ici, dit Joss, il est probable qu'il est déjà au courant de la nouvelle lettre du maître chanteur, ou… Non, c'est espérer un peu trop, je crois.

— Pourquoi ne le serait-il pas ? La bonne a apporté la lettre avant votre arrivée. Donc, s'il sait que vous êtes ici, il sait pour la bonne, ce qui signifie qu'il sait pour la lettre.

Joss fronça les sourcils.

— C'est… plausible, en effet.

— Savez-vous où il loge ? Pensez-vous qu'il surveille la maison en ce moment même ? Peut-être devrions-nous lui faire signe par la fenêtre.

Joss attrapa Sutcliffe par le poignet avant que celui-ci n'aille parader devant la fenêtre avec sa redingote rayée.

Le baron se laissa tomber sur le canapé à côté de Joss, la lettre pendant au bout de ses doigts mous.

— Je me demande si lord Chatfield a un vrai télescope.

— Et moi, je me demande ce que vous pensez de l'arrivée de votre femme.

— Quoi, ma femme ?

— Elle arrive à Bath demain. Et, d'une façon ou d'une autre, Sutcliffe, la vérité éclatera.

— Pourquoi ?

— Parce que l'arrivée de lady Sutcliffe est liée au chantage. Et vous êtes presque certain que quelqu'un, dans la maison voisine, est concerné par cette histoire aussi.

Joss s'interrompit et secoua la tête. La première lettre avait été postée de Londres...

— C'est forcément un domestique, reprit-il. L'écriture du maître chanteur est assez grossière, n'est-ce pas ? Cela pourrait correspondre. Lady Tallant est-elle venue avec une partie de son personnel londonien, ou la maison est-elle louée avec tous les domestiques ?

— Comment diable voulez-vous que je le sache ? Je n'ai la tête à rien d'autre qu'aux tours de magie et aux jolies chevilles.

Cette franchise aussi inattendue surprit autant Sutcliffe que Joss, qui se regardèrent un instant, interdits.

— Oui. Bon, dit enfin Joss en se raclant la gorge. Lord Chatfield, qui a la désagréable habitude d'avoir raison tout le temps, semble penser que l'arrivée de lady Sutcliffe dénouera cette inconfortable situation.

Il inspira profondément avant de continuer :

— Vous allez devoir parler de Jessie à votre épouse… Jessie, la bonne qui va porter votre enfant pendant encore deux mois, précisa-t-il sèchement devant l'air éberlué de Sutcliffe.

— Mais lady Sutcliffe sera en colère contre moi et me coupera les vivres.

— La fin justifie les moyens, murmura Joss.

Comme Sutcliffe avait l'air de plus en plus étonné, il ajouta :

— Elle a tous les droits d'être en colère. Et Jessie aussi. Vous avez traité ces deux femmes de façon détestable. Vous avez trahi leur confiance.

Tant de mal avait été fait, à tant de femmes. Jessie était-elle la première domestique à porter un enfant de Sutcliffe ? Qu'il lui ait promis l'amour ou l'ait forcée – que les choses aient commencé par un mensonge ou un crime –, l'aventure se terminait mal pour elle.

La mère de Joss était morte des oreillons alors qu'il était encore enfant. Serait-elle morte si jeune et si seule si Jack Everett ne lui avait pas fait d'enfant ? Que serait-il arrivé si elle avait pu épouser un homme riche et bon, qui l'aurait protégée et aimée ?

Augusta aurait-elle eu plus confiance en Joss, ou plus tôt, l'aurait-elle même aimé si l'homme à qui elle avait offert son cœur autrefois ne l'avait pas trahie et blessée à jamais ?

Il était impossible de répondre à ces questions. On ne changeait pas le passé. Ainsi qu'Augusta l'avait une fois souligné, le passé nous façonnait tous. Si Jack Everett n'avait pas été un vaurien séducteur, Joss n'aurait jamais vu le jour. Et, tout bien considéré, Joss lui était reconnaissant de lui avoir donné la vie.

Et si l'amant d'Augusta l'avait emmenée à Gretna Green, Joss aurait rencontré une femme mariée. En admettant que leur rencontre ait eu lieu. Or il était heureux que leurs chemins se soient croisés un jour.

Mais aujourd'hui, ils se séparaient, comme toujours lorsque deux êtres avaient des parcours aussi sinueux que différents.

Joss regarda le feu dans la cheminée. Une nouvelle fois, le monde qui l'entourait lui semblait sinistre et gris.

— Cette lettre, Joss, dit le baron en agitant le mot qu'il lui avait pris des mains. À quoi Chatfield fait-il allusion ? De quelle rémunération s'agit-il ?

Joss fit un effort pour revenir au moment présent.

— Ne vous inquiétez pas pour cela. Je vous ai dit que je m'occuperais de votre problème, et c'est ce que je vais faire.

Il se leva, puis tendit une main à Sutcliffe pour l'aider à faire de même.

— Appelez donc le majordome et faites préparer une chambre pour lady Sutcliffe.

— Vous avez raison. Mais pas la chambre d'espionnage.

— Non, reconnut Joss. La chambre d'espionnage ne conviendrait vraiment pas.

20

Le lendemain matin, la promenade jusqu'à la Pump Room fit à Augusta l'effet d'un gant : un peu trop ajusté, mais tellement familier que l'on remarque à peine la perte de sensation qui en résulte. Le plafond à corniche de l'immense salle était toujours aussi haut, et les demi-colonnes à chapiteau corinthien qui descendaient le long des murs continuaient à surveiller de près les convalescents regroupés autour de la fontaine en forme d'urne.

Tandis qu'elle se frayait un chemin dans la salle bondée en compagnie d'Emily, un lourd sentiment de lassitude monta en elle. Toujours les mêmes conversations à mi-voix, les mêmes bruits d'eau, la même odeur de soufre.

Malheureusement, l'ennui peinait à l'engloutir. Tout comme les gants ne gardaient pas toujours les mains au chaud, le cocon de la Pump Room ne parvenait pas à étouffer en elle le souvenir de la passion vécue la veille et de la déclaration d'amour de Joss. Elle avait été soulagée que lord Sutcliffe les interrompe, Joss et elle, empêchant qu'ils se fassent plus de mal encore. Elle aurait dû savoir – l'avait toujours su – que Joss exigerait d'elle plus qu'elle ne pouvait donner.

Elle lui en voulait d'avoir parlé d'amour – et l'admirait pourtant de ne pas pouvoir se satisfaire de moins. Joss était honnête, toujours, à propos de ce qu'il voulait. Et il était clair qu'il la voulait, elle. Il la *désirait*, avait-il dit.

— Il faut que je m'assoie, dit-elle d'une voix faible.

À côté d'elle, Emily marchait d'un pas sûr. Elle avait récemment renoncé à la chaise roulante, dont elle disait que c'était « faire beaucoup d'histoires ». Sans un mot, elle prit le bras d'Augusta et l'entraîna vers une extrémité de la longue salle, où chaises et bancs étaient disposés un peu partout, sous le regard bienveillant des statues dans leurs niches.

Emily installa Augusta sur une chaise, puis s'assit à côté d'elle.

— Enfin un moment pour discuter. J'avais peur que nous ne parlions pas du tout de ce qui s'est passé hier. Je me suis rongé pratiquement tous les ongles.

— Ce n'est pas vrai. Et je n'ai jamais dit que je voulais en parler, rétorqua Augusta en se massant les tempes. J'ai juste dit que j'avais besoin de m'asseoir.

Emily héla un employé, puis se tourna vers Augusta.

— C'est ce que tu dis. Mais je suis sûre que si d'aventure je rentrais seule après la tombée du jour, toute décoiffée et avec les joues rougies par je ne sais quel frottement, je te raconterais tout.

— Parce que tu aurais retrouvé ton mari ? Eh bien, quelle affaire !

Augusta se passa une main sur le visage.

— Mes joues sont-elles vraiment irritées ?

Emily ignora sa question, décochant un sourire lumineux à l'employé qui s'approchait.

— Mon amie ne se sent pas bien. Voudriez-vous avoir la bonté de lui apporter un peu de cette merveilleuse eau minérale ? Disons… un demi-litre ? Non, un quart suffira.

C'était méchant de sa part, dans la mesure où l'on ne buvait en général que dans de très petits verres.

— Je ne savais pas que tu me détestais, grommela Augusta tandis que l'employé s'éloignait avec empressement.

— Te détester ? s'étonna Emily, toute innocence. Mais jamais de la vie, ma chère amie ! Ton comportement inhabituel hier soir et ton silence ce matin me prouvent que tu ne vas pas bien. Je cherche simplement à t'aider.

— Je ne boirai pas cette eau.

— C'est ce que nous verrons.

Déjà, l'employé revenait avec un plateau en argent chargé de petits verres, tous pleins. Emily lui tendit une pièce et accepta le plateau en échange.

— Merci beaucoup. Je suis certaine qu'elle se sentira très vite mieux.

— Je t'assure, Emily. Je refuse de boire.

Elle s'attendait que la comtesse insiste, mais Emily baissa les yeux sur le plateau, l'air presque étonné. Dans sa robe de mousseline jaune à fleurs et liseré de velours, elle semblait beaucoup plus jeune que ses trente ans, mais son regard, lui, était plus vieux.

— Évidemment, dit-elle. Cela ne sert à rien, n'est-ce pas ?

Sa voix était soudain si faible et si blanche qu'Augusta prit un verre.

— Peut-être, mais cela ne peut pas faire de mal non plus. Je boirai, si tu veux que je boive. Enfin... pas tout.

La comtesse eut un étrange petit sourire.

— C'est inutile. Ce n'était qu'une manière maladroite pour moi de me venger de tes petits secrets. Mais tu as le droit d'avoir des secrets.

— J'ai le droit d'avoir des secrets ? Ai-je bien entendu ?

— Oui, tu as le droit. Ce que tu ne m'as pas entendue dire, c'est : « Je n'ai pas envie de les entendre. » Parce que je voudrais les entendre, ma chérie, ajouta Emily en posant le plateau sur le sol, devant elle. Un peu de distraction ne me fera pas de mal. Et toi, tu ne perdrais rien à l'être un peu moins, distraite.

— Que veux-tu dire ?

Emily fixa Augusta en plissant les yeux.

— Je veux dire que... tu fuis tout. Tu as fui avec moi jusqu'à Bath, et tu as fui ton propre nom. Tu ne cesses de chercher M. Everett, mais ensuite, tu le fuis lui aussi. C'est très injuste.

Augusta soutint son regard.

— Injuste, dis-tu ? Je suis injuste d'avoir inventé un mensonge qui ne t'affecte en rien ?

— De quoi parles-tu ? demanda Emily d'une voix un peu cassante. Des balivernes avec lesquelles tu t'es débarrassée de M. Everett hier soir, ou du fait que tu te sers de ma protection pour préserver ta fausse identité ?

Tout en cherchant une réponse, Augusta regarda autour d'elle, craignant qu'on ne les ait entendues.

Mais personne ne se trouvait assez près pour espionner leur conversation.

— Je parle de la seconde possibilité.

Cette Emily était une formidable créature. Disparues, la douceur de l'incertitude, l'ombre de l'épuisement. Elle avait redressé le menton et regardait Augusta de haut.

— Tu penses que cela ne m'affecte pas, simplement parce que j'ai permis à ton personnage d'exister ? Je t'ai laissée mentir, mais tu te sers de ma réputation chaque jour. Tout Bath sait que lady Tallant héberge Mme Flowers. Et quand Mme Flowers rentre à la maison dans tous ses états, lady Tallant a certainement le droit de savoir ce qui se passe.

— Tu veux le savoir ?

Augusta pouvait elle aussi redresser le menton, et bien haut, pour repousser le sentiment croissant qu'Emily avait raison.

— Très bien, reprit-elle. Il m'a dit qu'il m'aimait, et il m'a fait… des choses.

La posture impérieuse d'Emily se détendit un peu.

— Des choses agréables ?

— Très agréables.

Cette fois, Emily se radoucit complètement.

— Très bien. Et qu'as-tu répondu ?

— Euh… rien.

— Qu'as-tu fait, alors ? Des choses agréables ?

— Eh bien… non.

Augusta se massa les tempes une nouvelle fois. Comme elle aurait aimé être de nouveau seule avec Joss et qu'il retire ses épingles à cheveux une à une ! Cette fois, elle serait prête, elle ferait…

Quoi ? Que ferait-elle différemment ?

— Je ne lui ai rien fait, dit-elle en fermant les yeux. Mais je crois que je l'ai blessé profondément. Et… et je ne sais pas comment agir différemment.

Emily lui tapota le bras.

— Je sais. Tu as oublié. Et c'est pour cette raison que je t'ai autorisée à te faire passer pour Mme Flowers. Mais tu es toujours toi, Augusta, Dieu merci. Tu dois te retrouver.

Augusta voulut étendre ses jambes et cogna le plateau de verres. Le bruit qui en résultat la fit se redresser et adopter une posture plus convenable : chevilles croisées, mains sur les genoux. Pour ceux qui la voyaient, elle donnait l'image d'une parfaite lady, exactement comme l'aurait souhaité sa mère. Et elle eut l'impression qu'un couvercle lourd et triste s'abattait sur elle.

— La plupart de ceux qui aimaient Augusta sont morts. Pourquoi ne pourrais-je pas être Mme Flowers pour de bon ?

Emily haussa les sourcils.

— Qui aimerais-tu être ?

Quatre mots. Une phrase bien courte, pour contenir une pensée aussi vaste. Et Augusta n'avait pas de réponse, elle ne pouvait que regarder dans le vide.

— Je vous demande pardon, dit une voix masculine, grave et merveilleusement familière, la sortant de sa torpeur. Lady Tallant. Madame Flowers.

— Joss, dit Augusta dans un souffle.

Emily rectifia cette absence de formalisme avec un sourire parfaitement poli et une main tendue.

— Bonjour monsieur Everett.

Augusta n'avait qu'une idée en tête. *Joss. Te voilà, Dieu merci. Joss.* Il se tenait devant Emily et elle, les mains croisées dans le dos. Avec sa redingote noire, ses pantalons gris et ses bottes, il était aussi élégant qu'un prince.

Qui aimerais-tu être ? Joss avait-il jamais douté de la réponse à cette question ? Non, il lui avait exposé ses rêves avec une certitude absolue. Il savait quelle direction sa vie devait prendre, aujourd'hui et à l'avenir.

— Joss, répéta-t-elle d'une voix rauque. Comment allez-vous ?

Il ignora ces salutations pour le moins tièdes.

— Je quitte Bath dans quelques jours, et j'aimerais vous donner quelque chose avant mon départ, dit-il en lui tendant plusieurs feuilles de papier pliées. Cela pourrait peut-être servir à Meredith Beauté.

Augusta prit les feuilles sans comprendre. Elles étaient couvertes de l'écriture élégante de Joss : des notes sur des extraits de plantes et sur des parfums. Elle parcourut une description du *shikakai*, une plante réduite en poudre utilisée pour laver les cheveux.

— Qu'est-ce donc que tout ceci ?

— J'ai recopié quelques notes de ma grand-mère. Ma grand-mère indienne. Elle était fascinée par les plantes et notait ses observations. Certaines l'ont été en hindoustani, que je ne lis pas, mais d'autres l'ont été en anglais. Celles-ci… je… si vous pensez pouvoir les utiliser, je vous les donne.

Quand il referma ses mains sur les siennes, elle se rendit compte que, dans son trouble, elle lui avait tendu les papiers.

— Que vous arriviez à persuader les administrateurs de Meredith Beauté qu'il s'agit du fruit de leur travail ou que vous les épatiez par votre intelligence, prenez ces notes. Si vous pensez pouvoir les utiliser.

— Vous vous répétez, monsieur Everett, fit remarquer Emily.

Le papier, sec comme une écorce, craqua entre les doigts de Meredith.

— Pourquoi ? demanda-t-elle dans un murmure.

— Parce que vous avez la curiosité de vos parents. Parce qu'ils voulaient ce qu'il y a de mieux pour vous, mais surtout, que vous soyez heureuse, dit Joss avec un sourire tendu qu'elle ne reconnaissait pas. Peut-être que si vous fabriquez des produits qui aident les femmes à prendre conscience de leur beauté, vous serez heureuse. Ou peut-être pas, mais vous pourrez quand même faire fructifier votre entreprise. Car elle vous appartient, après tout.

À la manière d'un soldat, il se redressa dans un claquement de talons avant de s'incliner sur la main d'Emily.

— Lady Tallant. C'est toujours un plaisir d'échanger avec vous.

— Mais je n'ai presque rien dit, protesta Emily. Écoutez, je vais vous laisser à votre conversation, tous les deux. J'allais m'éclipser, de toute façon. Je vais… euh… je vais aller faire un tour jusqu'à la fontaine.

— Ne vous en faites pas. J'étais juste venu remettre ces papiers à Mme Flowers. Lady Sutcliffe doit arriver à la Pump Room d'un moment à l'autre. Je dois l'aider à s'installer, puis je quitterai le service de lord Sutcliffe.

— Un grand malheur pour lui, dit poliment Emily. Vous lui manquerez, j'en suis certaine.

Il s'en va.

— Je... je l'ignorais, bredouilla Augusta.

Elle aurait dû le deviner, pourtant. Il était parti, la veille. Il partirait encore. Personne ne restait à Bath.

Mais elle n'avait pas songé à ce que ce moment provoquerait en elle. Jamais elle n'avait pensé qu'ils ne se verraient plus et que viendrait une conversation qui serait la dernière.

Il se tourna ensuite vers elle, le regard intense.

— Je comprends pourquoi vous n'avez pu dire oui. Et c'est mieux ainsi.

Il comprenait ? Comment pouvait-il comprendre quand elle-même n'y parvenait pas ? Il avait bouleversé son existence, avait fait refluer le froid qui l'habitait depuis si longtemps.

— Non, dit-elle. Non.

Non, ce n'était pas mieux ainsi, mais rien ne l'était.

Et voilà que Joss tournait les talons, après un salut de pure forme.

— Qu'allez-vous faire ?

Les mots étaient sortis de sa bouche avant qu'elle ait pu les retenir. Joss ne répondit pas immédiatement.

— Eh bien... lord Chatfield m'a offert un emploi.

L'instant d'après, il avait disparu, lame noire fendant la foule. Une lame noire qui venait de transpercer Augusta. Même si elle appréciait son cadeau, cette liasse de papiers ne remplaçait pas... ce qu'elle lui avait dit ne pas vouloir.

Mais avant qu'elle ait pu réfléchir à tout cela, une voix mélodieuse s'éleva.

— Mes chères amies !

Appuyé sur une canne, lord Chatfield apparut, toujours aussi trapu, mais impeccable dans une redingote bleu nuit et un gilet jaune d'or à chevrons. Il se laissa tomber sur une chaise avec un grognement, à côté d'Emily. Sa jambe de bois, Augusta le savait, le faisait souvent souffrir au niveau du genou auquel elle était attachée.

— Bonjour, mon cher, dit-elle. Un petit verre d'eau ? demanda-t-elle en poussant le plateau de la pointe du pied.

— Non, merci. Je suis ici pour le spectacle.

— De quel spectacle s'agit-il ? demanda Emily. Un concert ?

Un large sourire éclaira le visage du marquis.

— Un concert d'un genre particulier, oui, si l'on considère comme de la musique les grincements de dents et les hurlements. Sa Grâce lady Sutcliffe doit retrouver son époux après plusieurs semaines de séparation, et je pense que nous sommes ici assis aux premières loges.

— Aux premières loges ? demanda Augusta, qui suivait toujours Joss des yeux.

Au sommet de la canne du marquis, une boule d'ambre faisait office de pommeau. Il posa la main dessus et la fit tourner au creux de sa paume.

— Chacun d'eux a un secret. Lorsqu'ils se retrouveront, c'est ce qu'ils apprendront. Je m'attends à quelque chose de l'ordre du sodium et de l'eau.

Emily le regarda sans comprendre.

— C'est-à-dire ?

— Une conflagration, dit lord Chatfield en articulant le mot comme s'il le dégustait.

La comtesse haussa les sourcils.

— Mon Dieu ! Nous avons de la chance de nous trouver près d'une porte, au cas où il nous faudrait échapper aux flammes de toute urgence.

— Oh, nous échapper sera inutile, répondit le marquis. Le feu devrait s'éteindre rapidement. Mais sera-t-il destructeur ou purificateur ? Telle est la question que je me pose.

Tandis qu'il balayait la foule du regard, son expression avide rappela à Augusta un parent cherchant un enfant dont il est fier. Les secrets qu'il détenait, soigneusement accumulés avec les années, lui tenaient lieu de famille, et il prenait un plaisir indéniable à voir ses informations se traduire en résultats.

Mais il y avait quelque chose d'insensible dans sa détermination implacable à voir son entreprise porter ses fruits. Lady Sutcliffe n'avait peut-être aucune envie de retrouver son mari en public, car toute scène risquait de déboucher sur l'humiliation de l'un ou de l'autre.

Joss serait néanmoins aux côtés de la baronne, se rappela Augusta. Même s'il prévoyait de quitter le service de lord Sutcliffe, il ne se déroberait pas à ses obligations envers son employeur et sa famille.

— Mes félicitations, dit-elle au marquis. Nous venons de voir M. Everett et d'apprendre qu'il serait bientôt à votre service.

Chatfield se pencha en avant pour la regarder.

— C'est ce que vous avez appris ? Intéressant.

— Intéressant de quelle façon ? demanda Emily en se penchant à son tour pour ne pas être laissée de côté.

— Je lui ai proposé un emploi. Mais il a refusé.

Emily regarda Augusta.

— Vraiment ? Nous avons dû mal comprendre, alors.

Avaient-elles réellement mal compris ? Qu'avait dit Joss exactement ? *Lord Chatfield m'a offert un emploi.* Mais il n'avait pas dit qu'il avait accepté. Quel homme habile.

Joss semblait en avoir terminé avec elle. La veille, il s'était confié, s'était allégé d'un poids, mais il n'avait pas l'intention de la côtoyer plus longtemps. Mieux valait qu'elle ait refusé, mieux valait qu'elle ne sache pas où son chemin le mènerait ensuite.

Voilà ce qu'il avait dit. Mais elle n'était pas d'accord.

Elle tourna la tête, considéra l'élégance sereine d'Emily, l'impatience de Chatfield. Tous deux représentaient l'élite de l'Angleterre, tous deux étaient riches et influents. Et pourtant, eux aussi avaient souffert. Un membre de l'aristocratie pouvait perdre une jambe, une comtesse pouvait perdre un enfant.

Une héritière pouvait perdre ses parents et un prétendant malintentionné.

La vie n'était parfaite pour personne. Il arrivait à tout le monde de mentir, même si ce n'était qu'en disant : « Je vais bien, merci. » Augusta avait été égoïste, tellement égoïste de se comporter comme si sa propre douleur était pire que la leur, comme si elle n'avait aucun espoir de guérison. Égoïste, aussi, de se convaincre qu'un amour malheureux excluait toute possibilité d'être aimée sincèrement et de croire en l'amour.

« Vous êtes digne d'estime, avait dit Joss. Telle que vous êtes. »

Et c'était là l'autre route que pouvait prendre la vie. Un homme pouvait naître dans le mensonge et le scandale, et pourtant devenir honorable et résolu.

Et terriblement honnête.

— Tu m'as demandé qui je voulais être, dit-elle à Emily, la gorge serrée. Je sais ce que je ne veux pas être. Je ne veux plus jamais être cette femme qui a peur.

Elle détestait avoir peur, faire les choses non par désir mais par crainte de ce qui la hantait. Comme chercher un amant pour oublier Colin Hawford. Mais cela n'aboutirait jamais si elle ne laissait personne pénétrer plus loin dans son cœur que ne l'avait jamais fait Colin. Assez loin pour atteindre le socle d'amour sur lequel elle avait bâti son existence : sa famille, disparue mais à jamais dans sa mémoire.

— Refuser d'avoir peur, c'est un bon début, répondit Emily, à mi-voix elle aussi. Être Augusta, effrayée ou pas, serait une excellente seconde étape.

Comme si toute la salle avait entendu le conseil d'Emily, une voix haut perchée lança alors :

— Lady Tallant ! Quelle joie de vous voir ! Ah, et Augusta Meredith. Il me semblait bien que c'était vous !

Semblable à une bergère sortie d'un livre de contes, une petite femme aux boucles d'or et au teint de porcelaine, toute de soie crème, froufrous et dentelles, se dirigeait vers elles.

Mais ce n'était évidemment pas un personnage de conte pour enfants. C'était lady Sutcliffe, personnage tout ce qu'il y avait de réel et qui, apparemment, avait une meilleure mémoire des noms que son mari.

— Madame, dit faiblement Augusta, on m'appelle aujourd'hui…

— La plus grande coquette de Londres ? suggéra la baronne de sa petite voix stridente, avec un léger sourire. Ah, mais ma chère, plus maintenant. Car, voyez-vous, lord Sutcliffe vous a surpassée. Il a fait le tour de la ville et a tourné la tête à tous ses créanciers en portant des gilets différents chaque fois.

— Conflagration, murmura lord Chatfield.

Jamais, jusque-là, Augusta n'avait entendu les mots « ma chère » prononcés par quelqu'un qui les pensait aussi peu. Malgré l'élégance de sa tenue et sa coiffure élaborée, les traits de la baronne avaient quelque chose de pincé, d'apeuré. Le rire qui sortit de sa gorge était comme du verre, fragile et coupant.

Ce fut alors comme s'ils étaient assis au théâtre. D'autres acteurs entrèrent en scène, s'avançant devant eux. Joss réapparut, tirant lord Sutcliffe par le bras.

— Mais j'ai oublié ma longue-vue ! protestait le baron. Il me la faut absolument ! Et ma blague ! Où est ma blague ? se mit-il à hurler, une expression de panique sur le visage.

Il tâta toutes les poches de sa redingote de brocart violet, puis soupira, soulagé, ayant apparemment retrouvé ce qu'il cherchait.

— Monsieur, le salua lady Sutcliffe en esquissant une révérence.

Le baron la fixa, interdit, jusqu'à ce que Joss lui donne un coup de coude.

— Lady Sutcliffe ? Oh ! Hum… je vous souhaite le bonjour, ma chère épouse. Dites-moi, est-il possible d'obtenir un pot d'eau chaude ici, ou n'a-t-on d'autre solution que de consommer ce liquide horrible qui sent les pieds ?

La baronne se raidit à un point qu'on la sentit pratiquement vibrer.

— Est-ce donc là tout l'accueil auquel je puis m'attendre alors que vous m'avez fait venir à Bath ? J'ai cru que vous aviez quelque chose d'important à me dire.

Le baron secoua la tête.

— Quoi ?

Elle tapa du pied.

— Sutcliffe, je vous en prie, pour une fois, soyez attentif !

— Quoi ? répéta-t-il, avant de prendre conscience qu'il avait un public. Ah, oui, vous avez raison. Quelque chose de très important. Oh, regardez, Everett ! Il y a cette veuve avec qui je vous ai trouvé hier soir !

L'assistance parut hésiter entre pousser des cris de surprise et rester neutre. Augusta tenta de sourire, sans grand succès. Elle avait l'impression d'avoir pris une claque. À côté d'elle, Emily restait immobile.

Joss se pencha vers Sutcliffe et lui murmura quelque chose. Le baron secoua la tête.

— Non. Je ne me trompe pas, regardez, c'est bien elle, là. Vous ne la reconnaissez donc pas ? La rousse. Mlle Meredith. Ah, non, j'avais oublié. Elle ne s'appelle plus comme cela.

Lady Sutcliffe pencha la tête sur le côté.

— Mais bien sûr que si. Qu'est-ce que vous racontez, Sutcliffe ? Il y a moins d'un mois, toutes les rubriques mondaines de Londres parlaient d'elle comme de la plus grande coquette de la ville.

Ce fut comme si tous ceux qui, à Bath, avaient rencontré Mme Flowers avaient entendu cette conversation. Telles des poules voyant arriver la fermière avec du maïs, ils se tournèrent à l'unisson vers Augusta. Quelques instants plus tard, il y eut un mouvement de foule en direction des Sutcliffe et des trois personnes assises devant eux.

Et la clameur s'éleva.

Emily dit quelque chose de poli et d'apaisant, Joss tenta une nouvelle fois de faire taire le baron, et lady Sutcliffe répéta qu'elle savait de quoi elle parlait et que son mari n'avait encore rien compris.

— Je sais ce que je dis ! hurla Sutcliffe, avant d'exiger qu'on lui apporte sa longue-vue – quelle longue-vue ?

Par-dessus ce vacarme, on entendit la voix du maître des cérémonies demander ce qui se passait. Un employé proposait des verres d'eau minérale, la foule se rapprochait, et les mots « flirt », « veuve », « mensonge », « vrai ? » et « impossible » résonnaient dans toute la salle, bourdonnant aux oreilles d'Augusta jusqu'à en devenir insupportables.

Il arrivait à tout le monde de mentir. Augusta avait menti et s'était fait prendre. Elle avait juste déclaré qu'elle ne voulait plus avoir peur, mais vouloir n'était pas pouvoir, et le poids de l'opinion publique l'étouffait littéralement.

— Il faut que je sorte, dit-elle à Emily. Je ne me sens pas bien.

Lâche. Voilà ce qu'elle était. Aux yeux de tous, désormais, elle n'était plus qu'une menteuse, une moins que rien. Aux yeux de Joss, aussi, qui assistait à sa chute.

Mieux valait finalement qu'ils n'aient plus rien à voir l'un avec l'autre.

Elle se leva en titubant. La foule curieuse recula, le brouhaha se fit murmure.

— Il faut que je sorte, répéta-t-elle.

Elle fit un pas, mais son pied heurta le plateau et renversa les verres pleins. Glissant dans la flaque, elle s'emmêla dans ses jupons et perdit l'équilibre. Elle tenait si fermement les papiers de Joss qu'elle ne put se rattraper à rien pour amortir sa chute. Sa tête heurta violemment le sol, et ce fut le noir.

21

Augusta cligna des yeux. La pénombre dans laquelle elle se trouvait était percée d'une lumière chancelante, qu'elle finit par reconnaître comme étant les flammes d'un feu de cheminée. Balayant la pièce du regard, elle reconnut le papier peint fleuri de sa chambre de Queen Square.

Elle était dans son lit, la courtepointe remontée jusqu'au menton. Elle transpirait, et sa tête lui faisait mal. Posant les doigts sur l'endroit le plus douloureux, elle découvrit une bosse sur son front qui devait avoir la taille d'un œuf de cane.

— Seigneur, que m'est-il arrivé ? murmura-t-elle en rejetant les couvertures.

— Tu as glissé dans l'eau minérale.

La voix d'Emily la fit sursauter. Elle se redressa et vit la comtesse assise sur le petit canapé près du feu, un livre entre les mains.

— Quelle heure est-il ?

— Il est 5 heures du matin, et nous sommes le 5 avril. Tu es restée inconsciente pendant plusieurs semaines.

— Non, c'est impossible, dit Augusta en lui lançant un regard furieux. Aïe. Te faire les gros yeux tire sur ma bosse.

Emily rit et referma son livre.

— D'accord. Je te taquinais. Ta chute était assez impressionnante, mais tu n'es pas restée inconsciente très longtemps. Il est juste midi passé.

Augusta repensa à la scène.

Flirt, veuve, mensonge.

— Les Sutcliffe criaient. Non, tout le monde criait. Tout Bath hurlait.

— Ou presque, dit Emily d'un ton neutre. Tiens, bois un peu d'eau.

La comtesse prit un pichet et remplit un verre. Puis elle se leva pour aller ouvrir les rideaux et laisser entrer la lumière du jour dans la chambre.

— Je n'ai jamais été convaincue des bénéfices des eaux de Bath pour la santé, et aujourd'hui, à cause d'elles, tu as failli t'ouvrir le crâne. Le côté positif de la chose, c'est que maintenant, tu es une malade et que tu peux te montrer aussi exigeante que tu veux.

Quelques gorgées d'eau – non minérale – firent un bien fou à la gorge sèche d'Augusta.

— Ah bon ? Tu vas donc céder à tous mes caprices ? demanda-t-elle en reposant le verre.

— Peut-être pas, répondit Emily en venant s'asseoir au bord du lit. Mais je suis sûre de pouvoir trouver quelqu'un qui y consentira. Après ta chute, j'ai cru qu'il allait falloir déchirer ces feuilles pour arriver à te les retirer des mains.

— Où sont-elles ?

— Je les ai glissées dans mon livre. Méritaient-elles vraiment que tu te brises le crâne pour elles ?

— Dans la mesure où elles m'ont permis d'échapper à une foule délirante, je serais tentée de répondre oui. Comment suis-je arrivée jusqu'ici ?

— Grâce aux efforts combinés de M. Everett, de quelques valets et d'une chaise roulante. Lord et lady Sutcliffe étaient en passe de livrer au public une scène de ménage d'anthologie, mais ils ont réussi à se contenir et à nous suivre jusqu'à Queen Square.

Emily se leva pour aller chercher son livre, qu'elle posa entre les mains d'Augusta.

— M. Everett les a rejoints, reprit-elle. Franchement, je ne vois pas comment il entend s'y prendre pour rétablir la paix entre eux. Mais cela ne sera plus son problème pour très longtemps.

— Sans doute pas, non, dit Augusta en laissant courir ses doigts sur la reliure de l'ouvrage. Tu essayais de lire William Blake ? Encore ?

— J'essayais, oui. J'ai réussi à lire tout *Joie d'enfant* aujourd'hui, sans jeter le livre au feu.

— « Comment vais-je t'appeler ? », cita Augusta. « Que la joie soit avec toi. »

Le poème qui avait fait pleurer Emily le soir du bal, quand Augusta avait rencontré Joss Everett et que celui-ci avait percé son premier secret.

Il lui semblait que cela faisait des lustres.

— « Comment vais-je t'appeler ? » me fait penser à une chose dont je voulais te parler, dit Emily en se rasseyant au bord du lit. Augusta, je reconnais que j'étais en colère contre toi. Pas parce que tu t'attendais que je ferme les yeux sur ton personnage de Mme Flowers – même si tu as eu de la chance que je joue le jeu.

— Un jeu qui est de toute façon terminé, dit sèchement Augusta. Et c'est aussi bien, même s'il va sans doute me falloir en subir encore longtemps les conséquences. Je te remercie de m'avoir laissé le champ libre pour tenter de rassembler mes esprits, et j'espère sincèrement que ce scandale ne t'éclaboussera pas trop. Mais pourquoi étais-tu en colère, Emily ?

Emily regarda le petit livre qu'Augusta tenait dans les mains.

— Parce que tu persistes à te considérer comme un être faible et blessé et que cela te fait faire des bêtises. Tu as eu du chagrin, là n'est pas la question. Si tu avais été un homme, tu aurais réagi en te noyant dans l'alcool, le jeu et les femmes. Mais, tout bien considéré, chère Augusta, je pense que tu dois te féliciter d'être quelqu'un de fort. De très fort, même.

C'était une déclaration si inattendue qu'Augusta éclata de rire.

— Tu essaies de nier ce que je viens de dire. Mais je suis sérieuse. Tu dois décider de vivre dans le présent, sans chasser le passé. Parce que plus l'on tente d'oublier le passé…

— … plus l'on y pense, soupira Augusta. Et il ne cesse jamais de vous hanter.

— C'est pour cette raison que j'ai relu *Joie d'enfant*. Réfléchis, Augusta : l'amour s'est présenté à toi, et pourtant, tu te caches pour qu'il ne te trouve pas.

— Et toi ? ne put s'empêcher de demander Augusta. Ne fais-tu pas la même chose ?

— Touché, ma chère. Tu as tout à fait raison. Moi aussi, je me cache. Mais j'ai écrit ce matin à lord Tallant pour lui demander de me rejoindre avec nos fils afin de passer quelques jours avec moi à Bath. Ensuite, je pense que nous rentrerons à Londres tous ensemble.

— Tu te sens prête ?

— Oui, je crois. Je n'ai pas fini de pleurer mon enfant. Mais j'ai fini de la pleurer seule.

Emily était si douée pour provoquer des moments lumineux.

Le moment présent n'avait pourtant rien de lumineux. Non, pas avec cette douleur à la tête, le scandale qui rôdait dans les rues de Bath et un poème qui rappellerait à jamais à Emily la fille qu'elle avait perdue. Mais, tandis que les deux femmes restaient assises ensemble, en silence, Augusta se dit qu'il y avait quelque chose de solide dans ce moment. Comme au *White Hart*. C'était un moment *vrai*.

Elle était prête pour le vrai.

Emily tapota la main d'Augusta et se leva.

— Maintenant, feu madame Flowers, je vais vous laisser à vos précieux papiers. Pensez-vous pouvoir recevoir un autre visiteur dans un petit moment ? Disons, un charmant célibataire ?

Augusta lâcha le livre.

— Très bien. Je l'envoie chercher.

Emily sourit et quitta la chambre.

En tombant des mains d'Augusta, le livre s'était ouvert, répandant les papiers sur la courtepointe. L'écriture de Joss, soignée, élégante, était partout. Ces feuilles, il les lui avait offertes comme un cadeau d'adieu.

Mais ces pages manuscrites lui donnèrent une idée. Lorsqu'il viendrait, elle aurait beaucoup à lui raconter.

— Dans le salon, dit Joss lorsqu'il arriva chez les Sutcliffe, en compagnie du baron et de la baronne. Tous les deux. Non, Sutcliffe, vous n'aurez pas besoin de votre longue-vue.

Les deux heures qui venaient de s'écouler avaient été une succession d'invraisemblances. Il avait donné ces papiers à Augusta comme si c'était la dernière fois qu'il la voyait, puis il avait regardé une lady Sutcliffe toute pomponnée traverser d'un pas furieux la salle de la Pump Room. Une émeute avait failli éclater quand elle avait trouvé son mari, à la place de quoi une série de secrets avaient été révélés.

Lorsque Augusta avait glissé – Seigneur, la voir tomber lui avait retourné le cœur –, Joss avait aidé lady Tallant à la relever et à l'éloigner du chaos. Puis il était retourné chercher les Sutcliffe pour les accompagner jusque chez eux.

Alors qu'il passait devant lord Chatfield, toujours assis, ce dernier lui avait attrapé le bras. « Conflagration » était le mot qu'il lui semblait avoir entendu. Joss avait secoué la tête, alors le marquis avait haussé la voix.

— Quand vous aurez paré au plus pressé, faites-moi savoir comment vous entendez me payer. Ma proposition d'emploi tient toujours.

Joss se souvenait à peine de ce qu'il avait répondu, tant il était impatient de pouvoir suivre la chaise roulante dans laquelle s'éloignait Augusta, toujours inconsciente.

Mais il était certain d'une chose : il ne voulait pas faire ce genre de travail pour le marquis. Il ne supporterait pas de gagner sa vie en cherchant des preuves qui pouvaient causer la perte de quelqu'un. Il avait été le témoin de la chute d'une famille – la sienne –, et cela lui avait suffi.

Une fois lord et lady Sutcliffe dans le salon, Joss les installa chacun dans une bergère, devant la cheminée. Puis il se plaça en face d'eux et inspira longuement, prêt à révéler de douloureuses vérités. La tension entre les deux époux était palpable.

— Lady Sutcliffe, votre mari reçoit depuis quelque temps des lettres d'un maître chanteur. C'est vous qui en êtes l'auteur, n'est-ce pas ?

La petite baronne se tenait bien droite, ses pieds touchant à peine le sol.

— En effet. C'est moi.

Sutcliffe se leva d'un bond.

— Impossible ! Une bonne en a apporté une hier, et elle était bien trop grande pour que ce soit vous ! Je le sais, parce que je lui ai donné un shilling.

Vu le moment, l'endroit et le sujet, cette confession n'était guère judicieuse. La baronne, déjà pâle, blêmit encore.

— Des shillings à une bonne, cracha-t-elle. Comme vous êtes généreux avec mon argent ! Mais cela ne s'arrête pas à l'argent, n'est-ce pas ? Ensuite, il y a les tours de magie, puis le flirt et la séduction. À moins qu'il ne s'agisse de viol ?

Sutcliffe se rassit au bord de son fauteuil, hésitant.

— Je n'ai jamais forcé une femme.

— Vous ne devriez même pas *approcher* une femme qui n'est pas la vôtre.

Des plaques rouges étaient apparues dans le cou et sur le visage de la baronne, mais sa voix restait posée, calme.

— Vous n'imaginez pas mon humiliation quand j'apprends que vous courez les filles. Que vous préférez jouer aux cartes et faire les boutiques plutôt que de passer du temps avec vos enfants ou vos métayers. Pourtant, si humiliée que je puisse être – si furieuse –, je ne suis pas celle à qui vous causez le plus grand tort.

Joss commençait à se sentir de trop, jusqu'à ce que lady Sutcliffe se tourne vers lui.

— Comment avez-vous su que c'était moi ?

Il ne put réprimer un léger sourire.

— J'ai donné un shilling à la bonne.

La baronne poussa un soupir de dégoût.

— Je ne pensais pas qu'il serait si facile de l'acheter.

— Ça ne l'a pas été. Il se trouve que lord Chatfield la payait lui aussi pour ses secrets, et fort bien. Pour lui, ces informations valent beaucoup plus qu'une piécette.

La veille au soir, après avoir quitté Sutcliffe, Joss était allé frapper à la porte de service de la maison voisine. Après avoir passé en revue tous les domestiques, il avait repéré la bonne qui avait attiré le regard de son cousin. Et la bobine de toute l'histoire avait été déroulée : lady Sutcliffe avait soudoyé cette bonne au service de lady Tallant afin qu'elle poste quelques lettres. Jill – c'était son nom – était chargée de recopier les mots écrits par la baronne, puis de les envoyer au baron. Ainsi les lettres étaient-elles venues de Londres, puis de Bath, avant d'être portées par la bonne.

— C'était un plan intelligent, dit Joss. Mais… dans quel but ?

Lady Sutcliffe serra la mâchoire.

— Parce que rien n'intéresse lord Sutcliffe chez moi en dehors de l'argent. Donc, la seule façon que j'ai de mettre un terme à son comportement, c'est de le menacer de ne plus lui en donner. Je pensais que ces lettres seraient un choc pour lui et le pousseraient à assumer ses responsabilités.

Mais, au lieu de cela, il vous a entraîné dans sa vie de débauche.

Joss se hérissa.

— Tout ce que j'ai pu entreprendre pour lord Sutcliffe ne l'a été que dans l'intention de…

Il s'interrompit avant d'ajouter « préserver votre famille ». Car ce n'était pas vrai, après tout. Il avait conseillé à Sutcliffe de se confesser, de renoncer à ses mauvaises habitudes. Mais Sutcliffe avait-il jamais fait ce que Joss lui demandait ? Joss savait bien que non, mais il avait préféré courber l'échine et céder.

Il aurait dû faire ce qu'il pensait être le mieux, même si ce n'était pas le plus facile.

— Je suis désolé, madame, dit-il à la baronne. Vous avez raison. Vous méritiez de connaître la vérité, et j'aurais dû vous la révéler.

La baronne poussa un soupir et s'affaissa un peu contre le dossier de son fauteuil.

— Mes enfants auront donc un demi-frère ou une demi-sœur dont ils ne sauront jamais rien.

D'un mouvement hésitant, maladroit, Sutcliffe posa une main sur celle de sa femme.

— Mais non, Célia, ne voyez pas les choses en noir. Nous pourrions emmener les enfants rendre visite à Jenny et au bébé…

— Jessie, l'interrompirent en chœur Joss et la baronne.

— Et non, Sutcliffe, nous ne pouvons pas faire cela, reprit-elle. Ce serait cruel de votre part de me forcer à affronter la preuve physique de votre adultère. Au moins, monsieur Everett, n'aviez-vous pas perdu l'esprit au point de laisser cette pauvre femme dans le besoin.

— Je pense que tout ira bien pour elle, dit Joss. Elle recevra une pension à vie.

— Qui sera tirée de ma fortune, soupira la baronne. Tout notre argent était mon argent. Et voilà que, une fois encore, je dois payer pour vos fautes, Sutcliffe. Cela cessera-t-il un jour ?

Joss se dirigea vers la porte.

— Je vais faire monter du thé.

— De l'eau chaude pour moi ! intervint le baron.

Sa femme poussa un nouveau soupir de dégoût.

Joss sonna le valet et commanda du thé, et rien d'autre. Puis il se tourna vers la baronne.

— Quand vous rentrerez à Sutcliffe Hall, je suggère que vous détruisiez les plantations de la serre.

Elle pencha sur le côté sa tête de poupée de porcelaine.

— En êtes-vous certain ? C'est tout ce qu'il vous reste de votre grand-mère et de votre mère.

Joss la regarda. Elle avait conservé tout cela pour lui, pensant qu'il était attaché à ces plants de *somalatha* ?

— C'est très gentil à vous de vous préoccuper de mes souvenirs d'enfant. Mais j'en ai d'autres.

Quelques-uns de sa mère, calme et fatiguée. Un cahier de dessins botaniques qu'il ne comprenait pas, et des notes qu'il ne parvenait pas à déchiffrer.

Mais il avait sa vie, aussi. Et un rêve, enfin. Le souhait de quelque chose de plus grandiose que cent livres et une place de secrétaire particulier.

Et il savait où aller pour que ce rêve devienne réalité.

Il irait seul, mais Augusta serait dans ses pensées, tout comme l'écho de sa voix dans son esprit lorsqu'elle avait demandé : « Ce n'est pas vraiment un rêve, si ? »

Elle deviendrait un rêve, elle aussi. En particulier cet instant à la fois fugace et éternel où elle lui avait dit : « J'ai envie de vous. À un point que vous n'imaginez pas. »

Cela n'avait pas suffi. Mais c'était beaucoup mieux que de ne pas avoir de souvenirs du tout. Si l'on considérait la façon dont le mariage avait traité l'héritière qui était devenue lady Sutcliffe, on comprenait que ces femmes avaient de bonnes raisons de protéger leur cœur aussi bien que leur fortune. Joss ne pouvait en vouloir à Augusta de se protéger. Il regrettait juste de ne pas avoir eu le bon sens de faire de même.

— Je ferai détruire les plantes, décida lady Sutcliffe. Mais cela ne suffira pas à régler tous les problèmes. Trop d'autres choses ont déjà été abîmées à cause d'elles.

— Cela ne suffira pas, admit Joss. Mais cela peut aider. Et lord Sutcliffe déborde d'imagination. Peut-être trouvera-t-il d'autres façons de se faire pardonner.

Le baron se redressa sur son siège.

— Aimerais-tu te servir de ma longue-vue, Célia ?

Elle fronça les sourcils.

— J'espère sincèrement que ce n'est pas un euphémisme.

Le baron éclata de rire.

— Quoi ? Dieu du ciel, Célia, vous êtes drôle. Vous m'avez beaucoup manqué.

Le visage de la baronne s'éclaira.

— Je suis ravie de vous l'entendre dire, même si vous n'êtes pas sincère. Mais non, voyez-vous, je ne toucherai pas à votre... longue-vue. Vous l'avez trop utilisée dans des endroits où elle n'avait rien à faire.

— Que voulez-vous dire ? Une longue-vue a sa place partout. Et dans ma main, pour commencer.

Le froncement de sourcils s'effaça complètement.

— Alors, à l'avenir, nous ferons en sorte que ce soit votre main qui s'en occupe exclusivement.

Joss toussota.

— Je vais y aller. Vous avez beaucoup de choses à vous dire, je crois.

Le baron prit une mine déconfite.

— Reviendrez-vous ?

— Oui. Un peu plus tard. Je vous aiderai à trouver un homme d'affaires efficace pour me remplacer. Peut-être lord Chatfield pourrait-il vous recommander quelqu'un, il connaît le monde entier.

— Vous resterez, décida Sutcliffe. Je vous manquerais si vous quittiez mon service. Je suis votre seule famille, après tout.

C'était faire peu de cas de la baronne et de ses enfants, ou des six sœurs de Sutcliffe qui habitaient dans le Lancashire. Mais Joss comprenait ce qu'il voulait dire.

— Vous êtes la seule famille que je connaisse vraiment. Mais ce ne sera plus vrai très longtemps, je l'espère. J'ai pour projet d'en apprendre un peu plus sur mes ancêtres indiens.

Quelque chose, en Inde, avait compté pour feu son grand-père au point qu'il n'avait jamais pu quitter complètement ce pays. Cela avait-il à voir avec la langue, le soleil, la distance avec l'Angleterre ? Joss l'ignorait, mais il entendait le découvrir.

Ce serait, comme l'avait dit Augusta, une nouvelle ligne sur la liste des choses qu'il savait de lui-même. Et le voyage, étonnamment, commencerait à Brighton.

Lorsque lady Sutcliffe leva vers lui ses grands yeux bleus, ils étaient brillants.

— Je devrais vous souhaiter bonne chance, Everett, mais vous allez réellement me manquer. Je vis avec trois jeunes enfants et un mari qui se comporte comme un quatrième. Votre bon sens était une bénédiction.

Avant que Joss ait pu la remercier, un domestique entra avec le plateau du thé. Comme il le posait, lord Sutcliffe l'étudia et tapa du plat de la main sur la table.

— Où est mon eau chaude ?

— Essayez un peu de thé, plutôt, dit la baronne d'un ton doux mais ferme. Et un sandwich ou deux, aussi. À quand remonte votre dernier repas, mon mari ?

— Quoi ?

Joss s'inclina et se retira. Il avait dit tout ce qu'il pouvait pour la journée.

Il faudrait bien plus que de simples paroles pour convaincre le baron que son épouse était précieuse. La tentative de chantage aurait peut-être un effet bénéfique, au bout du compte. La destruction de la serre aussi. Sutcliffe ne vivait que pour l'argent et sa blague de *somalatha*. Peut-être vivrait-il un jour pour sa famille.

Quant à Joss, qu'allait-il faire, maintenant ? Un après-midi de liberté l'attendait tandis qu'il descendait l'escalier moquetté principal. S'il retournait à sa petite chambre, l'odeur de santal lui donnerait mal à la tête En se brisant, le flacon avait répandu sa précieuse huile entre les lattes du parquet.

Pour la première fois depuis qu'il était adulte, il n'avait pu se parfumer ce matin-là. Renoncer à cette habitude ne lui coûterait guère. Elle lui rappelait qui il était, de quelle famille il était issu, mais il portait tout cela en lui, bien plus profondément que sur sa peau.

Peut-être regagnerait-il sa chambre, après tout. À moins qu'il n'aille se promener dans les Sydney Gardens.

Pan ! Une silhouette plus petite que lui le heurta de plein fouet.

À moins que, perdu dans ses pensées, ce ne fût lui qui l'avait heurtée en sortant de la maison.

Reculant d'un pas pour recouvrer son équilibre, Joss se retrouva face à face avec une petite bonne qui se frottait le front. Pas très bien mise, elle avait des cheveux bruns bouclés qui dépassaient de son bonnet et des yeux clairs qui trahissaient l'avidité.

C'était la domestique qui avait porté la dernière lettre de lady Sutcliffe, puis empoché pièce après pièce pour successivement promettre et rompre sa promesse.

Tiens, tiens. La bonne de lady Tallant se rendait donc en courant chez les Sutcliffe. Intéressant.

Mais la politesse d'abord.

— Tout va bien, mademoiselle ?

Elle ouvrit de grands yeux étonnés et fit une rapide révérence.

— Oui, monsieur.

— Très bien. Écoutez, si lady Tallant décidait de vous mettre à la porte après ce qui s'est passé aujourd'hui, faites-le-moi savoir, et je vous donnerais l'adresse de lord Chatfield. Le marquis serait ravi d'avoir une domestique ayant votre sens des affaires.

Il voulut poursuivre son chemin, descendre les marches du perron, mais elle le tira par la manche.

— Monsieur Everett, c'est vous que je suis venue chercher. Mme Flowers – enfin, Mlle Meredith – a repris conscience, et elle vous demande.

Un sentiment de mouvement ascendant et de chute libre à la fois. Comment était-ce possible ? Joss s'immobilisa.

— Vraiment ? Et je suppose qu'il vous faut une autre réponse que : « Merci de m'en informer » ?

— Certainement, monsieur. En fait, elle m'a envoyée vous chercher. Vous devez venir immédiatement.

Qu'avait-elle décidé d'exiger de lui, maintenant ? Il ne se sentait pas capable de la repousser une nouvelle fois.

Mais peut-être y parviendrait-il, finalement. Il venait de se libérer des Sutcliffe, sans savoir s'il recevrait les cent livres promises pour la fin du mois. Quelque temps plus tôt, il avait fait dépendre son avenir de cette somme. Mais plus maintenant. Tout irait bien.

Et tout irait bien quand il verrait Augusta. D'une façon ou d'une autre.

— Alors, je vous suis.

22

— Si je vous laisse entrer dans sa chambre, c'est uniquement parce qu'elle s'est blessée à la tête et ne peut quitter la pièce pour l'instant, dit lady Tallant lorsque Joss arriva.

Ce dernier, qui venait enfin de réussir à se tirer des griffes des Sutcliffe, n'était pas d'humeur à badiner.

— Je ne vois pas en quoi cela l'empêche de quitter sa chambre. S'est-elle cognée si fort qu'elle en a oublié comment ouvrir une porte ?

— Comme vous êtes drôle, monsieur Everett. Mais un peu cavalier, aussi, étant donné qùe sa santé est en jeu, rétorqua lady Tallant par-dessus son épaule, précédant Joss dans l'escalier.

Ils passèrent devant le salon, puis montèrent à un étage qu'il n'avait jamais visité mais qui lui était familier, car c'était la réplique exacte de celui de la maison voisine. Tout n'était que bois verni et murs tapissés de papiers peints, avec d'épais tapis qui devaient être terribles à soulever pour les battre.

— Madame, soupira Joss, je suis réellement soulagé que Mlle Meredith ne soit pas dans un état grave. Mais je ne peux être d'aucune aide dans sa guérison. Nous nous sommes déjà tout dit.

— Peut-être n'avez-vous rien à lui dire, mais elle a beaucoup de choses à vous raconter.

Ils étaient arrivés dans le corridor sur lequel donnaient les chambres à coucher principales. La comtesse frappa doucement à une porte qui n'était pas complètement fermée. Joss, qui comptait mentalement les pièces dans chaque direction, se rendit compte que celle d'Augusta correspondait à la chambre d'espionnage de Sutcliffe, et cela le fit sourire.

Lady Tallant passa la tête dans la chambre, et une brève conversation s'ensuivit. Puis la comtesse recula en se frottant les mains.

— Vous pouvez entrer, monsieur Everett. Ne fermez pas la porte. Je serai… eh bien, je ne vous surveillerai pas, car je dois redescendre au salon. Mais vous voyez ce que je veux dire. Je vous en prie, soyez respectueux avec elle.

À cela, il pouvait répondre en toute honnêteté.

— Jamais je n'aurais envisagé de me conduire autrement, madame.

La comtesse s'éloigna d'un pas satisfait, dans un nuage de mousseline jaune, et Joss n'eut d'autre solution que de pousser la porte.

La première chose qui le frappa fut que cette pièce était terriblement… marron. Rien à voir avec la chambre d'espionnage de lord Sutcliffe. Le papier peint était parcouru de treilles vert foncé, le tapis avait des motifs de couleurs sombres, et de lourds rideaux encadraient les fenêtres. Dans le lit, vêtue de la même robe qu'à la Pump Room, mais avec un pansement autour de la tête qui lui donnait des allures de pirate, se trouvait Augusta, qui disparaissait presque sous une courtepointe damassée.

Marron, évidemment.

Mais un feu crépitait dans la cheminée, et les rideaux avaient été tirés pour laisser entrer le soleil.

— Voilà un bien agréable endroit pour reprendre ses esprits, dit Joss.

Augusta pliait des papiers lorsqu'il entra. Elle leva la tête en l'entendant et sourit.

— C'est exactement le sentiment que j'ai. Asseyez-vous, je vous en prie. Prenez le canapé, ou bien cette chaise, près du feu.

Il se percha sur une chaise à l'air fragile, à côté de la cheminée, à l'opposé du lit. Quand le siège grinça sous son poids, Augusta ne parvint pas à cacher son sourire. Pour sauvegarder sa dignité, Joss l'ignora.

— Voulez-vous que je fasse attiser le feu ? Vous devez avoir froid.

Elle secoua la tête.

— Non, à vrai dire, j'ai plutôt chaud, dit-elle en levant une main et en l'examinant. C'est étrange, je... je n'ai pas froid.

Elle resta songeuse un instant. Joss attendit, jusqu'à ce qu'il ne puisse plus supporter son silence.

— Vous vouliez me parler, mademoiselle Meredith. Qu'avez-vous à me dire ?

Elle se redressa dans son lit, cala des oreillers dans son dos.

— J'ai décidé de prendre ma vulgarité à bras-le-corps.

— Je suis certain que votre vulgarité sera ravie, en particulier si vous la plaquez contre votre avant-scène.

— Qui ne le serait pas ? dit-elle avec un léger haussement d'épaules. C'est mon point fort.

Non, je ne suis pas d'accord. Mais comme il ne tenait pas à se lancer dans une série de compliments dont elle ne voudrait pas, il dit simplement :

— Il m'en coûte de le reconnaître, mais je ne comprends pas. À quoi faites-vous référence, et en quoi suis-je concerné ?

Elle agita la liasse de feuilles qu'elle tenait entre les mains.

— À l'heure qu'il est, tout Bath sait que Mme Flowers est en réalité Augusta Meredith, la rousse héritière des cosmétiques du même nom. Et vos papiers – merci, au fait – m'ont soufflé comment tourner cela à mon avantage.

Il bougea légèrement sur la chaise, qui émit un nouveau grincement de protestation.

— Pourriez-vous être plus précise ?

— Jamais je ne serai accueillie à bras ouverts dans la bonne société. Mon argent me permet de faire quelques incursions à sa frange, mais les circonstances de ma naissance ne me permettront jamais d'y entrer vraiment. Car, voyez-vous…

— … l'aristocratie attend de vous que vous soyez vulgaire.

Elle sourit.

— Exactement. Et qu'y a-t-il de plus vulgaire que de se faire passer pour quelqu'un d'autre à seule fin de promouvoir un nouveau produit ?

Joss réfléchit.

— Je ne vois guère de procédé plus vulgaire que celui-ci, en effet.

Lâchant les papiers, elle écarta les mains, comme si elle accrochait une réclame devant elle.

— « Essayez le savon de Meredith Beauté : il illumine votre teint ! », ou encore « Poudre lavante *shikakai* pour les cheveux : les secrets de l'Orient maintenant chez vous ! » Bon, je dois travailler mes accroches...

— En effet...

— Mais imaginez : une nouvelle ligne de parfums pour homme et femme, à un prix exorbitant pour séduire l'élite. Du bois de santal pour les hommes, et le chèvrefeuille que j'utilise dans mon savon pour les femmes. On pourrait les faire fabriquer en grande quantité. Du jasmin, aussi, peut-être.

— Vous êtes prête à risquer la vie de tous les hommes de la bonne société en lâchant dans la nature des dizaines de femmes qui sentent comme vous ?

— C'est cela. Et d'hommes qui sentent comme vous.

Joss émit un grognement.

— Vous aurez le monde entre vos mains, je n'en doute pas. Mais en quoi prendre votre vulgarité à bras-le-corps vous aidera-t-il ?

— Me faire passer pour Mme Flowers, c'était ça, ma vulgarité. Le défi est maintenant de faire croire à tous ces gens qu'ils étaient partie prenante de cette mascarade, et non qu'ils en ont été les victimes. Avec l'aide de lady Tallant, j'espère répandre suffisamment de ragots pertinents qui convaincront les Bathiens...

— Les Bathoniens.

— ... qu'ils savaient depuis le début que je leur jouais un tour. Qu'en fait ils participaient à cette mise en scène et que cette excellente fiction les a prodigieusement distraits. D'une certaine manière, ils auront l'impression d'avoir été mis dans la confidence. C'est vrai, franchement, un nom comme Mme Flowers ne peut guère être autre chose qu'une réclame pour un savon, non ?

— Et... que penseront vos administrateurs de ce projet ? s'enquit Joss.

— Une fois de plus, ils penseront que je suis une idiote. Jamais il ne leur est venu à l'esprit d'attribuer la bonne tenue des profits de l'entreprise à mon idiotie. Mais aujourd'hui, j'ai vingt-cinq ans, et en vertu du testament de mon père ainsi que du droit commercial, je suis en mesure de leur retirer l'administration de ma fortune. Et c'est peut-être ce que je vais faire. À moins que je ne fasse autre chose à la place.

Le regard qu'elle lui lança était si pénétrant qu'il se sentit déshabillé. Mais il aurait été bien en peine de savoir quel sens elle avait voulu y mettre.

— S'il est possible de convaincre une ville tout entière, dit-il, je suis certain que votre détermination, associée au charme de lady Tallant, y parviendra.

— Je suis trop emballée par cette idée pour remarquer que vous venez de sous-entendre que je n'avais pas de charme.

— À moins que je n'aie sous-entendu que lady Tallant manquait de détermination ?

— Oh non, c'est impossible.

Quand elle lui sourit, il faillit oublier que la veille ils s'étaient repoussés l'un l'autre de bien des façons.

— Emily a accepté de laisser échapper quelques allusions appuyées d'ici la fin de son séjour à Bath. J'ai beaucoup usé de sa bonté depuis quelque temps, mais elle en a à revendre. La seule chose qui m'importe, c'est qu'elle me conserve son amitié. Je n'ai que faire du reste de la bonne société. Une héritière qui a une amie aussi bienveillante et puissante peut tout se faire pardonner – surtout si cette héritière ne cherche plus à danser avec un duc ou à se faire inviter au bal de lady Stickler.

Joss se demanda si l'attitude de la société envers elle – et envers lui – était due à leur origine ou à leur comportement. Telles étaient la trame et la chaîne du tissu de la société : la famille dans laquelle on voyait le jour, les choix que l'on faisait ensuite. La réputation d'Augusta était inéluctablement liée à son éducation dans le milieu du commerce, et peut-être que l'une pouvait tirer certains avantages de l'autre. Après cet interlude sous le nom de Mme Flowers, elle ne pourrait jamais plus feindre d'être quelqu'un d'autre qu'elle-même.

Il espérait qu'elle n'en aurait jamais plus envie.

Mais cela n'avait rien à voir avec lui. Ne s'étaient-ils pas rejetés l'un l'autre, lui à cause de ses origines, elle à cause des choix malheureux qu'elle avait faits et qui l'avaient endurcie ?

Il était impossible de contourner le fossé qui les séparait, et impossible de le franchir.

Joss se leva, arrachant un gémissement à sa chaise.

— Ma chère veuve d'opérette, il semble que vous ayez mis sur pied un projet merveilleux. J'espère que les informations figurant sur les papiers que je vous ai donnés vous seront utiles. Je vous souhaite en tout cas de réussir.

— Attendez, Joss. Ce n'est pas tout.

Elle repoussa la courtepointe. Sa robe en mousseline ivoire était toute froissée, ses pieds étaient nus. Voir ainsi sa peau le surprit. C'était tellement intime qu'il dut détourner le regard pour dissimuler son trouble.

— Ah bon ? dit-il en se concentrant sur le manteau sculpté de la cheminée – feuilles d'acanthe et angelots.

— Lord Chatfield m'a appris que vous n'envisagiez pas d'entrer à son service. Alors, je me suis dit… Enfin, s'il vous a aidé, ce qu'il estime visiblement avoir fait, il doit vouloir que vous l'aidiez en retour. En lui donnant des informations, car c'est ainsi qu'il fonctionne. Donc, je lui ai écrit une lettre pour l'informer de mes projets concernant Meredith Beauté. Il sera le premier à être au courant, en plus d'Emily et de vous.

— Bien.

— C'est mieux que bien, monsieur l'obstiné. Vous ne comprenez donc pas ? Vous ne lui devez plus rien.

À ces mots, Joss crut voir le gouffre entre eux se creuser un peu plus. Il vacilla et dut s'accrocher au visage d'un angelot de marbre, un petit chérubin à l'air suffisant, pour ne pas perdre l'équilibre.

Retirant sa main, il se tourna vers Augusta.

— Je suis sûr que vos intentions étaient bonnes, mais il est inutile de me faire la charité.

Elle pouffa.

— La charité ? Vous êtes la seule personne que je connaisse qui ne mérite pas qu'on lui fasse la charité. Je préférerais… affronter le prince-régent en duel à l'épée plutôt que de vous faire la charité.

— Et vous gagneriez. Mais que voulez-vous dire, si ce n'est pas de la charité ?

— S'agissait-il de charité, quand vous avez aidé lord Sutcliffe ? Quand vous avez contracté une dette d'honneur pour résoudre ses problèmes ?

— Non. C'était mon travail, et c'était aussi la seule solution... Attendez un peu, seriez-vous en train de faire une analogie ? Diable !

— Vous avez tout à fait raison.

Elle s'assit au bord du lit, replia ses jambes sous elle, et son pansement glissa, révélant un méchant bleu et lui couvrant momentanément les yeux. Le souvenir de sa cravate posée au même endroit lui revint, et bientôt celui de l'extase à laquelle il l'avait amenée. Voilà tout ce qu'elle avait désiré de lui, tellement moins que ce qu'il était prêt à donner.

— Vous ne me devez rien.

— Je sais, dit-elle en retirant le pansement, le faisant passer par-dessus sa crinière encore retenue par tant d'épingles. Je ne vous dois rien du tout, ce qui signifie que tout ce que je choisis de vous donner est un cadeau, pas un paiement. Et certainement pas une aumône.

— Quelle différence entre un cadeau et une aumône ?

Sans s'en rendre vraiment compte, il s'était approché du lit et se tenait devant elle.

— Tout est dans l'intention. Si je me considère comme supérieure à vous, c'est une aumône. Mais si je considère que... que vous êtes le gentleman le plus merveilleux qui soit ? Alors c'est un cadeau. Joss, c'est un cadeau que je vous fais.

Il sentit son corps tout entier vibrer au son de sa voix, tel un diapason.

— Dans ce cas, je vous remercie pour ce cadeau. Je n'étais pas très sûr de la manière dont j'allais rembourser ma dette auprès du marquis, donc... merci.

— Je vous en prie.

Même pieds nus, décoiffée et abîmée par ce bleu, elle restait gracieuse et digne.

— Je suis navrée, Joss, si j'ai un jour méprisé l'envergure de vos rêves. Ce sont les vôtres, donc ils sont parfaits pour vous. Qu'avez-vous l'intention de faire une fois que vous aurez quitté lord Sutcliffe ?

Il s'assit sur le lit à côté d'elle. Rien de déplacé, assurément, car il allait garder les pieds bien ancrés dans le sol.

Et il n'y avait rien de déplacé non plus à sentir le matelas s'enfoncer sous son poids, ni à percevoir son parfum de chèvrefeuille, léger, doux.

Ni à se demander si, enfin, elle s'était réchauffée.

— En fait, réussit-il à articuler, j'ai un nouveau rêve. J'ai décidé de me rendre à Brighton, où se trouve un Indien du nom de Dean Mahomet. Il y a ouvert des thermes qui ont paraît-il beaucoup de succès.

Elle se redressa, étonnée.

— Dean Mahomet ? Je suis presque sûre que c'était le nom de l'homme qui tenait le restaurant de curry à Londres. Celui où j'étais allée avec mon père. Pourrait-il s'agir de la même personne ?

— Probablement. Deux Indiens répondant au nom de Dean Mahomet et résidant en Angleterre, ce serait une coïncidence incroyable.

— En effet.

Elle se mordilla la lèvre, puis hocha la tête.

— Donc, vous allez le rencontrer ? Vous espérez travailler pour lui ?

— À n'importe quel poste, oui. Je vois mal comment il pourrait m'en demander plus que lord Sutcliffe. Et j'emporterai le carnet de ma grand-mère pour lui demander de me traduire ses notes en hindoustani. J'ai trop longtemps ignoré la partie indienne de mon être. J'aimerais en savoir plus sur elle.

Augusta glissa sa main dans celle de Joss. Il sentit une agréable tension entre ses doigts.

Peut-être n'y avait-il pas de gouffre entre eux, après tout. Peut-être était-ce simplement un terrain accidenté, à travers lequel il fallait se tracer un passage.

— Dans le carnet, reprit Joss, Dean Mahomet trouvera peut-être des références à certaines plantes ou recettes qui pourraient l'aider dans la mise au point de traitements pour ses patients. Notre collaboration sera professionnelle, je ne lui demanderai aucun service.

— Oh non, jamais vous ne feriez une chose pareille.

Les doigts de Meredith se glissèrent entre les siens.

— Ne souhaitez-vous pas lui donner aussi les notes de votre grand-mère sur la poudre de *shikakai* ?

— Non, dit Joss. Ça, c'est un cadeau. Pour vous.

— Oh. Alors, je vous remercie. Mais j'ai encore une chose à vous demander.

— Bien sûr. Je vous écoute.

Elle prit une longue inspiration et oscilla légèrement sur le côté, plus près de lui.

— J'aimerais beaucoup que vous m'épousiez. Vous voulez bien me demander en mariage, s'il vous plaît ?

Elle le connaissait trop bien pour s'attendre qu'il la prenne dans ses bras, la couvre de baisers et exprime sa joie. Rien de tout cela ne ressemblait à Joss. Mais un commentaire un peu sec, voire grossier, et un regard brûlant auraient été les bienvenus. Et elle espérait qu'il laisserait sa main dans la sienne. Elle aimait sentir sa peau, sentir cette intimité relative qui l'aidait à en demander une bien plus grande et définitive.

Il laissa effectivement sa main dans la sienne, mais s'écarta d'elle, la fixant d'un regard noir et sévère.

— Votre proposition a quelque chose d'étonnamment familier. Cela me rappelle le jour où, dans la salle de bal, vous avez annoncé au reste du monde que nous allions danser ensemble. Je devrais m'estimer heureux, je suppose, que vous n'ayez pas fait publier les bans, pour ensuite me forcer à me plier à vos exigences.

Était-ce un petit sourire, au coin de ses lèvres ?

— J'ai envisagé cette approche, dit-elle d'un ton léger. Mais cela manquait de romantisme.

— Une nouvelle fois, donc, vous tenez ma réputation entre vos mains. Mais jouer le rôle du pion ne me convient pas, Augusta.

— Oh. Non. Bien sûr que non, dit-elle en ramenant ses genoux pour les serrer devant elle.

Il haussa un sourcil, et une expression malicieuse, à la fois diabolique et charmante, traversa son visage.

— Je n'ai pas dit que je refusais. J'ai juste dit que je ne voulais pas être votre pion.

Elle se frotta le front d'un geste hésitant.

— Que voulez-vous dire, exactement ? demanda-t-elle enfin.

— Cela dépend de vous, dit-il en posant un pied botté sur le lit. Avez-vous vraiment envie de m'épouser, Augusta ? Et pourquoi aujourd'hui, alors qu'hier seulement vous refusiez d'entendre mes sentiments pour vous ? Suis-je juste un moyen pour vous de fuir vos problèmes ? L'entreprise Meredith Beauté a-t-elle besoin d'un époux expiatoire ?

— Je mérite toutes ces questions.

— Je tiens beaucoup à leurs réponses.

— Lord Chatfield n'a pas toujours raison à propos de l'importance relative des questions et des réponses, commenta Augusta en se laissant de nouveau osciller vers lui. Dites-m'en plus. Je veux en savoir plus. Ce qui vous met en colère ou vous inquiète. Ce que vous pensez de moi. J'aimerais être sûre de ne pas m'humilier pour rien.

Il retira sa main, se pinça la base du nez.

— Je vous ai déjà dit ce que je pensais de vous. Vous n'avez pas très bien réagi.

— Et pour cela, je vous présente mes excuses. J'ai été stupide et injuste.

— Continuez.

— Et… ingrate. Et lâche. Et insensible.

— Continuez.

— Encore ?

Sa main retomba ; il sourit, malgré lui.

— J'attends encore que vous me disiez ce que vous éprouvez. Cela m'intéresse plus que de vous humilier. Même si l'humiliation reste possible, à condition qu'elle vous procure du plaisir. Je vous en prie, continuez. Puis-je suggérer le sonnet, forme poétique particulièrement agréable à l'oreille ?

Elle le sentait sur le point de vaciller en cet instant fragile, tout en sachant qu'il suffisait d'un faux pas de sa part pour qu'ils tombent chacun de leur côté.

Mais ils pouvaient tomber l'un vers l'autre, aussi.

— Je n'ai pas l'âme poétique, dit-elle en refermant les bras autour de ses jupons froissés. Je ne me souviens d'aucun sonnet, même pas d'un morceau de poème. Tout ce que je peux dire, c'est que je vous aime.

L'abandon ultime n'était pas du tout de se perdre elle-même : c'était de se donner. De penser à quelqu'un d'autre plutôt que de ressasser ses propres déceptions. De penser au sourire de Joss, à sa voix qui la faisait frémir, à son rire qui semblait exprimer sa joie à elle.

— Je t'aime, répéta-t-elle.

Il fit glisser un doigt sur le lit.

— C'est un bon début. Mais comment es-tu arrivée à cette conclusion ?

— Dois-je énumérer de nouveau les raisons de mon humiliation ? Ce serait pertinent.

Le doigt s'arrêta devant le pied nu d'Augusta.

— C'est inutile, je m'en souviens parfaitement. En quoi est-ce pertinent ?

Elle recroquevilla les orteils, un peu nerveuse.

— La lâcheté l'est plus que le reste, je pense. Tu ne te contenteras jamais de moins que l'honnêteté absolue, et cela me terrifiait. Je n'étais plus honnête avec moi-même depuis si longtemps… Et à Bath, j'étais malhonnête avec tout le monde.

— Personne ne pourrait t'accuser de manquer d'ambition.

— Non, c'est vrai. On m'a toujours donné ce qu'il y avait de mieux, que je le mérite ou non.

Et toi, Joss, tu es le meilleur homme que j'aie jamais rencontré.

Il haussa un sourcil – malicieux, taquin –, et elle sentit la joie l'envahir. Si Joss haussait un sourcil, cela voulait dire qu'il se sentait... voyons... comme *Joss*. Et Joss l'aimait. Il l'avait dit, et il était toujours honnête.

— Il y a plus de poésie dans ton âme que tu ne l'imagines, Augusta.

— Tu crois ? Laisse-moi ajouter quelques vers sans rimes au sonnet de tes qualités, alors. Tu m'as jugée digne d'estime quand je ne l'étais pas ; tu m'as traitée avec respect quand je m'attendais à beaucoup moins. Et tu m'as montré les facettes les plus sombres de moi-même, celles que je refusais de voir. Ma vanité, ma peur, ma maladresse, tu les as vues ; tu m'as vue exactement comme j'étais. Et je n'ai pas cru que tu puisses m'aimer malgré tout.

— Je suis incapable de mentir sur ce qu'éprouve mon propre cœur.

— Oui. Je sais. Tu t'es moqué de moi, mais tu as toujours été honnête avec moi, aussi. Je n'ai pas été assez courageuse pour t'accorder ma confiance – ou pour l'accorder à quiconque – pour plus d'un instant. Mais... j'en ai envie. Grâce à toi, j'en ai envie. Je ne pouvais pas te laisser partir sans te dire cela.

Ses pieds glissèrent, ses jambes se détendirent, et elle le regarda dans les yeux.

— Alors... merci. Et je t'aime. Et si un jour tu avais la délicatesse de me demander de t'épouser, je te dirais oui.

— Ce n'est pas la réponse qui compte, murmura-t-il. Juste la question. N'est-ce pas ?

Sous le regard brûlant de Joss, Augusta sentit ses joues s'empourprer.

— La question compte beaucoup. Et la réponse aussi.

— Alors, voici ma question, et ma réponse, et ce que je ressens en toute honnêteté.

Et, se penchant vers elle, il prit son visage entre ses mains et posa les lèvres sur les siennes.

23

Leur baiser fut comme un puits de lumière, source intarissable d'émerveillement et de renouveau, dans lequel Joss aurait pu se perdre à jamais. Les lèvres d'Augusta, son parfum de fleur, ses doux murmures de plaisir – à moins que ce ne fussent les siens ? –, cette façon qu'elle avait de chuchoter, tout en elle l'enivrait…

— Oh, flûte !

— Non, dit-il en lui mordillant la lèvre. Ce que tu veux dire, c'est : « C'est merveilleux, Joss. S'il te plaît, embrasse-moi encore. »

Mais il s'écarta malgré tout, car ce n'était peut-être pas du tout ce qu'elle avait voulu dire.

Elle lança une main en direction de la porte.

— Je voulais dire : « Flûte » comme dans : « La porte n'est pas fermée à clé. Nous devons la verrouiller. » Et ensuite, Joss, s'il te plaît, embrasse-moi encore, parce que c'était merveilleux.

Un frisson le parcourut.

— Tu sembles sous-entendre que nous allons faire quelque chose qui nécessite qu'on verrouille la porte.

Elle cilla, le regard un peu vague.

— Mais je l'espère bien.

— Voilà qui pique ma curiosité. Cependant, j'ai promis à lady Tallant que je te traiterais avec respect.

— Mais je n'ai pas douté un seul instant que c'était ce que tu ferais. Je l'ai su dès la première fois où tu as accepté de danser avec moi.

— Si tu insistes, alors, je ferme immédiatement cette porte. Car tu insistes, n'est-ce pas ?

Sans éprouver la moindre culpabilité, Joss se laissa glisser du lit et alla tourner la clé dans la serrure.

— Mais si tu as réellement l'intention de m'épouser, je dois mettre une condition à notre accord.

Elle remua les orteils dans sa direction.

— Je n'en attendais pas moins de la part d'un homme d'affaires. Quelle est cette condition ? En tant que femme d'affaires, je dois en être informée avant de pouvoir donner mon accord. Même si je suis presque certaine de le donner.

Toute dans les tons dorés, pêche et roux, elle lui évoquait une corbeille de fruits qu'il aurait voulu tous goûter. Mais il devait lui dire ce qu'il souhaitait avant qu'ils n'aillent plus loin et ne se mordillent, ne se goûtent, ne se caressent…

Il toussota.

— Un notaire se chargera de rédiger un contrat de mariage visant à protéger ta fortune, et en particulier à en mettre de côté une partie qui reviendra à la ou aux filles que nous aurons. Je refuse que l'argent qui t'appartient puisse un jour te faire défaut, ou faire défaut à tes enfants.

Elle se rembrunit.

— Mais c'est très généreux et attentionné. En quoi pourrais-je être contre de telles dispositions ?

— En rien, j'espère. Je veux juste que tu comprennes à quel point c'est important pour moi.

Elle sourit.

— Oui. Oui, je comprends. C'est le genre de décision qui fait de toi l'homme que tu es.

— Si je suis ici aujourd'hui, c'est parce que ma mère n'a pas eu de telles ressources.

— Non. Si tu es ici aujourd'hui, c'est parce que ta mère avait beaucoup de cœur et de détermination. Ce n'est pas non plus sa faute si elle a cru voir un homme honnête en un escroc. On ne peut pas plus le lui reprocher que si un voleur lui avait volé ses bijoux. Et c'est vrai pour moi aussi. Mais le fait que j'aie croisé le chemin d'un homme mauvais me donne un avantage.

— Et quel est-il ?

— Je sais reconnaître un homme bon.

L'attrapant par la manche de sa redingote, elle tira jusqu'à ce qu'il perde l'équilibre. Les mains plantées sur le lit, à quelques centimètres à peine de cette beauté enveloppée d'étoffe froissée, Joss n'eut aucun mal à se laisser aller et à l'embrasser une nouvelle fois.

Juste une fois. Pour le moment.

D'accord, deux. Ou trois fois.

Non, vraiment, moins de dix, c'était faire preuve d'une admirable maîtrise de soi.

— As-tu d'autres conditions ? demanda-t-elle, le souffle court, lorsqu'il s'écarta.

— Je ne vois pas de quoi tu veux parler. Embrasse-moi encore.

Elle rit, de ce petit rire grave, érotique qui l'avait ravi dès la première fois.

— Je ne vais pas te faire de proposition indécente, tu sais.

— Diable.

— Parce que… il n'y a rien d'indécent à cela, dit-elle en tirant sur la cravate de Joss. J'ai confiance, tu me traiteras avec respect. Et je ferai de même.

Il ne voulait pas être le même homme que son père, qui profitait des femmes. Il ne voulait pas être comme Sutcliffe, négligent et destructeur.

Et il ne l'était pas. Là où tous les autres le rejetaient dans l'ombre, Augusta voyait clair en lui ; elle comprenait l'homme qu'il voulait être.

— Demain, j'irai au bureau des mariages. Aujourd'hui. Dès que j'aurai quitté cette pièce.

Il ferma les yeux et s'abandonna aux mains d'Augusta qui jouaient sur lui, à la chaleur de son souffle contre sa joue, à ses lèvres sur le lobe de son oreille, à sa langue brûlante au creux de son cou.

Il se hissa sur le lit.

— Il faudrait que j'ôte mes bottes.

— Tu veux prendre du temps pour ça ?

— Non. Mais dans la mesure où je te veux aussi nue que possible, je suis prêt à me dénuder aussi, si tu le souhaites.

Le regard ambre d'Augusta se fit coquin.

— Je le souhaite en effet. Laisse-moi t'aider, alors.

Il n'était pas dans l'intérêt de Joss de refuser. Il sentait son corps céder au moindre contact avec les mains d'Augusta. Elle l'aida donc à retirer ses bottes, puis défit le nœud de sa cravate. Enfin, elle le poussa en arrière avec une force délicieuse.

— Maintenant, laisse-moi faire. Dois-je te couvrir les yeux, comme tu l'as fait pour moi ?

— Ce serait très méchant.

Elle éclata de rire, avant de défaire les boutons de son gilet et ceux de ses pantalons. Puis ses mains furent partout sur lui, glissant sous sa chemise, explorant son torse et son ventre, avant de descendre pour se refermer autour de son membre en érection. Lentement, elle le caressa jusqu'à ce qu'il se sente sur le point d'exploser.

— À mon tour, maintenant, dit-il en l'arrêtant, avant de s'asseoir en tailleur. Je devrais essayer d'être plus original dans le choix de mes expressions, mais je n'arrive plus à penser quand tu manipules ma personne de la sorte.

— Si tu arrives à énoncer une phrase aussi longue, peut-être que je devrais te manipuler un peu plus… Oh !

C'était, Joss l'apprit ainsi, le son que produisait Augusta lorsqu'il passait un pouce sur la pointe de son sein tout en l'embrassant dans le cou.

Vint ensuite le moment de faire d'autres découvertes, et ce fut au tour d'Augusta de s'abandonner. Rapidement, mais pas aussi vite qu'il l'aurait voulu, Joss défit sa robe et son corset. Elle avait déjà retiré ses bas. Admiratif, il caressa les lignes élancées de ses jambes.

À la lumière du jour, elle n'était que courbes et taches de rousseur claires sur une peau crème, plus jolie encore que dans la lumière artificielle. À moins que ce supplément de beauté ne vienne de la façon dont elle captait son regard, le soutenait, lui prenait les mains et l'attirait vers elle.

— Tu es prête ? demanda-t-il lorsqu'ils furent tous deux à bout de souffle, à genoux face à face sur le lit, tels deux serre-livres.

— Oui. Et toi ?

— Tu n'imagines pas à quel point.

— Oh, je crois que je pourrais peut-êt…

D'une caresse de ses lèvres sur les siennes, il l'interrompit. Puis, veillant à ne pas heurter son front blessé, il l'allongea sur le lit. Lorsqu'elle noua ses mains derrière son dos, ce fut comme le plus naturel des gestes. Alors, il entra en elle, lentement, respectueusement, et ce qu'il ressentit ébranla tout ce qu'il connaissait du plaisir. Jamais il n'avait éprouvé cela. Avec Augusta, l'amour, la confiance et la franchise se combinaient aux délices du corps. Il pouvait se libérer, rire avec elle, murmurer dans son oreille, soupirer de plaisir à chaque ondulation de leurs corps réunis. Enfin, ils pouvaient *être*, et ensemble, ils se caressèrent, nourrirent leur désir, mordillant, léchant, donnant des coups de reins jusqu'à ce que l'extase, à la manière d'une vague, les emporte et les laisse pantelants.

Ensuite, il la tint contre lui. Ils avaient trop chaud, mais ne voulaient pas se lâcher.

Étonnamment, Augusta n'était pas décoiffée. Alors, tout en la tenant dans ses bras, Joss ôta une à une ses épingles à cheveux et glissa les doigts dans sa magnifique chevelure.

Elle se pelotonna un peu plus contre lui, avec un murmure de plaisir.

— C'est un instant lumineux, dit-elle. Là, maintenant, avec toi.

C'était une expression qu'il ne comprenait pas vraiment, mais il en saisissait le sens.

— Oui, souffla-t-il.

— Je pensais que je ne trouverais le bonheur qu'en me perdant, mais j'étais déjà perdue. Ensemble, nous avons trouvé la vraie Augusta.

— Tu as toujours été la vraie, même si tu ne t'en rendais pas compte. Et tu m'as toujours été chère. Ma chère veuve d'opérette, qui sera bientôt ma chère épouse.

Ils restèrent ainsi l'un contre l'autre à parler de choses et d'autres, importantes ou non, jusqu'à la tombée du jour.

Dans l'esprit de Joss, les pensées se succédaient sans qu'il parvienne à en ralentir le débit. Sa vie, jusque-là, avait été faite de détails à traiter, de choses à prévoir, de préparations et de contingences.

Il savait qu'il faudrait attendre plusieurs semaines avant leur mariage. Il y avait un scandale à étouffer, Sutcliffe à apaiser et à guider vers un autre homme d'affaires, et des plans qui ne verraient peut-être jamais le jour.

Mais ils étaient ensemble, désormais. Ils pouvaient compter l'un sur l'autre, et sur l'amour. Ils pouvaient rêver leur avenir.

Alors, cet instant de contentement absolu, cet instant lumineux, aussi fragile et gracieux qu'une bulle de savon, Joss décida de le savourer. Car il était… bon. Parfait. Précieux.

Et, pour le moment, il durait.

Or, qu'était-ce que la vie, sinon une succession de moments ?

Épilogue

Les bans furent publiés, le mariage eut lieu à la date prévue, et peu après Pâques, la Mlle Meredith qui avait si récemment été Mme Flowers devint Mme Everett.

Après le mariage – quelque chose de simple – les Bathiens – ou était-ce les Bathoniens ? – oublièrent assez vite qui avait le premier soupçonné Mme Flowers de ne pas être celle qu'elle prétendait au printemps 1817. La page correspondante, dans le livre d'or de la Pump Room, avait apparemment disparu. Donc, peut-être était-elle arrivée sous son vrai nom et avaient-ils tous été dupes…

Peut-être.

Une chose était sûre : la plaisanterie avait été audacieuse, et les résidents de Bath n'étaient pas certains de l'avoir appréciée. Mais ils appréciaient lady Tallant, qui fréquentait beaucoup la nouvelle Mme Everett, et… peut-être ne fallait-il pas attendre d'une héritière dont la fortune avait été faite dans le savon ou quelque chose de ce genre qu'elle connaisse toutes les règles de bienséance.

Elle et son mari s'en allèrent bientôt, pour Brighton d'après la rumeur, où leur intention était de travailler avec un Indien qui se faisait appeler « expert en shampooing » et tenait des thermes très modernes. Le prince-régent passait beaucoup de temps à Brighton et paraissait apprécier l'endroit, mais vraiment, tout cela semblait un brin trop exotique, et les habitants de Bath n'étaient pas certains non plus d'apprécier l'exotisme.

Mais ils aimèrent les savons qui, bientôt, apparurent sur les étagères des drogueries de la ville et, d'après ce que disaient les voyageurs, partout dans le sud de l'Angleterre. Jamais personne n'en avait vu de pareils : de forme ovale, translucides, on aurait dit de gros morceaux d'ambre, et ils exhalaient un délicieux parfum de chèvrefeuille. Ou de jasmin. Ou de bois de santal, de citronnelle ou de pois de senteur. Il y en avait même un, délicieux, à la pomme, qui sentait les vergers de la région à la saison des récoltes.

Leur prix était exorbitant, mais cela ne comptait pas, n'est-ce pas ? C'était en tout cas l'opinion de lord Chatfield et de lord Whittingham, qui avaient tous deux investi dans cette nouvelle production, ce dernier après que son bateau avait enfin rejoint les côtes britanniques.

Un nouveau produit très original, appelé *shikakai*, fut également lancé. C'était une sorte de poudre qui sentait le fruit et qui, lorsqu'on en faisait une pâte, servait à laver les cheveux. Le démarrage fut plus difficile, mais nombreuses furent les femmes de chambre qui se déclarèrent très satisfaites de la facilité avec laquelle elles pouvaient désormais retirer la pommade et la poussière de la chevelure de madame.

Lord et lady Sutcliffe restèrent encore quelque temps à Bath, monsieur essayant de vendre du charbon à M. Duffy, le directeur de la fonderie de la ville. Le baron et la baronne étaient rarement vus ensemble, mais semblaient bien s'entendre. En ville, on reconnaissait le baron non seulement à l'excentricité de ses redingotes, mais aussi à la longue-vue qui ne le quittait pas. Quand on l'interrogeait à ce propos, il prenait une expression finaude et répondait que sa femme insistait pour que seule sa main s'occupe de sa longue-vue.

Dans les années qui suivirent, lady Tallant et son époux, ainsi que leurs deux exubérants rejetons, séjournèrent à plusieurs reprises dans la maison de Queen Square. M. et Mme Everett leur rendirent visite une fois, en compagnie de leur petite fille, que lady Tallant adorait et observait souvent avec un regard brillant.

Lorsque les deux familles se promenèrent ensemble dans les jardins de Queen Square, on parla et on se gaussa beaucoup. Un garçonnet poussant une chaise roulante entendit en passant que M. Everett était accusé d'avoir « séduit » les administrateurs de Meredith Beauté. Et, quoi qu'elle veuille dire, cette remarque fit beaucoup rire.

Contrairement aux recommandations de lord Sutcliffe, la *somalatha* n'entra jamais dans la composition des savons et des cosmétiques de Meredith Beauté.

Remerciements

Mes plus sincères remerciements à mon mari, pour son amour et son soutien ; à Amanda, pour ses critiques constructives ; à Farihah, pour ses conseils sur tout ce qui est anglo-indien (et, bien sûr, bengali !).

Je voudrais exprimer aussi ma reconnaissance à toute l'équipe de Sourcebooks, pour ses couvertures magnifiques et son travail sur la production, le marketing et la promotion de mes livres. Un grand merci à Deb Werksman, mon éditrice, dont l'instinct infaillible m'aide à rendre mes romans plus forts. Merci également à mon agent Paige Wheeler, qui a toujours de bonnes idées et sait me guider.

Et merci à vous, chères lectrices. Mes histoires sont pour vous ; je suis très heureuse que vous les ayez choisies.

AVENTURES & PASSIONS

7 septembre

Sarah MacLean

La famille St. John - L'amour en 10 leçons

Inédit

Depuis qu'il est devenu le plus beau parti de la Saison, Nicolas St. John est assailli par les jeunes filles de la haute société en quête d'époux. Aussi, dès que l'occasion se présente de s'éloigner de Londres, il la saisit. Et lors de son périple, il va croiser la femme la plus déterminée et la plus délicieuse qu'il ait jamais rencontrée.

✦

Rose Lerner

Limely St. Lemeston - Tourments et délices

Inédit

Blessé sur le champ de bataille, Nick Dymond est revenu chez lui, au sein d'une famille obsédée par la politique. Lorsque son frère, candidat aux élections, est dans une situation difficile, Nick a une mission : déployer le légendaire charme familial afin de pousser la ravissante Phoebe Sparks à accepter une union politiquement avantageuse. Mais ce ne sera pas si facile.

✦

Julia Quinn

La chronique des Bridgerton - Gregory

Gregory Bridgerton a toujours cru au grand amour. Il sait qu'il va trouver la femme de sa vie. Le jour où il fait la connaissance de lady Hermione Watson, il croit que c'est elle. Hélas, cette dernière en aime un autre, lui révèle Lucinda Abernathy, jeune fille fort spirituelle mais qui n'est pas aussi belle que son amie. Gregory a cependant besoin de son aide s'il veut gagner le cœur de sa dulcinée. Et c'est alors que le destin s'en mêle…

28 septembre

Gaelen Foley

L'Inferno Club - Baisers maudits

Droguée, Kate Madsen est offerte au duc de Warrington par ses ravisseurs. Elle est exhibée devant celui que l'on appelle « la Bête ». Comment se défendre contre un tel colosse ? Quant à espérer de la pitié d'un homme qui serait un assassin à la solde d'une société secrète, c'est illusoire. Pourtant, lorsque son regard se pose sur elle, ce n'est pas de la peur qu'elle éprouve…

✦

Grace Burrowes

Les lords solitaires - Nicolas

Inédit

Grâce à un mariage arrangé avec Nicolas Haddonfield, vicomte Reston, Leah est soulagée d'échapper à une situation désespérée. Très vite cet accord ne lui suffit plus, mais elle ne comprend pas pourquoi il est si distant. Que cache-t-il ? La laissera-t-il trouver le chemin de son cœur ?

✦

Monica McCarty

Les chevaliers des Highlands - Le roc

Inédit

Enfants, Thomas et Elizabeth étaient inséparables. Aux yeux du fils du forgeron du village, la fille du puissant seigneur de Douglas était la plus belle des princesses. Jusqu'à ce qu'ils grandissent et qu'il lui déclare son amour. Éconduit et humilié par Elizabeth, qui ne l'a jamais considéré comme un parti acceptable pour une dame de son rang, il part guerroyer dans l'armée de Bruce. Pourtant, le destin va les réunir de nouveau.

PROMESSES

7 septembre

Catherine Mann

Toi, mon refuge

Inédit

Issue d'une famille de militaires, Sierra McDaniel n'a pas la vie facile au Refuge de la Seconde Chance, le refuge pour animaux où elle vit entre sa mère débordée, son frère de 16 ans et son grand-père malade. Quand elle apprend que son père vient de mourir en Irak. Or celui-ci avait recueilli un chien errant, Trooper, que Sierra voit apparaître au ranch, accompagné… du sergent Mike Kowalski. Après leur brève liaison, il y a entre eux des souvenirs brûlants mais Mike doit repartir. Pour eux, il n'y aura pas de seconde chance. C'est compter sans le facétieux Trooper…

CRÉPUSCULE

28 septembre

Sylvia Day

La marque des ténèbres - Amour et enfers

Inédit

En supprimant une nouvelle race de démons créée par Satan, Eve s'est attiré les foudres du Prince des Enfers en personne ! Désormais traquée par toute une armée de démons, elle ne peut guère compter sur le soutien d'Alec Caïn. Devenu distant avec elle, ce dernier révèle un côté ténébreux qu'Eve ne lui connaissait pas. Heureusement, elle peut faire confiance à Abel Reed, qui est plus décidé que jamais à gagner une place dans son cœur …

Passion intense

7 septembre

Shelby Reed

Au moindre de tes désirs

Inédit

Avalon est un club très privé où, moyennant finance, chaque femme peut s'offrir les services d'un escort. La journaliste Billie Cort est chargée de faire un reportage sur cet établissement particulier et obtient un entretien exclusif avec le plus prisé de ses employés : Adrian. Elle ne tarde pas à être fascinée par cet homme qui allume en elle un désir brûlant. Mais pour espérer obtenir les faveurs d'Adrian, Billie devra en payer le prix. Est-elle vraiment prête à se livrer à lui corps et âme ?

28 septembre

Abbi Glines

Désir fatal - En plein émoi

Inédit

Fils d'une célèbre star de rock, Rush Finlay n'a jamais manqué de rien : villa en bord de mer, voiture de luxe, multitude de filles à ses pieds... Pourtant, lorsque Blaire débarque d'Alabama au volant de son pick-up, ce n'est pas seulement sa vie qui va être chamboulée mais aussi son cœur. Rush se doit toutefois de garder ses distances car il détient un terrible secret qui pourrait bien faire fuir Blaire pour toujours...

11538

Composition
FACOMPO

Achevé d'imprimer en Italie
Par GRAFICA VENETA
le 18 juillet 2016.

Dépôt légal : juillet 2016.
EAN 9782290128602
OTP L21EPSN001525N001

ÉDITIONS J'AI LU
87, quai Panhard-et-Levassor, 75013 Paris

Diffusion France et étranger : Flammarion